小木屋系列 经典插图版

漫长的冬天

The long Winter

〔美〕劳拉·英格斯·怀德 著

王雪纯 译

人民文学出版社
PEOPLE'S LITERATURE PUBLISHING HOUSE

图书在版编目(CIP)数据

漫长的冬天/(美)劳拉·英格斯·怀德著；王雪纯译.—北京：人民文学出版社，2016
(小木屋系列：经典插图版)
ISBN 978-7-02-011946-2

Ⅰ.①漫… Ⅱ.①劳… ②王… Ⅲ.①儿童小说-长篇小说-美国-现代 Ⅳ.①I712.84

中国版本图书馆 CIP 数据核字(2016)第 197269 号

责任编辑：甘 慧 尚 飞 杨 芹
装帧设计：高静芳

出版发行　人民文学出版社
社　　址　北京市朝内大街 166 号
邮政编码　100705
网　　址　http://www.rw-cn.com

印　　刷　山东临沂新华印刷物流集团
经　　销　全国新华书店等

开　　本　890 毫米×1240 毫米　1/32
印　　张　9.375
字　　数　230 千字
版　　次　2017 年 3 月北京第 1 版
印　　次　2017 年 9 月第 2 次印刷

书　　号　978-7-02-011946-2
定　　价　28.00 元

如有印装质量问题，请与本社图书销售中心调换。电话：010－65233595

从科恩家到小木屋

五代拓荒女孩一览

小木屋开源一代

玛莎·摩尔斯

劳拉的曾外祖母

生于1782年

波士顿小木屋内的女孩

夏洛特·塔克

劳拉的外祖母

生于1809年

西部拓荒精神

卡罗琳·奎那

劳拉的母亲

生于1839年

美国拓荒女孩

劳拉·英格斯

生于1867年

新世纪的拓荒者

玫瑰·怀德

劳拉的女儿

生于1886年

玛莎　●─────────●　路易斯·塔克
(1782—1862年)

路易斯	莉蒂亚	托马斯	夏洛特
(生于1802年)	(生于1805年)	(生于1807年)	(1809—1884年)

约瑟夫	亨利	玛莎
(1834—1862年)	(1835—1882年)	(1837—1927年)

玛丽	劳拉
(1865—1928年)	(1867—1957年)

小木屋族谱

玛丽
(生于1813年)

亨利·奎那
(1807–1844年)

卡罗琳　　　　伊丽莎　　　　托马斯
(1839–1924年)　(1842–1931年)　(1844–1903年)

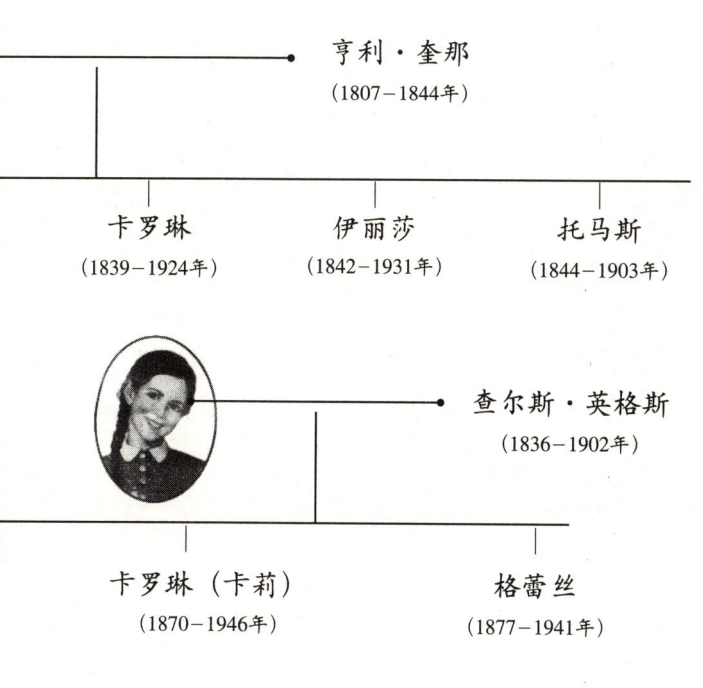

查尔斯·英格斯
(1836–1902年)

卡罗琳（卡莉）　　　　格蕾丝
(1870–1946年)　　　　(1877–1941年)

阿曼佐·怀德
(1857–1949年)

玫瑰
(1886–1968年)

目 录

趁着太阳晒干草…………… 1

去镇上办事…………… 12

那年秋天…………… 22

十月的暴风雪…………… 31

暴风雪之后…………… 39

小阳春…………… 47

印第安人的警告…………… 52

搬到镇上…………… 58

凯普·加兰德…………… 66

三天的暴风雪…………… 83

爸爸去了伏尔加…………… 90

孤立无援…………… 100

暴风雪终会过去…………… 107

晴朗的一天…………… 114

火车没来	121
好天气	129
小麦种子	139
圣诞快乐	145
有志者事竟成	161
羚　羊	170
难熬的冬天	181
寒冷和黑暗	193
夹墙里的小麦	208
真的不饿	217
自由而独立	220
轮流歇口气	225
为了每天的面包	229
四天的暴风雪	247
最后一英里	256
暴风雪打不垮我们	268
等火车到来	273
圣诞礼物桶	281
五月的圣诞节	285

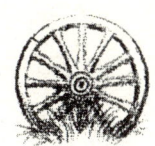

趁着太阳晒干草

宅地小棚屋南边的水牛坑旁,传来割草机嗡嗡的声音。爸爸正忙着把那儿又高又密的须芒草割下来,好晒成干草。

天空万里无云,热浪在亮闪闪的大草原上翻滚着。太阳已经快下山了,天气却依然炎热无比,简直跟正午没什么两样。就连风也是火辣辣的。可是,爸爸还要再割几个小时的草才能停下来休息。

劳拉从大沼泽地边的井里打了一桶水,不断冲洗着手中的棕色水壶,直到水壶摸起来已经变得凉凉的。然后,她把水壶里装满了新鲜清凉的井水,用木塞塞紧壶口,朝着干草地走去。

成群结队的白色小蝴蝶在小路上空飞舞着。一只蜻蜓摆动着薄纱似的透明翅膀,追赶着一只小蚊虫。花纹地鼠在草茬里蹦着蹦着,突然拼命地逃回洞里了。接着,一个黑影嗖的一下

飞了过去，劳拉抬头一看，看到一只老鹰的爪子和眼睛悬在头顶。不过，现在地鼠们都已经安安全全地躲进洞里啦。

爸爸看到劳拉提着水壶过来了，露出了开心的笑容。他从割草机上下来，接过水壶喝了一大口。"哎呀，真过瘾！"他重新塞上木塞，把水壶放在地上，用割下来的草盖住。

"太阳太毒了，真想种一排树乘乘凉！"他开玩笑地说道。其实，他很庆幸这里没有什么树。在大森林的时候，他开垦的那片土地里，每年夏天都不知道要砍掉多少棵树。而如今，在达科塔大草原上，连棵树苗也没有，所以根本没有一点阴凉的地方。

"不管怎么说，身体热乎乎的，干活才更有劲！"爸爸高兴地说。然后，他吆喝着，让马快点走。山姆和大卫拖着沉重的割草机缓慢地向前挪着步子，长长的一排尖割刀平稳地从草丛上面切过，高高的草便倒在了地上。爸爸坐在割草机高高的铁座位上，手里握着控制杆，看着眼前的草丛一片片倒下。

劳拉坐在草地上，看爸爸操纵着割草机走了一个来回，草原上炙热的空气闻起来仿佛烤面包的香味一样。棕黄相间的花纹地鼠从她身边逃走了。小小的鸟儿拍打着翅膀，轻巧地落在弯弯的草秆上。一条花纹蛇扭动着身子从草丛里游了过来。劳拉蹲坐在草地上，下巴顶着膝盖，花纹蛇突然抬起头来，盯着她高墙一样的印花棉布裙子。劳拉突然觉得自己对于这条蛇来说，应该是像一座山那样高的。

它的眼珠圆圆的，像珍珠一样闪亮，舌头迅速地闪动着，看起来好像喷射着一小缕白烟。这条有着鲜亮色彩的小蛇看起来很温和，劳拉知道花纹蛇是不会伤人的。而且花纹蛇待在田里反而是好的，它们可以把那些伤害庄稼的害虫都消灭掉。

它没办法从劳拉身上越过去，现在又把脖子低了下去，来了一个完美的九十度转弯，从劳拉身边绕过去，消失在草丛里啦。

然后，割草机嗡嗡的声音越来越大，两匹马配合着脚步慢慢地点着头走了过来。眼看着大卫都要走到面前来了，劳拉突然叫了一声，大卫吓得跳了起来。

"吁！"爸爸赶紧让马停下来，惊愕地望着她，"劳拉！我还以为你已经走了呢，干吗像只松鸡似的藏在这里啊？"

"爸爸，"劳拉说道，"为什么我就不能帮忙呢？让我留下来吧，求求你了！"

爸爸取下帽子，用手指从前往后捋了捋被汗水浸湿的头发，把头发弄得都竖了起来，这样风就可以吹进发丝了。"小丫头，你个头这么小，也没什么力气啊！"

"我都快十四岁了，"劳拉说，"我能帮上忙的，爸爸，肯定能的。"

买割草机花了很多钱，爸爸已经没钱请帮工了。他也不能去给别人换着做帮工，因为在这片土地上，只有几个宅地主，他们都在自己的宅地上忙活呢。不过他确实需要人手帮忙把割下来的干草都堆起来。

"好吧！"爸爸说，"也许真行呢，你试试看吧。如果可以的话，那就再好不过了，我们自己就可以把割干草、堆干草全搞定啦！"

劳拉看得出来，这个想法似乎打消了爸爸的顾虑，她赶紧回到小棚屋告诉了妈妈。

"这个，也行吧。"妈妈有些迟疑。她不喜欢看见女人在田里劳作。只有外国人才那么做呢。妈妈和女儿们都是美国人，不该去做男人的工作。不过劳拉去帮忙的话，确实能够解决现在的问题。于是，最后她还是决定了："好吧，劳拉，你去吧。"

卡莉也急切地想去帮忙："我去给你们送水吧，我已经长大了，可以拎得动水壶啦！"卡莉其实已经快十岁了，可是看起来根本不像十岁的样子，个头很矮小。

"我呢，以后做完我那份家务活儿，就把你们的也做了！"玛丽也兴奋地提议道。玛丽虽然眼睛看不见，可是洗碟子和铺床的活儿做得和劳拉一样好，这点她是很自豪的。

火辣辣的太阳和热腾腾的风很快就把草晒干了。第二天，爸爸拿耙子把干草耙松，拢成一列，然后又堆成一个大大的圆锥形干草垛。第三天清晨，空气还有些微凉，百灵鸟已经开始唱起歌儿，劳拉和爸爸坐在干草架子上，驾着四轮马车又到田里去干活啦。

爸爸站在马车旁边，赶着马沿着两排圆锥形干草垛中间走。每到一个干草垛，爸爸就停下马车，叉起干草扔到干草架上面。干草从高高的架子边上松松软软地落了下来，劳拉就把这些干草踩结实。她上上下下、前前后后拼命地踩着，干草随即又是一叉叉地落下来。她继续踩啊踩，而马车已经摇摇晃晃地来到了第二个干草垛。接着，爸爸就从另一边叉了更多干草上来。

脚下面的干草越来越高，她把干草踩得结结实实。她不停地迅速踩着干草,从干草架这边踩到另一边,然后又来到中间踩。阳光更烈了,干草飘出的香甜味道扑鼻而来。劳拉的双脚在干草上不停地弹跳着,越来越多的干草从干草架的边上扔进来。

随着脚下被踩实的干草越来越高,她的头已经越过干草架的边缘了,如果能够停下来一会儿,她就可以仔细欣赏一下这片大草原了。可是,最后架子里都装满了,干草还是不断地从爸爸的干草叉上飞过来。

现在,劳拉已经站得很高了,滑滑的干草在她四周形成了坡度。她继续小心翼翼地踩着。她的脸上、脖子上都是汗水,汗珠顺着后背直往下掉。遮阳软帽挂在背后,辫子也散开了。长长的棕色头发在微风中零乱地飞舞着。

|漫长的冬天|

接着,爸爸踏上马车前端的横木,一只脚放在大卫宽大的臀部上一蹬,就爬上了装满干草的干草架。

"干得不错,劳拉!"他说,"你踩得很结实,这一车装了不少呢!"

劳拉躺在热烘烘又有些扎人的干草上,爸爸拉着马车来到了马厩。她从干草架上面滑下来,坐在了马车的阴影里。爸爸从上面叉下一些干草,然后爬下来在地上把干草平整地铺成一个圆底。接着,又爬到上面叉了一些干草,又爬下来,把干草堆在刚刚铺好的圆形底座上面踩紧。

"我可以帮你铺下面的干草垛,爸爸。"劳拉说,"这样你就不需要一会儿爬上去一会儿爬下来了。"

爸爸把帽子往后推了推,在干草叉上面斜靠了一会儿。"堆干草的确需要两个人,"他说,"我这样太花时间了。不过,你有这个心意就好啦,你还太小呢,小丫头。"劳拉继续央求爸爸,爸爸最后只好说:"好吧,等会儿试试看。"等装满了第二车回来的时候,爸爸就给了她一个干草叉,让她试试。那个叉子比劳拉还高,劳拉也不知道该怎么用,显得有些笨手笨脚的。当爸爸从马车上面往下扔干草的时候,她努力把干草铺好,在上面一圈一圈地走,把干草踩结实。尽管她已经拼尽了全力,等下一车的时候,爸爸还是得亲自上阵了。

现在,太阳越来越烈,风也越来越热,劳拉不停地踩着干草,双腿都有些发抖了。幸好可以趁着马车在田地和干草垛之间来回的间隙好好休息一会儿。她感觉有点渴,而且越来越渴,最后脑海里只想着能喝口水,再也没办法想别的事情了。一直

6

到了十点钟，卡莉才费力地提着半壶水过来了，劳拉觉得好像已经等了一辈子那么长。

爸爸叫劳拉先喝，不过不能一下子喝太多凉水。当那清凉无比的井水顺着喉咙流进胃里的时候，劳拉觉得这简直是世界上最美好的东西了。不过她刚喝了一口，就惊讶地停了下来。卡莉拍着手一边笑一边大声说："劳拉，别告诉爸爸，让他自己尝尝！"

原来，妈妈送来的是生姜水。她先是在水里放了糖，加了点醋，然后放了很多生姜在里面，这样他们就能尽情喝凉水了，因为生姜是暖胃的。很热的时候，喝凉水可能会生病，但是生姜水就不会。这样特殊的待遇，让劳拉在田里帮忙的第一天变得与众不同了。

正午的时候，他们已经把所有的干草都拉回来并堆了起来。最后爸爸亲自给干草垛加了个圆顶盖，这可是个技术活儿，盖好了圆顶盖，干草垛才不会被雨水浸湿。

他们回到棚屋的时候，晚饭已经做好了。妈妈盯着劳拉，问道："这活儿让劳拉做，是不是太重了？"

"哎呀，没有！她力气大得像头牛！真是给我帮了大忙！"爸爸说，"要是我自己把那些干草垛堆起来，估计得花上一整天，现在我整个下午都可以去割草了。"

劳拉感到很骄傲。她的胳膊、后背还有双腿都酸痛无比，那天夜里，躺在被窝里，她感觉全身都痛得要命，眼泪都流了出来，不过她没有告诉任何人。

等爸爸割下足够的干草并耙好之后，就跟劳拉一起堆干草

| 漫长的冬天 |

垛。劳拉的胳膊和腿好像已经习惯了这样繁重的工作,感觉已经没有那么痛了。看到自已帮忙堆起来的干草垛,她心里也是很高兴的。她帮着爸爸在马厩门口两边都堆起了干草垛,还在马厩顶上堆了一个长长的干草垛。除了这些,他们还堆了另外三个大大的干草垛。

"现在高地上的干草都已经割完了,我还想把大沼泽地那边的干草也割一些。"爸爸说,"这些都不需要什么本钱,等明年春天新的拓荒者过来的时候,或许还能卖点钱呢。"

所以,爸爸就去大沼泽地割那些又长又乱的草了,劳拉也帮忙堆了起来。这种草比须芒草要重很多,她根本没办法拿叉子叉起来,不过踩结实还是没问题的。

爸爸爬到马车里的干草上面时,劳拉告诉他:"那边还剩一堆呢。"

"怎么会!"爸爸惊讶地说道,"哪儿呢?"

"那边,高高的草丛里。"

爸爸朝着她手指的方向望了过去,然后说道:"那不是干草垛，小丫头，那是麝鼠的窝。"他又朝那边看了看，"还是走近了看看吧。"他说，"一起去吧？马就先留在这儿吧。"

爸爸走在前面，拨开那些高高的刺人的草，劳拉紧紧地跟在后面。脚下的土地松软潮湿，草的根部存着一小片一小片的水。劳拉只能看见爸爸的后背，因为身边全是比她还高的草。她小心翼翼地踩在越来越湿的土地上，突然眼前出现一片波光粼粼的水塘。

水塘边正是那个麝鼠窝。看起来比劳拉还要高，而且很大，劳拉双手都没办法环起来。圆圆的边和窝顶是灰色的，显得又粗糙又坚硬。麝鼠把干草放在嘴里嚼碎，和稀泥拌在一起，用来筑窝。它们这个窝看起来又结实又平整，还仔细地筑了个圆顶，可以防雨。

这个窝没有门，而且旁边也没有通往什么地方的路。旁边的草茬里，还有池塘泥泞的岸边，也看不到麝鼠的脚印。没有丝毫痕迹可以看出麝鼠们是怎么从窝里进进出出的。

爸爸说，那些麝鼠正在那厚厚的墙里面睡觉呢。每家麝鼠都蜷缩在自己塞满干草的小窝里，每个小窝都在倾斜的门厅上开一个圆圆的小门，门厅从顶端到底部弯曲而下，一直通向黑漆漆的水里。那里就是麝鼠窝的前门。

太阳下山之后，麝鼠们睡醒了，就开始在它们的门厅里光滑的泥地板上嗒嗒地走着。它们跳进黑漆漆的水里，从水塘里来到外面无边的黑夜里。整个夜里，它们就借着星光或月光，在水边游泳、嬉戏，吃着水草和青草的根茎和叶子。当黎明到来，天空泛起可怕的灰白色，它们就游回了窝里。它们潜到水

里，通过水里的门回到自己的家。它们拖着湿淋淋的身子，沿着门口倾斜的门厅，回到各自用干草圈起来的小窝里，舒舒服服地睡觉了。

劳拉把手放在麝鼠窝的墙上。粗糙的泥墙在烈日的照射下有些发烫。不过在厚厚的泥墙里面，在那一片漆黑中，空气应该很凉爽吧。她差不多可以想象出麝鼠们睡在窝里的样子。

爸爸摇了摇头。"今年冬天肯定不好过。"他悲观地说。

"啊？为什么？你怎么知道的？"劳拉有些诧异。

"冬天越冷，麝鼠就把墙壁筑得越厚。"爸爸告诉她，"我可从来没见过麝鼠筑这么厚的墙呢。"

劳拉又看了看，这个麝鼠窝确实又大又厚实。不过，这会儿太阳依然火辣辣的，透过她那褪了色的薄印花棉布裙子烤着她的后背，灼热的风呼呼地吹着，野草在阳光的烘烤下，散发着浓烈的熟透了的味道，掩盖了泥沼里潮湿的泥土气息。在这样的情景下，劳拉很难想象出冰天雪地的严寒冬天是什么样子。

"爸爸，麝鼠怎么知道冬天冷不冷呢？"她问道。

"我也不知道它们是怎么知道的。"爸爸说，"不过它们确实知道。我想，也许是上帝告诉它们的吧。"

"那上帝怎么不告诉我们呢？"劳拉继续追问道。

"因为我们不是动物啊。"爸爸说，"我们是人类，就像《独立宣言》里面说的，人生来是自由的。那就意味着，我们必须要自己照顾自己。"

"我还以为上帝会照顾我们呢。"劳拉小声说道。

"他确实在照顾我们啊。"爸爸说，"只要我们做正确的事情，他就会照顾我们的。他赋予我们判断正误的良知和智慧，让我们去做自己喜欢的事。这也是我们和其他生物不一样的地方。"

"麝鼠能做自己喜欢的事情吗？"劳拉好奇地问道。

"不能。"爸爸说，"我也不知道为什么，不过你看得出来它们确实是不能的。你看看这个麝鼠窝。麝鼠只能筑这样的窝。它们一直是这样筑窝，也会一直这样筑窝的。很显然，它们没法筑成别的样式。可是人类就能够建造各种各样的房子。所以，如果一个人建造的房子没法遮风挡雨，那就是他自己的事了。人是自由而独立的。"

爸爸站在那儿想了想，猝然转过头。"回去吧，小丫头，我们最好趁着阳光正好把干草晒完。"

爸爸眨了眨眼睛，劳拉笑了起来，因为现在正是太阳最烈的时候。不过那天下午干活的时候，他们都变得严肃起来。

麝鼠们有一个温暖的、墙壁厚厚的窝，可以躲避冬天的严寒和风雪，可是宅地上的小棚屋却是用薄薄的木板钉起来的，而且在夏天太阳的暴晒下，木板都有些收缩了，墙壁上露出大大的缝隙。这座用薄木板和焦油纸筑成的小屋，怎么能够抵御天寒地冻的冬天呢？

去镇上办事

九月的一天清晨,草地上沾满了白霜。霜很薄,太阳一出来,就全都散去了。劳拉朝外面看了看这个晴朗的早晨,那时候霜就已经不见了。不过,吃早饭的时候,爸爸说,这么早就结霜真是难得一见的事情。

"干草垛会受到影响吗?"劳拉问道。爸爸说:"这么薄的霜只会让割下来的干草干得更快。不过我最好还是加快速度,能晒干草的日子不多啦。"

那天下午,爸爸匆忙地干着活儿,甚至连劳拉送水壶过去的时候,他都几乎顾不得停下来喝上一口,只顾着割大泥沼那边的干草。

"把水壶盖上吧,小丫头。"他一边说一边把水壶递了回去,"我打算在太阳下山之前把这块地的干草都割下来。"他吆喝着催促山姆和大卫,它们又开始往前拉了,身后的割草机发出嗡嗡的声音。突然,割草机咔嚓一声巨响——"吁!"爸爸立即让马停下来。

劳拉飞快地跑过去,想看看怎么回事。爸爸望着切割条,只见那排闪亮的割刀中间出现了一个缺口,原来是割刀掉了一把。爸爸把掉下来的割刀捡了起来,可是怎么也安不上去了。

"没法修了,"爸爸说,"只能再买把新的割刀了。"

发生这样的事也没有办法。爸爸想了一会儿说道:"劳拉,你能不能到镇上去买个割刀回来?我不想浪费时间。你去的话,我还可以在这儿勉勉强强继续割草。不过你得快去快回。回家问你妈妈要五分钱,去福勒家的五金店买。"

"好的,爸爸。"劳拉说。她害怕到镇上去,因为镇上的人太多了。确切地说,她也并不是害怕,而是因为陌生人看她的眼光让她感到很不舒服。

她可以换上一件干净的印花棉布裙子,还可以穿上鞋子到镇上去。匆匆赶回家的路上,她想,妈妈也许会让她戴上礼拜日才戴的发带,或许还能戴上玛丽刚刚熨烫过的遮阳软帽呢。

"我得到镇上去一趟,妈妈。"她上气不接下气地跑进了屋。

卡莉和玛丽听着她解释,甚至连格蕾丝也睁着大大的蓝眼睛看着她。

"我陪你一起去吧。"卡莉自告奋勇地说道。

"好呀!妈妈,行吗?"劳拉问道。

"看她能不能像你一样迅速准备好吧。"妈妈同意了。

她们迅速换上干净衣服,穿上袜子和鞋。不过妈妈说今天

|漫长的冬天|

不是礼拜日，没有理由要戴那条发带，而且让劳拉最好戴自己的遮阳软帽过去。

"你要是爱惜一点，现在就不会这么旧了。"妈妈说。劳拉的遮阳软帽由于经常挂在后背上，已经变得皱巴巴的，连系带也变得松松垮垮的。不过这都是劳拉自己不爱惜的结果。

妈妈从爸爸钱包里掏出五分钱，劳拉就和卡莉一起匆匆往镇上赶了。

她们沿着爸爸四轮马车轧出的车辙往前走，经过水井，走过干旱的长满草的斜坡，来到了大泥沼，然后穿过泥沼地里高高的草丛，来到了斜坡的另一边。大草原上闪耀着太阳的光芒，看起来怪怪的，甚至连风吹过草地的声音都变得更狂野了。劳拉很喜欢这样的景象，她多么希望她们不需要到镇上去啊。镇上的建筑屋顶方方正正，上面都搭着装饰墙，是为了让商店看起来更大一些。

到了主街之后，两个人都一声不吭地走着。商店门廊里站着几个男人，拴马桩上拴着两队套着四轮马车的马。爸爸的店铺孤零零地立在主街另一边。这个店铺已经租出去了，两个男人在里面聊着天。

劳拉和卡莉来到五金店，里面有两个人坐在装钉子的桶上，还有一个坐在犁上。他们停止了谈话，望着劳拉和卡莉。柜台后面的墙上，挂着闪闪发光的锡锅、钉子和灯罩。

"爸爸让我们来买把割草机的割刀。"劳拉说。

"他弄断了一个是不是？"坐在犁上面的男人问道。

"是的，先生。"劳拉回答。

她看着他把一把闪闪发亮的锋利三角割刀包了起来。这个人一定是福勒先生吧。劳拉把五分钱给他，把包好的刀片接了过来，说了声谢谢，就和卡莉一起往回走了。

东西买好了。不过直到出了镇子，她们才开口讲话。

"你做得真棒，劳拉。"卡莉说。

"啊，就只是买点东西嘛。"劳拉回答。

"我知道，可是人们看着我的时候，我就很不自在……更确切地说，是有点害怕……"卡莉说。

"没什么好害怕的。"劳拉说，"我们也不应该害怕啊。"不过她又突然对卡莉说，"其实，我也有和你一样的感觉。"

"真的吗？我真不知道呢，当时一点也看不出来，只要有你在身边，我总是感觉很安全。"卡莉说。

"只要我在，你肯定是安全的。"劳拉说，"我会照顾好你的，不管怎样，我都会尽我最大的努力。"

"我知道你会的。"卡莉说。

两个人继续一起往前走。这种感觉真好。为了不把鞋子弄脏，她们没有走到满是灰的车辙里面，而是走到中间更坚硬的小路上，上面的草都被马踩倒了。她们虽然没有手拉着手，但是彼此心里似乎感觉已经是手拉着手了。

自劳拉记事起，卡莉一直是她亲爱的小妹妹。她从一个小小的婴儿慢慢长大，后来总是像个小尾巴似的跟在劳拉身后，不停地问为什么。而转眼间，她已经十岁了，已经能够当她真正的妹妹了。她们现在能够离开父母两个人单独结伴出行了。现在任务已经完成了，可以把这事抛之脑后了。太阳依然炙烤

| 漫长的冬天 |

着大地,风呼呼地吹着,四周是一望无际的大草原。她们结伴前行,感觉那么自由、独立和舒适。

"沿着这条路走,到爸爸那边要很久呢。"卡莉说,"我们为什么不走那儿呢?"她指着沼泽的那个方向,从这儿可以看见爸爸和马的身影。

"走那边得穿过沼泽。"劳拉回答。

"现在沼泽也不是特别湿了,对吧?"卡莉问。

"好吧,咱们走那边。"劳拉回答,"爸爸也没说要我们沿着路走,只说要快去快回。"

于是,她们就不再沿着绕过泥沼地的路走,而是直直地走进泥沼上面高高的草丛里去了。

刚开始的时候,她们还觉得很有趣,仿佛走进了爸爸那本绿封皮书里的丛林。劳拉扒开密密的草秆,草秆发出瑟瑟的声音,然后又在卡莉身后合起来了。成千上万根粗糙的草秆和细细长长的叶子在彼此的阴影里呈现出金灿灿的绿色还有绿油油的金色。脚下的土地已经干裂了。不过青草热乎乎的气味里面还可以闻到一丝微弱的潮湿气味。劳拉的头顶上,草尖在风中沙沙摆动,而草根静止不动,拨开的空间只够劳拉和卡莉从中艰难地穿行。

"爸爸在哪儿呢?"卡莉突然问道。

劳拉看了看她。卡莉瘦削的小脸在草丛的阴影里显得如此苍白,眼神里流露出几分恐慌。

"呃……我们从这边看不到他。"劳拉说。她们现在只能看到密密的草叶在风中摇晃,还有头顶火辣辣的天空。"他就在前

 ～去镇上办事～

面，几分钟就到了。"

她虽然显出语气很肯定的样子，但是她又怎么知道爸爸在哪里呢？她甚至不是很确定自己正在往哪个方向走，又将带着卡莉走向哪里。天气热得让人窒息，劳拉感到脖子和后背的汗水直往下滴，不过她的内心却感到非常寒冷。她突然想起布鲁金斯附近的两个孩子就是在大草原里面失踪的。这个沼泽比大草原还恐怖呢。妈妈一直担心格蕾丝会在大沼泽里面走丢。

她想要仔细听一听割草机的嗡嗡声，不过耳朵里充斥着草丛沙沙的声音。细长的叶子在她的眼睛上面来回摆动，从那些晃动的影子里根本没办法看到太阳在哪个方向。草丛来来回回地摇摆着，甚至连风向也无从得知。这些草丛也根本没法承受什么重量，旁边也没有什么东西可以让她爬上去从上面看，看一看她们到底走到了哪里。

"跟着我走吧，卡莉。"劳拉故作高兴地说。她可不能吓着卡莉。

卡莉信任地跟着她，不过劳拉也不知道自己正在朝哪里走。她甚至都不知道自己是不是在直直地往前走。前面总是被一丛丛草挡住路，她必须朝左或者朝右绕过去。即便她这次遇到一丛草是朝右走，下一次是朝左走，也不能说明她没有在绕圈子。很多迷路的人都是在来来回回绕着圈子，再也找不到回家的路。

这片沼泽地里这样随风摇曳的草丛差不多蔓延一英里，这些草太高了，根本没办法看到远处，草丛也太软，根本没办法爬上去。这片草地那么广阔，劳拉除非一直在走直线，否则永远别想走出去了。

17

|漫长的冬天|

"我们已经走了这么远了,劳拉,"卡莉气喘吁吁地说,"怎么还没走到爸爸那里啊?"

"一定就在这附近。"劳拉回答。她现在也不知道怎么回到原来那条路上了。地面被太阳烤得那么硬,她们走过去根本没有留下什么脚印。而无边无际的草丛随风摇摆着,每一棵草下面的叶子都干枯地耷拉在那里,看起来都是一个样子。

卡莉微微张着嘴巴。她瞪着大眼睛看着劳拉,那双眼睛似乎在说:"我知道,我们迷路了。"可是她什么也没有说。要是迷路了,就真的是迷路了,也没什么好说了。

"我们最好还是继续走吧。"劳拉说。

"我觉得也是,只要我们还走得动。"卡莉表示同意。

于是她们继续向前走去。她们一定已经走过了爸爸割草的地方。可是劳拉现在没办法确认任何事情。也许如果现在掉头往回走的话,她们就真的会走到更远的地方了。她们现在只有继续朝前走,时不时还要停下来擦一擦脸上的汗水。她们都感觉很渴,可是根本没有水喝。她们甚至累得连拨开前面草丛的力气都快没有了。并不是因为拨开草丛有多难,而是继续往前走比她做的那些踩干草的活儿要难多了。卡莉瘦削的脸白得像纸一样,她已经累坏了。

然后劳拉感觉前面的草丛变得稀薄了,影子也没有那么多了,伸向天空的草尖看起来也少了。突然她看见黑暗的草秆上面金灿灿的阳光。或许那边有个池塘呢。啊!或许,或许那边正是爸爸割草的地方,或许爸爸就站在草茬上等着她们呢。

她在阳光中看到了草茬,看到了地面上几个干草垛。可是

18

她听到了一个奇怪的声音。

那是一个洪亮而浑厚的男声:"快点,阿曼佐,我们把这一车装好。天快要黑了。"

接着传来一个慵懒的声音,缓慢地说:"喔……罗伊尔!"

再走得近一些,劳拉和卡莉透过草丛的边缘看了过去。这片干草场不是爸爸的。那边是一架陌生的马车,后面的干草架子里装着满满的干草。在那些堆得高高的干草上面,刺眼的阳光下,一个男孩趴在那里,手托着下巴,双脚伸向天空。

那个陌生的男人举起一大叉子干草朝着男孩身上扔去。男孩被埋在了干草里,他赶紧爬了起来,一边大笑一边把头上和肩膀上的干草甩下来。他有着黑色的头发、蓝色的眼睛,脸和手臂都被太阳晒得黝黑。

他站在干草上面,看到了劳拉。"你好啊!"他招呼道。现在两个人都看到了劳拉和卡莉。她俩从高高的草丛里钻了出来——"像是两只兔子一样。"劳拉心想。她真的很想转身跑到草丛里面躲起来。

"我以为爸爸在这边呢。"劳拉说。小小的卡莉还怯怯地躲在她身后。

"我没有在附近看见什么人啊,你爸爸是谁?"那个男人说道。"是英格斯先生吧。是吗?"男孩告诉他,并问劳拉。他依然站在干草上面看着她。

"是的。"劳拉说,她看着马车上面套着的两匹马。她以前见过这两匹漂亮的棕马,它们的臀部在阳光下闪闪发亮,平滑的脖子上黑色的马鬃泛出好看的光泽。这两匹马应该是怀德家

| 漫长的冬天 |

的吧。那么这男人和男孩应该是怀德家的兄弟两个。

"我站在这儿可以看见他。就在那儿。"男孩说道。劳拉抬头看见他指着远方。他朝她眨着蓝色的眼睛,就好像已经认识她很久了一样。

"谢谢!"劳拉拘谨地说道。她和卡莉就沿着棕色摩根马拉着马车从草丛中轧出来的路朝着他指的方向走了过去。

"哎!"爸爸看到她们回来了,"哎!"他拿掉帽子,并擦了擦额头的汗水。

劳拉把割刀交给爸爸，跟卡莉一起看着爸爸打开工具箱，取下切割条，把碎掉的割刀敲出来，装上新割刀，把铆钉敲下去固定好。"搞定了！"他说，"回家跟妈妈说我晚点回去吃晚饭，我要把这块地割完。"

劳拉和卡莉朝着小棚屋往回走的时候，割草机又嗡嗡地响了起来。

"你刚才害怕吗？"卡莉问道。

"有一点，不过幸好没出什么事。"劳拉说。

"都是我的错，是我要从那边走的。"卡莉说。

"是我的错，我比你大。"劳拉说，"不过这也是一次教训，我们下次最好还是从路上走吧。"

"你会告诉爸爸妈妈吗？"卡莉怯怯地问。

"如果他们问起来，肯定要告诉他们的。"劳拉说。

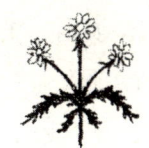

那年秋天

九月一个炎热的下午,爸爸和劳拉堆完了最后一车干草。爸爸本来打算第二天去割另一块地,早上起来,却发现外面下起了雨。淅淅沥沥的小雨一直下了三天三夜,滴滴答答地打在屋顶上,顺着窗格流了下来。

"我们早该预料到的。"妈妈说,"这是秋分时节的暴风雨。"

"确实,"爸爸也表示同意,他有点心神不宁,"天气完全变了,骨头里都能感觉到不一样了。"

第二天早晨,小棚屋里变得非常寒冷,窗格上面凝满了白霜,屋外也是雪白一片。

妈妈冻得直发抖,她一边生起炉火,一边说道:"天啊,才十月份第一天啊!"

劳拉去井边打水的时候,都穿上了鞋子,围上了围巾。

~那年秋天~

冰冷的空气吹得她双颊生疼，鼻子里也刺痛无比。天空呈现出冷冰冰的蓝色，整个世界一片雪白。每一片草叶上都沾着毛茸茸的霜，小路上也盖满了霜，井口的木板上也是一条一条的白霜。霜花甚至还悄悄爬上了小棚屋的墙壁，顺着固定黑焦油纸的窄板条往上爬。

接着，太阳从遥远的地平线缓缓升起，整个世界闪闪发亮。每一个微小的东西都在朝阳的照耀下闪烁着玫瑰色的光芒，被淡蓝色的天空映衬得非常好看。每一片草叶子上都泛着彩虹色。

劳拉太喜欢这样美丽的世界了，虽然她知道冰霜毁掉了干草毁掉了菜园。纠缠不清的番茄藤蔓吊着红色和青色的番茄，南瓜藤举着大大的叶子盖住了青色的小南瓜，现在它们都在干裂结霜的土地里闪闪发亮。玉米秸秆和长长的叶子上面也沾满了白色。冰霜已经把它们冻死了。所有绿色的东西都被冻死了。可是冰霜本身却异常美丽。

吃早饭的时候，爸爸说："看来不能再晒干草了，我们赶紧收割庄稼吧。从草地上开垦出来的田地，第一年也不指望有什么好收成，不过到了冬天，草皮就会腐烂，明年就会有好收成啦。"

犁开的土块都是一大块一大块的，其中密密麻麻的草根纠缠在一起。从这些土块下面，爸爸挖出了一些小土豆，劳拉和卡莉把它们放进锡桶里。劳拉很讨厌手指沾上干燥的泥土。她感觉背脊直打战，不过这也没办法，必须得有人帮忙捡土豆。她和卡莉拎着锡桶艰难地来来回回，直到五个麻袋里面全都装满了土豆。这也是他们全部的收成了。

| 漫长的冬天 |

"费了不少工夫,挖出来的土豆却没多少。"爸爸说,"不过五麻袋总比没有好,我们可以和豌豆配着吃。"

他把死掉的豌豆藤拔出来,堆在一起晒干。这时候,太阳已经升得很高了,霜也已经消失了,唯有寒冷的风吹着褐色、紫色和黄色的大草原。

妈妈和劳拉一起去摘番茄。番茄藤都已经枯萎、变软甚至发黑了,她们只好把最小最青的番茄也都摘了下来。不过熟透的番茄差不多能做四升番茄酱呢。

"这些青番茄该怎么办?"劳拉问道。

"等会儿你就知道啦。"妈妈回答。

妈妈仔细地把青番茄拿水洗了洗,然后切成片,拿盐、辣椒、醋和香料腌了腌。

"现在有差不多两升腌绿番茄了。虽然这是我们第一次在这片土地上种菜,而且什么都长得不太好,可是今年冬天拿这些腌绿番茄配烤豆子吃,也会很美味呢。"妈妈心满意足地说道。

"还有差不多四升甜番茄酱呢!"玛丽接了一句。

"还有五麻袋土豆。"劳拉说着在围裙上使劲擦了擦手,因为手上还残留着难闻的干燥泥土的味道。

"还有萝卜,很多很多萝卜!"卡莉大叫道。因为她很喜欢生吃萝卜。

爸爸笑了起来。"把那些豆子打一打、扬一扬装起来,差不多也能有五十多斤呢。等我再把那剩得不多的玉米砍掉,剥了皮放进地窖里,我们今年的收成还算不错了。"

劳拉知道,其实这些收成是很少的。不过有了干草和玉米,马和奶牛就可以撑到春天了。靠着这五麻袋土豆还有将近一麻袋的豆子,再加上爸爸打来的猎物,也可以度过这个冬天。

"我明天就得把那些玉米砍掉。"爸爸说。

"我看不需要这么急,查尔斯。"妈妈说道,"现在雨已经停了,我还没见过秋天有这么好的天气呢!"

"好吧,这倒是的。"爸爸承认。现在虽然夜里有点冷,早晨也有点凉,可是白天还是阳光明媚的。

"我们还可以吃点新鲜的肉换换口味。"妈妈提议道。

"等我把玉米收好了就去打猎。"爸爸说。

第二天,他把玉米砍掉,竖起来搭成一堆。十根玉米秸秆堆立在干草垛旁边,像是一排小小的印第安人帐篷。等弄完了之后,爸爸从田里摘回六个金黄色的南瓜。

"土地硬邦邦的,藤上没结几个南瓜。"他解释道,"这次霜降又把那些嫩的青南瓜冻死了,不过幸好我们可以从这些南瓜里面收些种子留着明年种。"

"为什么要这么急着把南瓜摘回来?"妈妈问道。

"我就是觉得要抓紧点,冥冥之中就有这种感觉。"爸爸试图解释道。

"你需要好好睡一觉了。"妈妈说。

第二天,天上飘起了蒙蒙细雨。爸爸做完马厩的杂活儿,吃完早餐,穿上外套,戴上可以遮住脖子后面的大檐帽子就准备出门了。

"我去猎两只野雁回来。"他说,"夜里我听到它们飞过去的声音了,沼泽那边肯定有的。"

他把猎枪拿下来，盖在外套下面，就出门了。

爸爸出门后，妈妈说："丫头们，我想出一个点子，可以给爸爸一个惊喜。"

正在洗碟子的劳拉和卡莉转过身来，正在整理床铺的玛丽也站直了身子。"什么点子？"大家都问妈妈。

"你们快点先把手里的活儿干完！"妈妈说，"然后，劳拉，你去玉米地里摘一个青南瓜回来。我要做馅饼吃！"

"馅饼？可是……"玛丽说。劳拉也说："青南瓜馅饼？我可从来没听说过啊，妈妈。"

"我也没听说过。"妈妈说，"不过要是我们不去做这些以前没人听说过的东西，能做的就真的太少了。"

劳拉和卡莉继续认真地洗着盘子，不过她们加快了速度。接着，劳拉就冲进了蒙蒙细雨中，从玉米地里拖回来一个最大的青南瓜。

"到炉灶边把衣服烤干吧！"妈妈说，"你虽然还小，但出门前自己也应该记得拿披巾披一下吧。"

"我跑得很快，雨滴没怎么打到我。"劳拉说，"我身上没怎么湿啊，妈妈，我说真的。现在还需要我做什么？"

"你把南瓜削削皮，然后切成片，我去做馅饼皮。"妈妈说，"等会儿我们再看看要怎么做。"

妈妈把馅饼皮放进平底锅里，在底部洒了一层红糖和香料。然后在里面填满了薄薄的青南瓜片，浇了半杯醋，在上面放了一小块黄油，又拿馅饼皮盖住。

"好啦！"她把馅饼的边缘捏好，说道。

~ 那年秋天 ~

"真不知道妈妈还会做这样的馅饼呢。"卡莉呼了一口气,瞪大眼睛望着馅饼。

"哎呀,我也不知道行不行呢。"妈妈说,她把馅饼放进烤炉,关上了门,"不过只有试试才知道啊。等吃午饭的时候就能揭晓啦。"她们坐在整洁的小屋里面耐心地等待着。玛丽正忙着给卡莉织一双温暖的袜子过冬。劳拉将两块长长的平纹棉布缝在一起做床单。她小心翼翼地拿别针把两块布的边缘别在一起,又拿大头针固定在膝盖部分的裙子上。她仔细把两块布拉平,用细密整齐的针脚缝合起来。

针脚必须又细又密又牢固,要紧但又不能太紧,因为整个被单要很平整,中间不能有任何褶皱。而且每一个针脚都应该大小均匀,看不出区别。这些都是做缝纫活必须掌握的要领。

玛丽本来很喜欢做这样的活儿,不过现在她眼睛看不见了,就再也不能做了。而缝纫活对劳拉来说简直太折磨人了。她想尖叫。她感觉脖子酸痛,而线总是打结或者缠绕在一起,差不多每缝一针都要挑出来整理一下。

"毛毯宽得能盖住整张床,"她焦躁地说,"被单为什么不能也做那么宽?"

"因为被单是薄棉布。"玛丽说,"一块薄棉布做的话不够宽。"

劳拉手上的针从顶针上面的一个小孔滑了出去,戳到了她的手指,她咬紧嘴唇什么也没说。

不过馅饼烤得好极了。妈妈放下正在给爸爸做的衬衫,打开了烤炉,浓郁的香味飘了出来。妈妈把馅饼翻了个面,以便

27

烤得均匀一些。卡莉和格蕾丝站在旁边眼巴巴地望着。

"真不错!"妈妈说。

"是啊,肯定会给爸爸一个惊喜!"卡莉叫道。

快要吃午饭的时候,妈妈从烤炉里把馅饼取了出来。这个馅饼看起来真诱人啊!

她们一直等到了一点,爸爸还没回来。他打猎的时候,总是不太留意时间。所以她们只好先吃饭。馅饼只能等到晚饭的时候再吃了,那时候爸爸就会带回明天烤着吃的肥大雁呢。

整整一个下午,绵绵细雨一刻也没有停。劳拉去井边提水的时候,天空是十分阴郁的灰色。整个大草原上棕黄色的草丛都被浸湿了,泥沼上高高的野草也不停地往下滴着水,在雨珠不断地拍打下弯了腰。

劳拉赶紧提着水回家了,她不喜欢外面草地湿淋淋的样子。

爸爸直到要吃晚饭的时候才回到家,除了枪,他手里什么也没有。他不说也不笑,眼睛睁得很大,但没有一丝光彩。

"怎么了,查尔斯?"妈妈急切地问道。

他脱掉湿乎乎的外套,摘下滴着水的帽子,把它们挂了起来,才开口说话。"我也想知道怎么了,真是太奇怪了,湖上面别说大雁了,连只鸭子也没有,沼泽地里也是空荡荡的。根本看不到它们,它们都飞到高高的云层里面去了,而且飞得很快。我能听到它们的叫声,卡罗琳,所有鸟儿都迅速朝着南方飞去了,而且飞得都很高,所有的,都往南飞了,没有一只例外。所有地上跑的、水里游的动物都不知道躲到哪里去了,我还从来没见过哪个地方这么空旷、这么寂静。"

"没关系。"妈妈高兴地说,"晚饭做好了。你靠着炉灶坐,把身上烤干吧,查尔斯。我把桌子移过来,现在天气变冷了。"

天气确实变冷了。冰冷的空气匍匐在桌子底下,顺着劳拉赤裸的双脚爬上她裙子里的膝盖上,不过晚饭如此温暖、美味,温馨的灯光下面,所有的脸蛋都因为为爸爸准备的惊喜而闪闪发亮。

爸爸却根本没有注意到大家的表情。他狼吞虎咽地吃着,也没心思留意自己吃的是什么。他又说道:"真是奇怪,没有一只鸭子和大雁停下来休息。"

"那些可怜的东西是想要赶紧到阳光下去吧。"妈妈说,"很庆幸我们有个好的屋顶,可以舒适地待在里面,躲风避雨。"

爸爸把吃干净的盘子推到一边,妈妈给了劳拉一个眼色,说道:"可以了!"大家的脸上都挂着微笑,当然除了爸爸。卡莉坐在椅子里不安地扭动着,格蕾丝跳上了妈妈的膝盖,劳拉端出了馅饼。

刚开始,爸爸还没看到。不过他看到立刻叫了出来:"馅饼!"

爸爸比大家想象中的还要惊喜。格蕾丝、卡莉还有劳拉都一起大声笑了起来。

"卡罗琳,你居然有办法做馅饼?"爸爸惊叫道,"这是什么馅儿的?"

"你尝尝就知道了。"妈妈说着切了一块放在了他的碟子里。

爸爸从三角的顶端切了一块,放进了嘴里。"苹果馅饼!你从哪里弄的苹果?"

卡莉实在忍不住了,她几乎是大吼了出来:"是南瓜,妈妈用青南瓜做的!"

爸爸又咬了一小口仔细地品尝。"真是一点也没想到。"他说,"你们妈妈的手艺真是天下无双啊!"

妈妈什么也没有说,不过她的双颊泛起了一丝绯红。大家享用着美味馅饼的时候,妈妈的眼睛里一直含着笑容。大家都慢慢地品尝着,小口小口地嚼着,好让这美味在嘴里停留得更久一些。

这顿晚餐真是太开心了,劳拉真希望永远也不要结束。当她和玛丽还有卡莉一起躺在被窝里的时候,她还一直睁着眼睛,因为实在太开心了。她慵懒而舒适地躺在温暖的被窝里,打在屋顶的雨声也变得如此悦耳了。

蒙眬中,她感觉一滴水落在了脸上,把她惊醒了。她觉得应该不会是雨水,因为头上有屋顶呢。她往玛丽身边靠了靠,又进入了甜蜜温暖的梦乡。

十月的暴风雪

劳拉突然惊醒了,她听到有人在唱歌,还奇怪地打着拍子。

啊,快乐的我就像大大的太阳花,(啪!啪!)
在微风中点头又弯腰,啊!(啪!啪!)
我的心轻盈得就像那轻风,(啪!啪!)
吹得树叶悠悠地飘落,啊!(啪!啪!)

爸爸正在唱着他的"苦恼歌",一边唱一边用手臂捶打着胸膛。

劳拉觉得鼻子很冷。她蜷缩在被窝里,只有鼻子露在外面。她把整个头从被窝里伸了出来,才明白爸爸为什么要捶打他自己。他想用这种方法暖一暖手。

爸爸生了炉火。火焰在炉灶里烧得很旺，空气却还是冰冷刺骨。屋顶漏下来的雨水滴在被子上，被子都结了冰。狂风在小棚屋周围呼啸着，从屋顶和墙缝传来嗖嗖的声音。

卡莉睡眼惺忪地问道："怎么回事？"

"是暴风雪。"劳拉告诉她，"你和玛丽还是继续躺在被子里吧。"

她小心翼翼地从温暖的被窝里面爬了出来，尽量不让冷风钻进被子里。穿鞋子的时候，她的牙齿直打战。妈妈也在帘子后面穿衣服，不过两个人都冻得说不出话来。

她们都来到了炉灶边，火苗烧得很旺，周围却感觉不到一丝热气。窗户外面是一片狂舞的白色雪花。雪花从门下面的缝里钻入，沿着地板飘了进来，墙上的每一根钉子都结着白霜。

爸爸已经到马厩去了。劳拉感觉很庆幸，因为马厩和棚屋之间堆了一排干草垛呢。爸爸可以顺着干草垛往前走，应该不会迷路的。

"暴……暴……风……雪！"妈妈发着抖说道，"十……十……月，还……没……听说过……"

她往炉灶里面又添了一些木柴，把木桶里的冰块打碎，添到了烧水壶里。

木桶里的水还剩下不到一半了。她们必须节约用水，谁也不能冒着这么大的暴风雪到井边去打水。不过地板上面的雪很干净。劳拉拿铲子把雪铲到脸盆里面，放在炉灶边上烤化，用来洗脸。

现在炉灶旁边的空气不是很冷了,所以她连被子把格蕾丝卷起来抱到炉灶边帮她穿衣服。玛丽和卡莉也在敞开的烤炉旁边哆哆嗦嗦地穿好了衣服。所有人都穿上了袜子和鞋子。

爸爸回来的时候,早饭已经做好了。他打开门一走进屋,一股呼啸的寒风和一片纷飞的雪花也趁机钻了进来。

"我说吧,麝鼠能够预知未来的天气,对吧,劳拉?"他身体刚暖和起来便说道,"野雁也知道。"

"难怪它们都不在湖边停留了。"妈妈说。

"现在湖水都冻住了。"爸爸说,"温度已经接近零度了,而且还在继续下降。"

他说着瞥了一眼木柴箱。劳拉昨天已经装满了一箱,不过现在柴火已经剩得不多了。所以,刚吃完早饭,爸爸就穿上外套,戴上帽子,又拿围巾把自己裹得严严实实,跑到柴火堆那里抱了一大把回来。

屋里变得更冷了。炉灶里面的火根本没办法把薄薄的墙壁里面的空气烤得温暖起来。现在除了裹着外套和披肩蜷缩在炉灶边,其他什么也做不了。

"幸好昨天晚上我泡了豆子。"妈妈说。她掀起水壶的盖子,迅速放进一勺苏打。豆子在水里沸腾着,起着泡沫,但是一点也没有溢出来。

"还有一点咸猪肉可以放进去。"妈妈说。

她时不时地用勺子舀上几粒豆子吹一吹。等豆子的皮都裂开卷曲了,她就把苏打水沥出来,重新倒上热水,放了一点肥猪肉进去。

"这么冷的天,喝上一碗热豆子汤再好不过了!"爸爸说。他低头看了看正拽着他的手的格蕾丝,说道:"好啦好啦,蓝眼睛,你想做什么啊?"

"我要听故事。"格蕾丝说。

"讲爷爷和那头猪一起乘雪橇的故事给我们听吧。"卡莉也央求道。于是,爸爸把格蕾丝和卡莉抱到膝盖上,又讲起了以前在大森林的时候,给还是小孩子的劳拉和玛丽讲过的那些故事。妈妈和玛丽在烤炉旁边的摇椅里盖着被子忙着针织活儿,劳拉裹着披肩,站在炉灶和墙壁中间。

冷风从小棚屋的角落里爬进来,离炉灶越来越近。冰冷的风掀起床周围的挂帘。整个小棚屋都在暴风雪里面颤抖着。不过,水壶里沸腾的豆子散发出雾蒙蒙的水蒸气,在这样的香味中,屋子里的空气仿佛也变暖了。

中午,妈妈把面包切成薄片,给每个人盛了一碗热腾腾的豆子汤,大家都围在炉灶边吃着。每个人都喝了一杯浓浓的热茶。妈妈还给格蕾丝冲了一杯淡红茶,是用开水和牛奶调制的,只能尝到一点点茶味。不过,如果小女孩们的妈妈让她们喝了这样的茶,小女孩们都会觉得自己长大了。

喝了热乎乎的豆子汤和茶水,大家都感觉暖和了起来。他们撇开豆子,只喝了汤,然后妈妈把豆子都放进一个牛奶锅里,把那块肥猪肉放在中间,在上面滴了一些糖浆。她把平底锅放进烤炉,关了烤炉的门。晚饭她们就可以吃烤豆子了。

~十月的暴风雪~

爸爸还得再抱些柴火回来。谢天谢地,柴火堆就在后门旁边。爸爸抱着一把柴火踉踉跄跄地进了屋,已经上气不接下气了,好一会儿才说出话来:"这风吹得真是让人喘不过气啊。早知道有这么大的暴风雪,昨天就在屋子里放满柴火了,现在带进来的雪都快和抱进来的柴火一样多了。"

事实的确是这样的。每次劳拉帮爸爸开门,雪花就趁机卷了进来。积雪从他身上往下掉,柴火上面也全是雪。这些雪像冰一样硬,像沙子一样细,一开门屋子里就没什么热气了,就连雪掉在地上都不会化。

"差不多够了。"爸爸说。要是再放进更多的冷空气,他抱进来的柴火都不够把这寒气驱散的。

"你先把屋子里的雪扫一扫,劳拉,然后帮我把小提琴拿来。"爸爸说,"我先把手指暖和暖和,等会儿我们唱首歌,把怒吼的风声压下去。"

过了一会儿,爸爸调了调琴弦,用松香擦了擦琴弓,然后把小提琴靠在肩上,弹唱了起来。

> 哦,如果青春能复返,
> 我将过截然不同的生活,
> 存够钱,买块地,
> 娶黛娜做我的妻。
> 现如今我已白发苍苍,
> 没有干活的力气,
> 哦,带我回去吧,
> 哦,带我回去吧,
> 带我回到旧弗吉尼亚海滨,
> 带我走吧,带我走吧,
> 带我走吧,直到我死去……

"天哪!"妈妈打断了他,"我听着风声还好受点。"她想让格蕾丝暖和一点,不过格蕾丝使劲挣扎着,还一直哭闹,妈妈只好把她放了下来:"好吧,你想跑就随你跑去吧!待会儿肯定还想到炉灶边的。"

"我有个点子!"爸爸大喊,"劳拉!卡莉!你们都到格蕾丝那边去,让我们看看你们一起齐步前进吧!你们的身体很快就会暖和起来的!"

把裹得严严实实的披肩脱掉真是太不情愿了,不过她们还是照爸爸说的做了。接着,和着琴声,爸爸浑厚有力的歌声响了起来。

> 前进!前进!埃特里克和蒂维厄特!
> 小伙子们,你们为何不齐步前进呢?
> 前进!前进!埃斯克代尔和利德斯!
> 所有苏格兰兵都跨越了边界!
> 许多旗帜在头顶飘扬,
> 许多饰章都声名远扬!

孩子们一圈一圈地踏着正步,劳拉、卡莉和格蕾丝用尽全力跟着一起唱,脚步重重地落在地板上,发出踢踢踏踏的响声。

> 骑上马吧!准备好吧!
> 山谷的孩子们,
> 战斗吧,为了你们的家园,
> 为了古英格兰的荣耀!

她们仿佛觉得真的有旗帜在头顶飘扬,而她们正走向胜利。她们已经完全听不到暴风雪的声音了,全身上下都是热乎乎的。

然后音乐停止了,爸爸把小提琴放回盒子里。"好啦,丫头们,为了让牲口晚上过得舒服点,现在我得朝着暴风雪进军啦。

要是这首老歌连和暴风雪作斗争的这点勇气都没有赋予我,才真该死呢!"

爸爸把小提琴放回去的时候,妈妈在烤炉边暖了暖爸爸的外套和围巾。大家都听得到门口狂风的呼啸声。

"等你回来的时候,我们就可以享用热腾腾的烤豆子和茶了。"妈妈许诺道,"然后我们就趁着身体热乎钻到被窝里吧,说不定暴风雪明天早晨就停了呢。"

不过第二天早晨,爸爸又唱起了那首"苦恼歌"。窗户上还是白茫茫一片,风依然卷着雪花,把小屋拍打得摇摇晃晃。

这场暴风雪又持续了两天两夜。

暴风雪之后

第四天早晨,劳拉感觉耳朵里很奇怪。她从被窝里往外瞥了一眼,发现被子上也飘了一层雪。她听到了炉灶盖子微弱的撞击声。她突然意识到为什么耳朵里面感到空空的了,因为暴风雪的呼啸声已经停息了!

"醒醒,玛丽!"她大喊,用胳膊肘戳了戳玛丽,"暴风雪结束了!"

她从温暖的被窝里面跳了出来,外面的空气真是冰冷无比。炉灶好像没有散发出一点热气。一桶雪水差不多冻实了。不过结满白霜的窗户上却闪烁着阳光。

"外面还是一样冷。"爸爸进屋的时候说道。他弯下腰,俯身在炉灶上,想要烤化胡子上结的冰碴。冰碴在胡子上嘶嘶作响,变成一片水蒸气。

爸爸擦了擦胡子，接着说："风把屋顶上钉得牢牢的一大块焦油纸吹走了，难怪屋顶会漏风漏雪。"

"不管怎样，暴风雪结束啦。"劳拉说。一边吃着早餐，一边望着金光闪闪的窗格，劳拉开心极了。

"还会迎来小阳春呢！"妈妈肯定地说，"这场暴风雪来得太早了，冬天不会这么早来的。"

"我也没见过哪个冬天这么早就来了。"爸爸承认，"不过有些东西真不讨人喜欢。"

"什么东西，查尔斯？"妈妈想知道。

爸爸也说不清到底是什么。"干草垛旁边有几头迷路的牛。"

"它们扯干草了？"妈妈紧接着问道。

"没有。"爸爸说。

"那有什么关系，如果没有造成什么伤害的话？"妈妈说。

"它们估计是被暴风雪弄得精疲力竭了，"爸爸说，"就跑到干草垛那边躲避一下吧。我想着就让它们在那里休息休息吃点东西再赶它们走。我可不想让它们从干草垛上面扯干草，不过可以适当吃一点。奇怪的是，它们什么也不吃。"

"然后怎么了？"妈妈问道。

"什么也没发生。"爸爸说，"它们就只是站在那儿。"

"那也没有什么好担心的啊。"妈妈说。

"没有。"爸爸说完喝了口茶，"好吧，我干脆现在就把它们赶走吧。"

他又穿上外套，戴上帽子和手套出去了。

过了一会儿，妈妈说："你最好也一起去吧，劳拉。他要把那些牛赶走可能需要人帮忙呢。"

劳拉迅速把妈妈的大披肩盖到了头上，用别针把下巴下面紧紧地别了起来。羊毛大披肩把劳拉整个人从头到脚都裹了起来，就连双手都在披肩下面呢，只有脸是露在外面的。

外面灿烂的阳光刺得她睁不开眼。她深深地吸了一口冷风，眯着眼睛环视着周围。天空湛蓝无比，整个世界一片雪白。猛烈的风也没有把雪花卷起来，只是吹得它们在大草原上来回扫动着。

冰冷的空气如刀割一般，吹得她脸颊生疼，又针扎一般穿过鼻子钻进了胸口，变成了一缕蒸气回到空气中。她拿起披肩的一角捂住了嘴，可是刚一呼吸，披肩上就结满了白霜。

她走过马厩的拐角处，看到了走在前面的爸爸，还看到了那几头牛。她站在那里看着。

那几头牛就站在阳光下干草垛的阴影里——一头红色、一头棕色、一头带斑点的，还有一头是瘦瘦的黑牛。它们站在那里几乎一动不动，都低着头望着地面。枯瘦嶙峋的肩胛处，伸出毛茸茸的脖子，有红色的、棕色的，脖子上连接着一个个巨大的白色脑袋，看起来很是怪异。

"爸爸！"劳拉大喊。爸爸示意她站在原地不要动。他继续迎着在低空飞舞的雪花步履艰难地朝着那些牛靠近。

那些牛看起来像雕像一样。所有的牛都纹丝不动地站在那里，一点动静都没有。只有在呼吸的时候，肋骨中间毛茸茸的侧身一鼓一鼓的。臀部和肩部的骨头棱角分明。它们的腿绷得紧紧的，一动不动僵直地站在那里，而白色的头部弯到了地上，快要埋进雪里去了。

　　劳拉感觉头皮一阵刺痛，脊背一阵发凉，眼睛被阳光刺得生疼，冷风一吹直流眼泪。爸爸在风中继续缓慢地向前挪着，一直走到了那些牛身边，可是它们却依然一动也不动。

　　爸爸站在那里看了一会儿。然后他突然弯腰迅速地做了什么。劳拉听到一声咆哮，一头红牛就弓着背跳了起来。红牛一边大叫一边跌跌撞撞地跑开了。这头牛长着正常的脑袋，上面有眼睛有鼻子，张着嘴咆哮着，还喷着气呢。

　　第二头牛也咆哮着踉踉跄跄地跑了一小段距离，接着另一头也跑了起来。爸爸把它们一一解救了出来。牛的咆哮声回荡在冰冷的天空。

　　最后它们渐渐走远了，安静地走在淹没膝盖的雪地里。

　　爸爸朝劳拉摆了摆手，示意她回到小棚屋里去，而他在那里检查着干草垛。

　　"怎么去了那么久？"妈妈问道，"是不是牛钻进干草垛里去了？"

　　"不是的，妈妈。"她回答道，"它们的头……我猜它们的头是冻在地上了。"

　　"不会吧！"妈妈惊叫道。

　　"肯定又是劳拉在胡思乱想了，"玛丽说道，她正坐在炉灶旁边椅子里忙着做针织活儿，"牛的头怎么会冻在地上呢，劳拉？你讲话的方式真的很让人担心呢。"

　　"不信的话问爸爸好了！"劳拉简短地回答。她也没办法向妈妈和玛丽准确地描述她的感受。不知为什么，她总觉得在这

~ 暴风雪之后 ~

狂野的暴风雪之夜，大草原上一种比所有声音更可怕的寂静将那些牛俘获了。

爸爸回来的时候，妈妈问道："那些牛怎么了，查尔斯？"

"它们脑袋上全是冰和雪。"爸爸说，"它们呼出的气冻住了眼睛和鼻子，所以看不见东西也没办法呼吸了。"

正在扫地的劳拉停了下来。"爸爸，你说什么？它们自己的呼吸让自己窒息了？"她惊恐地问道。

爸爸能够理解她的感受。他说："现在已经好了，劳拉。我把它们脑袋上面的冰打碎了。它们现在可以呼吸了，我想它们应该能找到什么地方躲避一下。"

卡莉和玛丽不敢相信地瞪大了眼睛，就连妈妈看起来也充满了惊恐的神色。妈妈赶紧轻快地说道："你接着扫地吧，劳拉。还有查尔斯，天啊，你怎么不把外套脱掉，赶紧到炉灶边暖暖啊？"

"我有样东西要给你们看。"爸爸说，他小心地把手从口袋里掏了出来，"朝这边看，丫头们，看看我在干草垛里发现了什么好东西。"

他缓缓地张开手，只见他戴着连指手套的掌心里坐着一只小小的鸟儿。他轻柔地把它放在玛丽的手心。

"啊，它站起来了！"玛丽大叫，一边用指尖轻轻地抚摸着。

大家都没有见过这样的鸟儿。它还那么小，不过看起来却像爸爸那本绿封皮书《动物世界奇观》里画的大海雀。

它们有着一样白色的胸膛、黑色的背和翅膀，一样伸在后面的小短腿，还有带蹼的大脚。它笔直地站着，像一个穿着黑色套装和白色衬衫的小人儿，小小的黑色翅膀就像两只手臂。

"这是什么鸟啊，爸爸？是什么？"卡莉高兴地大喊，并赶紧握住了格蕾丝急切地想抚摸的手，"别摸，格蕾丝。"

"我也没见过这样的鸟儿。"爸爸说，"它肯定是在暴风雪里面累坏了，掉下来撞到了干草垛上，然后爬进干草垛里面躲风避雨了。"

"这是大海雀，"劳拉大声告诉大家，"只不过是只幼鸟。"

"这鸟已经发育完全了，不是幼鸟。"妈妈说，"你看看它的羽毛。"

"对的，不管是什么鸟儿，都是已经长大的鸟儿了。"爸爸表示同意。

小鸟在玛丽柔软的手心里笔直地站立着,瞪着黑亮的眼睛望着大家。

"它以前肯定没有见过人类。"爸爸说。

"你怎么知道的,爸爸?"玛丽问道。

"因为它不害怕我们啊。"爸爸说。

"嗯,我们可以留着养吗,爸爸?行吗,妈妈?"卡莉乞求道。

"这个,看情况吧。"爸爸说。

玛丽用指尖在小鸟身上抚摸着,劳拉在一边给她讲述小鸟光滑的前胸多么洁白,背部、尾巴还有小小的翅膀是多么黑亮。然后大家又让格蕾丝仔细地摸了摸小鸟。小鸟静静地蹲在那里望着大家。

大家把小鸟放在地板上,小鸟往前走了几步。接着,小鸟把带蹼的脚用脚尖撑在地板上,扑棱着小小的翅膀。

"这里是不行的。"爸爸说,"这是只水鸟,必须要在水里起飞,带蹼的脚掌才能帮助它飞得快一些。"

最后,大家把这只小鸟放在了墙角的一个盒子里。小鸟站在那里,转动着又黑又亮的圆眼睛望着大家,大家都很好奇这只小鸟吃什么。

"这暴风雪真够奇怪的。"爸爸说,"真不喜欢。"

"别想太多了,查尔斯,只是一场暴风雪而已。"妈妈说,"很快就可以享受暖和的好天气了。现在都已经开始暖和了。"

玛丽继续拿起了手里的针织活儿,而劳拉继续打扫着屋子。

爸爸在窗边站着,过了一会儿,卡莉把格蕾丝从小鸟身边领走,也朝着窗外看了起来。

"哎呀,快看!大野兔!"卡莉大喊。果然,马厩旁边,几十只长耳朵的大野兔蹦跳着。

"暴风雪的时候,这些捣蛋鬼一直在我们干草垛里面住着呢。"爸爸说,"我应该拿枪过去打几只炖汤喝。"

不过,他还是一直站在窗户旁边看着这些兔子,没有去拿枪。

"放过它们吧,爸爸,就这一次。"劳拉央求道,"它们是不得已才到那里的,因为必须得找个地方躲一躲啊。"

爸爸望了妈妈一眼,妈妈微笑着说道:"我们不饿,查尔斯,谢天谢地,我们终于熬过这场暴风雪啦。"

"好吧,就分给它们一点干草吃吧!"爸爸说完,就提着水桶去井边了。

过了一会儿,爸爸回来了,他打开门,一股冷风也趁机钻了进来,不过太阳已经把小棚屋南边的积雪融化了。

小阳春

　　第二天早晨，水桶上面只剩下一层薄冰，天气晴朗而温暖。爸爸把他做的捕鼠器拿到大沼泽旁边安装好，准备捕麝鼠。卡莉和格蕾丝在屋外玩耍。

　　小鸟不吃东西，也不发出任何声音。不过卡莉和劳拉可以感觉到它正用绝望的眼神望着她们。它要是不吃东西肯定会饿死的，可是无论递给它什么东西，它好像都不知道该怎么吃。

　　晚饭的时候，爸爸说，银湖上面的冰层已经开始融化了。他觉得这只小鸟应该能够在开阔的水面上好好照顾自己。所以吃完晚饭，劳拉和玛丽披上外套戴上兜帽，就跟爸爸一起去把小鸟放生。

　　灰白色的天空暖意融融，银湖闪现着淡蓝和银色的波光。四周的冰还没有融化，层层涟漪上面漂浮着一块块冰。小鸟立在爸爸手里，像是穿着黑色的外套，露出整洁的白衬衣——前胸白色的小绒毛。它朝着土地、天空和水面望了望，急切地踮起脚尖，伸展着小小的翅膀。

可是它走不了，飞不起来。它的翅膀太小了，根本没办法撑起自己的身体。

"不应该把它放在地上。"爸爸说，"这是只水鸟。"

爸爸来到湖边的薄冰层边蹲下来，伸出手臂，轻轻地倾斜手掌，把小鸟放在了蓝色的水面上。小鸟朝着远处的冰块跑过

~ 小阳春 ~

去,很快就只剩下一个黑点。

"它飞起来的速度很快的,因为脚掌是带蹼的。"爸爸说,"从那边……起飞了!"

劳拉还没反应过来,小鸟就已经飞到了明媚的蓝天上,消失在耀眼的阳光里。阳光很刺眼,她没办法继续看。不过爸爸还是继续望着小鸟离去的方向,看着它朝着南方飞去。

他们不明白,为什么这只奇怪的小鸟会在遥远北方吹过来的暴风雪中来到这里,然后又在阳光明媚中朝着南方飞走了。他们以前从来没有见过,也没有听说过这样的鸟儿,也不知道这只鸟到底是什么种类。

爸爸仍然站在那里,凝视着草原的远方。整个大草原都被涂上了温和的色彩,浅棕色、黄褐色、灰褐色,还有淡淡的绿色和紫色,再远一点就成了灰蓝色。阳光十分温暖,空气中有层层薄雾。站在湖边的薄冰旁边,劳拉只感觉脚踝有一点点冷。

一切都是那么安静。没有一丝风吹过,晒得褪色的草丛也没有一丝摆动。水上和天空中也看不到一只鸟儿。只有湖水在轻轻地拍打着。

劳拉看了看爸爸,她知道爸爸也在仔细聆听着。这种寂静和寒冷一样可怕,它比任何声音都更加有穿透力。它可以让湖水的拍打声还有劳拉耳朵里细微的嗡嗡声都停下来。这是怎样的寂静呢,没有一丝声音,没有一丝动静,什么都没有;这种感觉真是太可怕了。劳拉感觉心脏嗵嗵直跳,极力想从这种寂静中逃离。

"真不喜欢这种感觉。"爸爸一边说一边摇了摇头,"不喜欢这种天气给人的感觉。有什么东西……"他没办法表达自己想要表达的那种意思,然后接着又说,"真不喜欢这种感觉,一点也不喜欢。"

这样的天气,应该不会有人说不对劲儿的。这是一个明媚的小阳春。虽然每天晚上都会下雪,有时候还结一层薄冰,但是整个白天都是阳光明媚的。每天下午,劳拉和玛丽都会在温暖的阳光中散散步,而卡莉和格蕾丝就在小屋附近玩耍。

"趁着有阳光的时候,好好晒晒太阳吧!"妈妈说,"很快冬天就来了,到那时候,你们就只好待在屋子里了!"

在这温暖舒适的天气里,他们在外面尽情地享受着明媚的阳光和清新的空气,因为等到冬天的时候,这些就成了一种奢侈。

不过跟玛丽一起散步的时候,劳拉经常迅速地朝着北方凝望。她也不知道为什么。那边并没有什么。有时候,在这样温暖的阳光里,她只是静静地站在那里,仔细地听着,却感到有点心神不宁。真的很奇怪。

"今年冬天一定很难熬。"爸爸说,"应该是最艰难的一年。"

"为什么这么说啊,查尔斯。"妈妈不以为然,"你看现在天气这么好,不能说因为这么早来了一场暴风雪,整个冬天的天气都不好了。"

"我猎麝鼠这么多年了,"爸爸说,"还从没见过它们筑这么厚的窝呢!"

"麝鼠啊!"妈妈说。

"大自然的事物总能预知很多东西。"爸爸说,"那些野生动物都已经筑好窝准备迎接寒冬了。"

"或许它们只是筑窝迎接刚刚过去的那场风雪呢。"妈妈还是坚持道。

不过爸爸没有继续说服妈妈。"我不喜欢有些东西给人的感觉。"他说,"现在的天气里似乎潜伏着什么东西,随时都有可能爆发。如果我是那些野生动物,我肯定会赶紧找到我的地洞,挖得再深一些。如果我是野雁,肯定会赶紧展开翅膀从这里飞走。"

妈妈笑了起来。"你就是个呆鹅啊,查尔斯!我还从来没碰到过这么舒服的小阳春呢!"

印第安人的警告

一天下午,一小群人聚集在镇上霍森家的商店里。因为暴风雪而被迫停运的火车现在已经恢复运营了。所以男人们都从各自的宅地来到镇上,采购一些生活用品,也顺便听一听有没有什么新的消息。

罗伊尔和阿曼佐也从他们宅地上过来了,阿曼佐驾着他那两匹摩根马拉的马车,这两匹摩根马可以说是当地最好的一对马了。博斯特先生也在,他站在那一小群人中间,每次他一笑,大伙儿就全都笑了起来。爸爸扛着枪走进了商店,不过他根本没有看到长耳大野兔的影子,现在只好等着霍森先生给他称一块咸猪肉来代替。

谁也没有听到脚步声,不过爸爸感觉背后有个人,所以就转身想看看到底是谁。突然,博斯特先生停止了讲话。

~ 印第安人的警告 ~

其他人也都好奇地想看看博斯特先生到底看到了什么。大家都迅速地从坐着的饼干箱子和犁上面站了起来。阿曼佐也从柜台上滑了下来。大家都没有说话。

只是来了一个印第安人,但不知道为什么看到他大家全都安静了下来。印第安人站在那里扫视着大家,先是爸爸、博斯特先生,然后是罗伊尔·怀德,还有其他所有的人,最后看着阿曼佐。

这是一个非常年老的印第安人，棕色的脸上满是深深的皱纹，干瘪的皮肤包裹着骨头，不过人很高，又站得笔直。他的双臂在灰色的毯子下面交叉着，把毯子紧紧地裹在身上。他的头上除了中间一缕头发其他都剃得光光的，一根老鹰的羽毛直直地立在那缕头发上。他的眼神明亮而尖锐。他身后，明媚的阳光正照耀在满是尘土的大街上，一匹印第安矮种马在远处等着他。

"要下暴雪了！"印第安人说。

毯子从他身上滑了下来，他的肩膀和一条棕色的手臂露了出来。他手臂大幅度挥舞着，向北，向西，向东，最后拢到一起画着圈儿。

"很大很大的雪，很大很大的风。"他说。

"要下多久？"爸爸问。

"好多个月！"印第安人说。他先是伸出了四根手指，然后另一只手又伸出三根。一共七根手指，也就是要一直下七个月的暴雪。

大家都看着他，什么也没有说。

"你们这些白人，"他接着说，"我跟你们说。"

他再次伸出了七根手指，"很大的雪！"他又晃了晃七根手指，"很大的雪！"他继续晃着手指，"很大很大的雪，要下好多个月！"

接着，他用食指轻轻地敲了敲自己的胸膛。"我老了！老了！经历过的！"他自豪地说。

随后，他走出商店，走到等待他的矮种马那里，骑着它朝西边走了。

"怎么会有这种事呢?"博斯特先生说。

"七个月的大雪是怎么回事?"阿曼佐问道。

爸爸告诉他:"印第安人的意思是说,每七年都会遇到一次艰难的冬天,每三个七年会遇到一次最艰难的冬天。他就是来告诉我们白人,今年是第二十一个冬天,会有七个月的暴风雪。"

"你们都相信刚才那老头儿说的吗?"罗伊尔想知道。不过大家也不知道该怎么回答。

"为了以防万一,"罗伊尔说道,"我看我们大家都搬到镇上过冬吧,在我那个饲料店铺过冬比在宅地上的小棚屋好得多。你觉得怎么样,阿曼佐?"

"我同意。"阿曼佐说。

"你呢,博斯特,你觉得搬到镇上住怎么样?"爸爸问道。

博斯特先生慢慢地摇了摇头。"我觉得我们不行。我们家牛啊、马啊、鸡啊养得太多了。要是到镇上去,即使我愿意出租金,也找不到这样的地方可以养啊。我们已经把宅地的小棚屋修整得很好了,应该可以过冬的。我想我跟艾莉还是不去镇上住了吧。"

大家表情都很严肃。爸爸付了钱走出商店,迅速朝家里走去,一边走一边还时不时地回头,朝北方的天空看一看。而天空是那么清澈,阳光明媚地照耀着大地。

爸爸进屋的时候,妈妈正从烤炉里取出面包。卡莉和格蕾丝跑出去迎接爸爸,然后跟他一起进屋。玛丽继续静静地做着手里的缝纫活儿,不过劳拉蹦了起来。

"有什么不对劲儿吗,查尔斯?"妈妈一边问,一边把一条香喷喷的面包从平底锅里倒在一块干净的白布上,"回来得这么早。"

"没什么不对劲儿。"爸爸说,"这是你要的糖、茶,还有一点咸猪肉。我没有猎到兔子。没什么不对劲儿。"他又重复了一遍,"不过我们最好尽快搬到镇上去。我先把干草拉过去,存着冬天烧。要是抓紧的话,天黑之前还可以再拉一车。"

"天啊,查尔斯!"妈妈倒吸了一口气,不过爸爸已经朝着马厩那边走过去了。卡莉和格蕾丝望着妈妈,又望了望劳拉,接着又望向了妈妈。劳拉望着妈妈,而妈妈也无助地望着她。

"你爸以前从来没这样过。"妈妈说。

"没什么不对劲儿的,妈妈。爸爸已经说了。"劳拉回答,"我得赶紧赶上他去帮他踩干草呢。"

妈妈也来到了马厩旁边。爸爸一边把马具套在马身上,一边对妈妈说道:"今年冬天会很冷的。你如果很想知道为什么我会这么做,那就是我很害怕这个冬天。这里只是宅地上的小棚屋而已,根本没办法抵御那么寒冷的天气,你看刚经历了第一场暴风雪,房顶的焦油纸就已经不成样子了。我们镇上的商店是用木板和焦油纸建造的,外墙上都有保护层,里面还有天花板。那里又结实又暖和,马厩也很保暖。"

"非要这么着急吗?"妈妈问道。

"我就是感觉要快点。"爸爸说,"就像那些麝鼠一样,似乎有什么在告诉我,要赶紧让你和孩子们住到有厚墙的房子里。这感觉本来已经有一阵子了,而现在又遇到了那个印第安人……"

~印第安人的警告~

说到这里，他停住了。

"什么印第安人？"妈妈问他。妈妈每次说到印第安人这个词语的时候，就仿佛已经闻到了印第安人的气息。妈妈有点看不起印第安人，不过也对他们充满了恐惧。

"也有好的印第安人的。"爸爸总是坚持这个观点，他继续说道，"他们知道一些我们不知道的事情。等晚饭的时候我再给你细说吧，卡罗琳。"

这会儿爸爸正在从干草垛上叉干草，劳拉在车子后面的干草架里面踩着干草，所以现在没办法讲话。劳拉迅速地踩着，脚底下的干草越堆越高，后来堆得比马背都高了。

"等到了镇上我就自己来干吧。"爸爸说，"在镇上，一个女孩子干这男孩的活儿不太好。"

所以，当劳拉从车上高高的干草上面滑到了剩下的干草垛里，爸爸就驾着马车走了。这样的小阳春的下午是非常温暖的，空气里充满了香甜的气息，也没有什么风。色彩柔和的大草原一直延伸到远方，覆盖着大地的天空也是一片安宁。不过在这样的柔和与安宁当中，似乎有什么东西正潜伏着。劳拉能够明白爸爸的意思。

"啊，但愿我有一双鸟的翅膀！"劳拉想起《圣经》里的这些话。要是她能够有一双鸟的翅膀，就可以展开翅膀，迅速地飞到远方去。

她神色凝重地回到房间里帮妈妈做家务了。大家都没有翅膀，她们只是搬到镇上去过冬。虽然妈妈和玛丽并不介意，可是劳拉很不喜欢到那么多人的地方去。

搬到镇上

爸爸盖的商店是镇上最好的建筑物之一。它独自伫立在主街的东边。正面的装饰墙高高的,四角方正,还开着一扇窗。楼下有两扇窗户,前门就在两扇窗户中间。

爸爸并没有把载满干草的马车停在那里。他绕着墙角转了个弯,转进了第二大街。第二大街其实就只是一条路而已,没有什么建筑。他驾着马车来到房子后面的小披屋门口。这里有一个很结实的木头马厩,旁边已经堆了一个干草垛,再往前看,劳拉发现第二大街不远处有一座新木板建造的房子。而爸爸的马厩和商店因为历经风吹日晒,都已经变得发白了,就像主街上其他的房屋一样。

"好了,到啦!"爸爸说,"要不了多久,就可以在这里安顿下来了!"

他把马车后面的母牛艾伦和一头大牛犊身上的绳子解开，劳拉把它们拉到马厩的牛栏里，而爸爸已经开始从马车上卸干草了。然后，他驾着马车来到马厩里，给马卸下马具。

小披屋的门开在里屋的楼梯下面。当然，这个狭窄的里屋将会用来当作厨房，这个屋子有一个窗户，透过窗户可以看到第二大街，街对面是一片空地，旁边有一间小小的空店铺。往草原东北方的远处望去，劳拉还可以看见那幢两层楼的火车站。

妈妈站在空荡荡的外面房间里，环视着四周，思考着家具该怎样摆放。

宽敞空荡的房间里，已经摆了一个烧木炭的暖炉、一张擦得发亮的桌子和一把椅子，看起来像是从哪里买回来的。

"哇，这桌子和椅子哪里来的啊？"劳拉大声问道。

"都是你爸爸的。"妈妈说，"卡罗尔法官的新搭档有了个新桌子，所以就把以前的旧桌椅还有暖炉都给你爸爸了，这样可以冲抵一部分租金。"

这张桌子是有抽屉的，桌子上有一个奇妙的伸缩盖，可以拉出来、折下来，或者推上去。盖子下面是一个分格的文件架，把盖子推上去就完全看不见了。

"我们把摇椅放在另一扇窗户旁边。"妈妈继续说道，"这样下午的时候，玛丽就可以坐在那里晒晒太阳，我呢，在太阳下山之前，也可以给大家读书了。我们先把椅子搬过去吧，这样玛丽就可以坐下来照看格蕾丝，免得她捣乱。"

妈妈和劳拉一起把摇椅抬到了窗户旁边。然后她们斜架着桌子穿过门廊，把桌子放在了暖炉和通往厨房的门之间。"坐在这里吃饭会很暖和的。"妈妈说。

"现在可以把窗帘挂上了吗？"劳拉问。那两扇窗户就像是一双陌生人的眼睛在瞪着她。窗户外面的街道上，陌生人来来往往，而街道对面的一家家店铺仿佛也在瞪着她。其中有福勒家的五金店，旁边是药房、帕沃的裁缝店、洛夫特斯的杂货店、纺织品店，还有百货商店。

"可以啊，越早挂上越好。"妈妈说着，展开了手里的薄棉布窗帘，在劳拉的帮助下挂了上去。她们挂窗帘的时候，一辆四轮马车驶了过去，还有五六个男孩突然沿着第二大街跑了下去，过了一会儿又来了一群女孩。

"已经放学了。"妈妈说，"明天你跟卡莉也要去上学啦！"妈妈高兴地说。

劳拉没有说什么。没有人知道，她多么害怕见到陌生人，也没有人知道，当她不得不面对陌生人的时候，她的心跳多么快，心里多么发虚。她不喜欢城镇，也不想去上学。

可是她必须要去啊，真的太不公平了！玛丽那么希望成为一名老师，可是却没有办法实现，因为她的眼睛看不见。而劳拉并不想去教书，却不得不为之努力，不然妈妈会很失望的。或许她这一辈子都注定要和陌生人打交道，去教那些陌生的孩子读书；她一定会一直感到害怕，可是却不能表现出来。

不！爸爸说过，她绝不能害怕，也不应该害怕。哪怕害怕得要死，也要勇敢起来。可是即便能够克服这种恐惧，她还是不喜欢陌生的人。她能够理解动物的行为和思想，却永远也猜不透人们的心理。

~ 搬到镇上 ~

不管怎样,现在窗帘已经装上了,外面的人没办法看到里面了。卡莉已经把没有扶手的椅子摆在了桌子旁边。地板是用干净而有光泽的木板铺成的。劳拉和妈妈把用碎布编成的小地毯放在了每扇门的门口,大房子看起来更漂亮了。

爸爸在厨房里架起了做饭用的炉灶。他先是把炉灶的烟囱接在一起,接得又直又结实,然后把碗橱搬了进来。这个碗橱是用装纺织品的箱子制成的,爸爸把它放在了厨房门口里面的墙角。

"好啦!"他说,"这样炉灶和碗橱离另一个房间的桌子很近,很方便!"

"是啊,查尔斯,你考虑得真周到。"妈妈称赞道,"现在,我们把床搬到楼上去,很快就大功告成啦!"

爸爸把床架一块一块递上去,而妈妈和卡莉把它们从楼梯顶端的活板门拉了上去。爸爸又把蓬松的羽绒床垫塞进活门,还有毯子、棉被和枕头,接着就跟卡莉一起到干草垛那边塞褥套。因为这个新开垦的地方还没有种植谷物,没有秸秆,所以只能拿干草来填充了。

阁楼的屋顶下面,爸爸用一张建筑用的厚纸板将房子隔成了两间。窗户一间朝西,一间朝东。从楼梯顶端东边的窗户,妈妈和劳拉可以看到遥远的天际线、大草原、新建的房子和马厩,还有爸爸和卡莉迅速往褥套里面塞干草的身影。

"我和你爸就住这个靠着楼梯的房间吧。"妈妈决定,"你们住在外面那间。"

他们把床架摆好,架上木板条。爸爸将装得鼓鼓的噼啪作响的褥子放在了床上,劳拉和卡莉开始整理床铺,而妈妈下楼去准备晚餐了。

夕阳的余晖照耀在西边的窗户上,给整个屋子都涂上了金灿灿的色彩。她们把褥套里噼啪作响的清香干草弄平整,然后把羽绒床垫放在上面,轻轻地抚平。接着,两个人一人站在床的一边,把被单、毯子和被子都铺好,拉平整,把四个角折得方方正正,又掖好,然后一人拿一个枕头拍打蓬松放在床头,这样床就铺好了。

她们把三张床都铺好,就没有什么事情要做了。

劳拉和卡莉站在橙黄色的夕阳余晖中,望着窗外。爸爸和妈妈正在楼下的厨房里交谈着,两个陌生男人在街道上聊着天。再稍远一些的地方,一个人用口哨吹着曲子。除此之外,还有很多很多其他细微的声音,所有声音都汇集在一起,组成了小镇的声音。

炊烟从商店装饰墙后面飘了出来,经过福勒家的五金店,沿着第二大街朝西飘去,飘到大草原上空,一直来到枯草中间的一座孤零零的建筑。这座建筑可以看到有四扇窗户,夕阳穿过窗户在屋里闪耀着,看起来似乎另一边还有更多的窗户。房子正面的山墙下,伸出一个用木板搭建的入口,像是这座建筑的鼻子。建筑上面有个烟囱,可是没有炊烟。劳拉说:"我猜这一定是学校了。"

"要是我们可以不去上学就好了。"卡莉几乎是自言自语道。

"可是,我们还是必须要去啊。"劳拉说。

卡莉疑惑地望着劳拉,问道:"你难道不觉得……害怕吗?"

"没什么好害怕的啊!"劳拉鼓起勇气回答,"即使有什么让人害怕的,我们也不应该害怕。"在炉灶的火光中,楼下变得非常温暖,妈妈说,这个地方建造得很好,几乎不需要生火来取暖了。她正在准备晚饭,玛丽在桌前摆着餐具。

"我都不需要别人帮忙,"玛丽兴奋地说,"虽然碗橱换了个地方,但是妈妈把里面的碗筷都还按照原来的位置放的,所以我能像以前一样熟练地找到啦!"

妈妈把煤油灯放在餐桌上,在灯光的照耀下,外面的房间显得非常宽敞。奶白色的窗帘，黄漆的桌椅，摇椅上的坐垫、碎呢地毯和红色桌布，松木色的地板和墙壁，灰色的天花板，这些颜色完美地融合在一起。墙壁和地板都很牢固，冷空气一点也钻不进来。

"真希望宅地上也能建个这样的房子。"劳拉说。

"能在镇上有这样的房子，我就很开心了，你们两个丫头今年冬天就可以上学了。"妈妈说，"要是天气不好的话，不可能每天从宅地那边走过来上学的。"

"这里随时都能买到木炭和物资，这点我很满意。"爸爸对大家说，"烧木炭比烧木柴好太多了，它的热度很稳定。我们要储存足够的木炭，这样无论碰到多久的暴风雪都不用怕了，而且我还可以到贮木场再买。住在镇上，我们就不会有任何物资短缺的危险了。"

"镇上现在有多少人了？"妈妈问道。

爸爸算了算。"十四家商店、车站、舍伍德家、加兰德家还有欧文家——也就是说有十八户人家，这还不算后面街道上三四个简陋的小屋。怀德家的两个小伙子还没成家，住在饲料店里，还有一个叫福斯特的男人带着他的牛群也搬过来了，现在住在舍伍德家里。都算上的话，现在镇上得有七十五到八十个人了。"

"想想去年这个时候，这里还一个人都没有呢！"妈妈说着朝爸爸笑了笑，"我很高兴你终于明白定居在一个地方的好处了，查尔斯。"

爸爸不得不承认这一点。不过他说道："从另一方面来说，这一切都是需要资金支持的,而我们的钱已经越来越少,没剩下多少了。只有到铁路那边干活儿,才能每天赚到一块钱,可是现在那边根本不需要人。而这边唯一的猎物就只剩下长耳野兔了。俄勒冈州是个不错的地方,不过很快也会跟这里一样,住满了人。"

"是啊,不过现在是时候让孩子们去上学了!"妈妈坚定地说。

凯普·加兰德

那天，劳拉睡得不太好。整整一夜，她似乎都在想自己现在是住在满是陌生人的镇上，而且明天早晨还必须去上学。醒来的时候，她听到楼下街上陌生人来来往往的脚步声和说话声，心里充满了恐惧。小镇现在已经从夜色中醒来了，店主们都把自家的商店门打开了。

屋子的墙壁将陌生人隔在外面。不过劳拉和卡莉感到心情很沉重，因为她们必须走出屋子，看见那些陌生人。玛丽心情也不好，因为她不能去上学。

"好了，劳拉，卡莉，没什么好担心的，"妈妈说，"相信你们肯定能跟上课的。"

她们惊讶地看着妈妈。妈妈在家里已经教过她们，教得很好，所以跟上课是完全没有问题的。她们担心的根本不是这个，不过她们只是轻轻说了句:"好的,妈妈。"

她们迅速地洗好碗碟,把床铺整理好。劳拉又匆匆地扫了扫卧室的地板。然后她们仔细地穿上冬天的羊毛裙子,紧张不安地梳了梳头,编好辫子。她们把礼拜日才用的发带都系在了辫子上,然后用钢制的纽扣钩把鞋子上的扣子扣上。

"快点,孩子们!"妈妈喊道,"都已经八点多了!"

这时候,卡莉一急,把鞋子上面的一个扣子拽掉了,扣子从地板上滚了出去,掉到地板上的一个缝隙里,看不到了。

"啊,不见了!"卡莉喘着粗气。她绝望极了。鞋子上面一排黑色扣子中间有一个明显的缺口,她可不能穿着这样的鞋子上街去,给那些陌生人看到。

"我们必须从玛丽的鞋子上摘下一颗扣子先缝上了!"劳拉说。

不过妈妈听到了声音,知道扣子掉到楼下去了。她下楼找到了扣子,重新缝好,并帮卡莉把鞋子上的扣子扣好了。

最后她们都准备好了。"你们看起来真漂亮!"妈妈微笑着说。她们穿上外套,戴上兜帽,把教科书拿在手里,对妈妈和玛丽说了再见,一起出门来到了主街上。

店铺全都开门了。福勒先生和布莱德利先生已经把屋子打扫了一遍。他们手里拿着扫帚,欣赏着这个美好的早晨。卡莉抓紧了劳拉的手。这让劳拉的心理有了一点安慰,因为她知道,卡莉比她还害怕呢。

她们勇敢地穿过主街,稳步沿着第二大街往前走。阳光明媚而灿烂。杂乱的枯草在车辙旁边投下阴影。她们自己长长的影子投射在身前，落在了很多脚印上面。似乎要走很长很长的路，才能走到学校，也就是远处空旷大草原上孤零零的建筑，学校附近没有什么其他建筑了。

学校门口，一群陌生的男孩在玩球，还有两个陌生的女孩站在校门前的平台上面。

劳拉和卡莉离学校越来越近了。劳拉紧张得喉咙像是被什么塞住了一样，几乎不能呼吸了。两个陌生女孩中间有一个又高又黑。她柔顺乌黑的头发在后脑勺绾成一个大大的发髻，身上靛蓝色的羊毛裙子比劳拉身上的棕色裙子要更长一些。

突然，劳拉看到其中一个男孩跳到空中接住了球。这个男孩个头高高的，身手敏捷，动作漂亮得像一只猫。他黄色的头发在阳光下看起来似乎成了白色，蓝色的眼睛看到劳拉时瞪得大大的。接着，他的脸上绽放出灿烂的笑容，把手里的球扔向了劳拉。

劳拉看到那只球在空中划过一个优美的弧线，朝着她迅速飞来，她没来得及多想，跑几步跳了起来接住了球。

远处传来了其他男孩子大喊的声音。"嗨，凯普！"他们喊道，"女孩子不玩球！"

"我也没想到她能接住！"凯普回答。

"我也没打算玩的。"劳拉说完，把球扔了回去。

"她玩得跟我们一样好呢！"凯普大喊，"过来一起玩吧！"他对劳拉说。然后他又对其他女生也喊道："过来啊，玛丽，明妮！你们也来一起玩吧！"

劳拉把刚刚掉下去的课本捡起来，继续牵着卡莉的手。她们一起来到了学校门口,其他女生都在这里呢。这些女生是肯定不会跟男生们一起玩的。她也不知道自己为什么要去接球,现在她感到有些难为情,真不知道这些女生心里会怎么想呢!

"我叫玛丽·帕沃。"那个黑黑的女生说,"这位是明妮·约翰逊。"明妮·约翰逊又苗条又漂亮,皮肤很白,脸上有一些雀斑。

"我叫劳拉·英格斯。"劳拉说,"这是我妹妹,卡莉。"

玛丽的眼睛里含着笑意,一双深蓝色的眸子点缀在又长又黑的睫毛下面。劳拉也朝她笑了笑,心里暗暗决定,明天一定要像她一样把头发绾起来,还要让妈妈也做一条那么长的裙子。

"刚刚那个朝你扔球的,叫凯普·加兰德。"玛丽说。

这时,老师摇着上课铃走了过来,大家已经没时间聊天了,都跟着老师走进了学校。她们把衣服和兜帽挂在进门处的一排钉子上,墙角里放着一把扫帚,旁边的凳子上放着一只水桶。大家都走进了教室。

教室崭新而明亮,劳拉不由得又有些胆怯了,而卡莉紧紧地站在她身边。桌子都是木制的双人桌,外面涂了一层漆,像玻璃一样光滑。桌脚是黑铁做的,座椅有一点点弧度,靠背也是有一点弯曲的,和后面的桌子连在一起。桌子上有放铅笔的凹槽,桌子下面还有放写字石板和课本的架子。

宽敞的教室里,沿着每面墙依次摆放着十二张这样的桌子。屋子中间放着一个大大的暖炉,暖炉前后又各摆了四张桌子。这些座位大部分时候都是空的。女生都坐在其中一边,玛丽和明妮一起坐在后排的两个座位上。凯普还有其他三个年纪稍大的男生坐在男生那边靠后的位置上,只有几个年纪小的男生和女生坐在前面的位置上。他们都已经来上学一个礼拜了,现在都回到了自己原来的座位上。可是劳拉和卡莉不知道该坐在哪里。

老师对她们说:"你们是新来的同学,对吧?"她看起来很年轻,面带微笑,留着卷卷的刘海。她穿着黑色的裙子,紧身上衣用闪亮的黑纽扣扣得紧紧的。劳拉说了她们的名字,老师说道:"我叫弗洛伦斯·加兰德,就住在你们家商铺后面的第二大街上面。"

这么说来,凯普·加兰德原来是老师的弟弟啊,他们就住在马厩远处草原上那座新房子里。

"第四册课本你学过了吗?"老师问道。

"嗯,学过了,老师。"劳拉说。她确实知道其中的每一个字。

"那你接下来就学习第五册看看吧。"老师决定。她让劳拉坐在中间靠后的位置,与玛丽就隔了一条过道。卡莉坐在前面,跟其他年龄小的女生们坐在一起。接着,她走到讲台前,拿戒尺敲了敲桌子。

"大家注意!"她说着打开了《圣经》,"今天早晨,我们来朗读第二十三首赞美诗。"

劳拉早就把这首赞美诗背熟了,不过她还是很喜欢再一次听到第二十三首诗的每一个句子。"主是我的牧人,我不该有所求。""我的一生一世,必有主的恩惠与慈爱相伴;我要永远住在主的殿堂中。"

然后老师合上了《圣经》,所有的学生都打开了桌子上的课本。课程真的开始了。

时间一天一天地过去,劳拉越来越喜欢学校了。虽然没有人跟她坐同一张桌子,但是课间和午间休息的时候,她就跟玛丽和明妮一起玩。放学后,她们也一起走到主街,那个礼拜快要结束的时候,她们还约好了礼拜一早上见面,一起走到学校。有两次课间休息的时候,凯普都怂恿她们去跟男生一起玩球,不过她们还是只站在教室里面,隔着窗户看着男生们玩。

棕眼睛黑头发的那个男生叫本·伍德沃斯,他住在车站里。原来他的父亲就是前年爸爸和最后一个赶马车的人送出去的那个病人。"草原疗法"差不多已经完全治愈了他的肺痨,他又到西部来继续治疗了,现在是车站的代理人。

另外一个男生叫亚瑟·约翰逊,跟她姐姐明妮一样,又瘦又白。而凯普是最强壮又跑得最快的那个。劳拉、玛丽和明妮都隔着窗户看他扔球,又跳起来抓球。他长得不如黑头发的本帅气,不过有一种特别的气质。他的脾气总是很好,经常笑得特别灿烂,那种感觉就仿佛黎明时分的第一缕光线,有一种改变一切的力量。

玛丽和明妮在东部的时候都上过学,不过劳拉发现自己在课程上一点也没有被她们拉下。凯普也是从东部过来的,可是就连劳拉最不擅长的算术,他都比不过。

每天晚上,吃过晚饭,劳拉都把课本和写字板拿出来摆在灯光下的红色格子桌布上,跟玛丽一起学习第二天的课程。她大声读出那些算术题,玛丽在心里算着,而她就在写字板上算。接着再读历史和地理课本,直到两个人都能熟练地回答出每一个问题。如果爸爸能有钱送玛丽去读盲人学校,玛丽现在肯定能学得很好。

"即便我不能去读盲人学校,"玛丽说,"我也要尽力学习。"

玛丽、劳拉和卡莉都那么喜欢上学,甚至因为礼拜六、礼拜天不能上学都觉得很伤心。她们都特别期待礼拜一的到来。不过礼拜一的时候,劳拉心里很不高兴,因为她穿的红色法兰绒内衣闷热无比,弄得她浑身发痒。

她感觉后背、脖子、手腕、脚踝周围，以及长筒袜里面一直到脚背都奇痒难耐，快要把她弄疯了。

中午的时候，她央求妈妈让自己换上更凉快一点的内衣裤。"这红法兰绒穿着太热了，妈妈！"她抗议道。

"我知道天气变暖了。"妈妈温柔地回答，"可是这个季节就应该穿法兰绒的啊，要是你脱下来了，有可能会冻感冒的！"

劳拉只好憋着一肚子气回到学校，坐在椅子上不停地扭动着身体，因为在教室里是不能随便抓痒的。她把地理课本摊开在桌子上，可是根本没办法集中注意力。她一直在克制自己忍住身上的奇痒，想赶紧回到家里抓一抓。西边的太阳从来没有像今天这样落下去得那么慢。

刹那间，阳光消失了！太阳一瞬间就不见了，就好像有人吹灭了油灯一样把太阳吹灭了。门外一片灰蒙蒙，窗玻璃也变成了灰色，这时，一股强风吹了过来，把窗户和门吹得咔嗒咔嗒响，连墙壁都摇晃了起来。

加兰德老师立刻从椅子上站了起来，比尔兹利家的一个女孩尖叫了起来，卡莉的脸色也变得很苍白。

劳拉心想，这样的情况以前在梅溪也发生过一次，就是爸爸失踪的那个圣诞节。她现在全心全意地希望并祈祷爸爸这个时候是平平安安地待在家里的。

老师和所有的同学都盯着窗户外面看着，可是除了一片灰暗，什么也看不见。大家都吓坏了。最后，加兰德老师说道："只是一场暴风雪，孩子们，咱们继续上课吧。"

倾盆的暴雪哗啦啦地砸在墙壁上，狂风在烟囱里呼啸着、尖叫着。

同学们都把头埋在了课本里,因为老师说要继续上课。可是劳拉很担心该怎么回家。学校离主街很远呢,现在外面又什么都看不清。

其他人都是这年夏天刚从东部过来的,没有见过草原上的暴风雪。可是劳拉和卡莉见过。卡莉的脑袋毫无生气地埋在课本里,劳拉看到她的后脑勺,漂亮柔软的头发分到两边,扎成两根辫子,中间露出白白的头皮。她看上去是那么弱小、无助和害怕。

教室里只剩下一点点燃料了。学校董事会已经买了木炭,不过现在才送过来一车。劳拉心想,她们也许可以在教室里躲过这场暴风雪,不过靠着这一点燃料,肯定撑不过去,除非把教室里这些昂贵的双人桌都当燃料烧了。

劳拉没有抬头,只是看了看老师。加兰德老师咬着嘴唇,好像在思考什么。她不能因为一场暴风雪就决定放学,不过这暴风雪的势头确实把她弄得挺害怕的。

"我应该告诉她该怎么办。"劳拉心想,可是她也不知道该怎么办。现在,离开教室很不安全,待在教室里也很不安全。即使把十二张双人桌全都烧了,也不够撑到暴风雪停下来。她想起自己和卡莉挂在入口处的衣帽。无论发生什么,她都要想办法不让卡莉冻着。现在外面的寒气已经钻到屋子里了。

只听入口处砰的一声巨响,所有的同学都吓了一跳,惊恐地朝着门口望去。

门打开了,一个男人跟跟跄跄地走了进来。他被外套、帽子和围巾裹得严严实实,身上落满了白色的雪花。直到他把冻得僵硬的围巾拿下来,大家才看清是谁。

"我来这里接你呢。"他对老师说。

原来是福斯特先生,就是那个拥有很多牛,从宅地来到镇上舍伍德家过冬的福斯特,舍伍德家就和老师家正对面,隔着一条马路。

加兰德老师非常感激。她拿戒尺在桌子上敲了敲,说道:"大家注意了!现在我们就放学,你们可以到门口取外套,在炉子旁边穿上。"

劳拉对卡莉说:"你坐在这里别动,我把你的外套也拿过来。"

入口处现在寒冷刺骨,雪花从墙壁粗糙的木板中间吹了进来。劳拉还没抓起衣服把它从钉子上取下来,就已经冻得不行了。她找到卡莉的衣物,也一起抱在怀里,回到了教室。

大家围在炉灶旁边,穿上外套,把全身都裹得紧紧的。凯普现在也不笑了,福斯特先生讲话的时候,他眯着蓝色的眼睛,嘴巴紧紧地闭着。

劳拉用围巾裹住了卡莉苍白的小脸,然后紧紧抓住她戴着连指手套的手,告诉她:"别担心,一切都会过去的。"

"现在,大家跟着我吧。"福斯特先生拉起老师的手,说道,"跟紧了!"

他打开了门,跟加兰德老师一起走在前面带路。玛丽和明妮分别牵着比尔兹利家的两个女孩儿。本和亚瑟紧跟其后,接着是劳拉和卡莉。一群人一起走进了漫天的鹅毛大雪中。凯普最后走了出来，把身后的门关上了。

在猛烈的旋风中，他们几乎很难迈动步子。现在，身后的学校已经看不见了。视线里唯有漫天打转的白色雪花。偶尔隐隐约约能看到彼此的身影，也很快像影子一样消失了。

劳拉感觉自己快要窒息了。冰冷的雪花一粒粒旋转着飞进了她的眼睛，阻碍了她的呼吸。裙摆在风中拍打着她的身体，一会儿紧紧地裹在她身上让她不能迈步，一会儿又旋转着卷到膝盖那里去了。她紧紧地拉着卡莉，而卡莉在风中挣扎着，跟跟跄跄地走着，一会儿被风吹到一边，一会儿又撞到劳拉身上。

"根本没办法再这样走下去了。"劳拉心想。不过他们不得不继续往前走。

在这一片飞旋的雪花中，她觉得自己是那么孤立无援，唯一能够感受到的就是卡莉的手，她知道一定不能放开。狂风吹得她步履艰难。她什么也看不见，几乎没办法呼吸，突然，她绊倒了，然后又似乎被什么东西拉了起来，紧接着卡莉撞在了她身上。她努力告诉自己，其他人一定就走在前面什么地方，她必须加快脚步，好追赶上她们，不然她和卡莉可能就要迷路了。要是在这大草原上迷了路，肯定会被冻死的。

可是或许其他人也迷路了呢？主街只有两个街区那么长，要是他们往北或者往南走偏了一点点，就会错过商店所在的街区，往前只有蔓延几英里的荒凉大草原了。

劳拉想，他们这个时候应该已经走到主街了，可是她什么也看不见。

暴风雪似乎小了一些，现在，她勉强可以看到前面朦胧的身影。在一片灰白色雪花中，灰色的人影颜色更深一些。她带着卡莉，拼命往前赶，最后终于摸到了加兰德老师的衣服。

大家都停在那里，裹着外套瑟瑟发抖，看起来就像浓雾中紧紧靠在一起的一捆捆柴火。老师和福斯特先生想要说点什么，不过风声盖过了他们的声音，根本听不清楚他们在喊些什么。这个时候，劳拉开始意识到自己都快冻僵了。

她戴着手套的手已经冻得麻木，都感觉不到卡莉的手了。她全身上下都在颤抖，身体深处有一种无法控制的战栗。她感觉身体里有个硬结在疼痛，而随着每一次颤抖，这个硬结就越拉越紧，疼痛也越发强烈。

劳拉非常担心卡莉。天气这么寒冷，卡莉怎么经受得住呢？她又瘦又小，而且一直那么虚弱，怎么能再继续走下去呢？必须得赶紧找个地方避一避。

福斯特先生和老师又开始朝着稍微偏左一点的方向往前走了。其他人也赶紧抬起脚跟上他们。劳拉用另一只手拉起卡莉，这只手之前一直放在外套口袋里，还没有完全麻木。然后她看到有个身影从她们身边经过，她知道那是凯普。

凯普没有跟随大家往左边走。他双手插在口袋里，弯着头，迎着风雪艰难地朝着正前方走去。又一股狂风夹杂着厚重的雪吹了过来，淹没了他的背影。

劳拉不敢跟着他走。她必须照顾好卡莉，老师也告诉过大家要跟着她走。她知道凯普是朝着主街的方向，不过或许她的判断并不正确呢？她不能带着卡莉从其他人身边离开。

她拉紧卡莉,加快脚步紧紧地跟在福斯特先生和老师后面。她感觉呼吸困难,胸口急促地起伏着,冰冷的雪花像沙子一样打在她脸上,她吃力地睁着眼睛。卡莉也步履维艰地勇敢向前走着,一路跌跌撞撞,努力稳住双脚,继续往前走。只有在雪花稍微变薄一点的瞬间,她们才能瞥见前面移动的身影。

劳拉觉得他们走错了方向。她也不知道为什么会有这种感觉。大家都什么也看不见,也没有什么东西可以参照,没有太阳,看不见天空,狂风是从四面八方吹过来的。除了飞旋的雪花和刺骨的寒冷,什么也没有。

这种寒冷,这种狂风,这种狂野的风声和让人眩晕窒息的飞雪,这种挣扎和疼痛,似乎永远也没有尽头。爸爸曾经在梅溪的堤岸下撑过了三天的暴风雪,可是这里没有堤岸。爸爸曾经给她们讲过,要是一群羊遇到暴风雪,就会在雪下面挤成一团的故事。或许人类也可以这样呢。卡莉已经累得筋疲力尽,几乎不能再往前走一步了,可是她又太重,劳拉也抱不动。她们必须尽最大努力往前走,直到……

接着,在那一片飞旋的雪花中,有什么东西撞到了她的肩膀,这沉重的撞击立刻传遍了全身。她感到身体一阵摇晃,跟跄地往前迈了一步,又撞到了什么坚硬的东西。这个东西又高又坚硬,原来是个墙角!她双手感觉得到,双眼也看得到。她是撞到什么建筑了!

她用尽全力大喊道:"快来!大家快来!这边有个房子!"

呼啸的狂风将她的声音湮没了,根本没有人听见她的喊声。她把冻得僵硬的围巾从嘴上拉下来朝着一片白茫茫的世界拼命呼喊。最后，她终于看到暴风雪中有一团阴影，那两个影子比她靠着的墙角的影子要小一点——原来是福斯特先生和加兰德老师。紧接着所有的身影都围了过来。

没有人开口说话。大家都围在一起，所有人都在——玛丽和明妮、比尔兹利家的两个女儿、亚瑟·约翰逊、本·伍德沃斯，还有威尔玛斯家的男孩。只有凯普不见了。

大家侧着身沿着这座建筑的一面墙往前走，一直来到了正面，原来是米德家的旅店，这么说这里是主街最北边了。

再往远处，除了一条盖着厚厚积雪的铁轨，就什么也没有了。只有一个孤零零的车站还有辽阔无垠的大草原。要是劳拉当时走得离大家再近几步，那他们所有人都可能在镇子北部无边无际的大草原里迷路了。

他们在旅馆透着灯光的窗户旁边站了一会儿。旅店里面那么温暖，那么舒适，可是暴风雪越来越大，他们必须都得平平安安地回到家里。

现在大家都可以沿着主街找到回家的路了，除了本·伍德沃斯，因为从这家旅店到他住的那个车站中间没什么建筑了，所以本就走进了旅店，想等暴风雪停了再走。他有钱支付住宿费用，因为他爸爸有固定的工作。

明妮和亚瑟带着威尔玛斯家的两个男孩，他们只要穿过主街走到威尔玛斯家的食品杂货店，就可以回到家啦。其他人就要沿着主街靠着街边的建筑物往前走。他们经过酒吧，走过罗伊尔·怀德家的饲料店，然后又经过巴克家的食品杂货店。再接着就到了比尔兹利家的旅店，比尔兹利家的两个女孩走了

79

进去。

艰难的路途终于快要结束了，他们经过了考斯家的五金店，然后穿过第二大街来到了福勒家的五金店。玛丽只需要再走过药店就好了，她爸爸的裁缝店就在隔壁。

现在，劳拉、卡莉和老师，还有福斯特先生必须得走到对面去。这条街很宽。不过要是他们错过了爸爸的商店，在房子和草原之间还有干草垛和马厩呢。

他们没有错过这座房子。福斯特先生看到了一个亮着灯的窗户，差点撞了上去。他和老师绕过墙角，沿着晾衣绳，经过干草垛和马厩，最后来到加兰德家的房子。

劳拉和卡莉已经平安地回到了自己家的大门前。劳拉勉强用手拧了拧门把手，可是她的手已经冻僵了，根本没办法转动。这时，爸爸开了门，扶着她们走进屋里。

爸爸穿着外套，戴着帽子和围巾。他放下了手里点燃的提灯，把一圈绳子扔在地上。"我正准备出去找你们呢。"爸爸说。

劳拉和卡莉站在静悄悄的屋子里不停地喘着粗气。屋子里那么安静，狂风再也没办法袭击她们了。她们的眼睛还是一团模糊，不过至少那飞旋的冰雪不会再刺痛她们的眼睛了。

劳拉感觉到妈妈正在帮她解开冰冻的围巾，并问道："卡莉还好吗？"

"嗯，挺好的。"爸爸说。

爸爸脱下劳拉的兜帽，解开外套的扣子，拉了拉衣服的袖子帮她脱了下来。"这围巾上面都是冰。"妈妈说着拿起来抖了抖，只听围巾发出噼啪的声音，一片片冰粒掉落在地板上。

"哎,"妈妈说,"幸好都平安无事,没有冻伤。快到暖炉旁边暖和暖和吧。"

劳拉几乎已经没法动弹了。不过她还是弯下腰,用手指把羊毛袜子和鞋子上面结成冰块的雪弄了出来,摇摇晃晃地来到了暖炉边。"坐在我这儿吧。"玛丽说着从摇椅上站了起来,"这边最暖和。"

劳拉僵硬地坐了下来。她感觉自己现在全身麻木,笨拙得要命。她用手揉了揉眼睛,发现手上有块粉色的污迹,原来是雪打在眼睛上,把她的眼皮擦伤了。暖炉散发出热腾腾的火光,她可以感受到皮肤上的温度,可是身体里面却还是冰冷无比。炉火散发出的热量根本没办法驱散身体里的寒冷。

爸爸坐在靠近暖炉的地方,卡莉坐在他膝盖上。他把卡莉的鞋子脱下来,检查了一下她的脚有没有冻伤,然后拿一块大披肩把她裹了起来。卡莉在披肩里面瑟瑟发抖,披肩也跟着抖动。"爸爸,我根本没办法暖和起来。"她说。

"你们俩都冻坏了。我这就去给你们弄点热茶。"妈妈急急忙忙地走进了厨房。

一会儿,她端来两杯热腾腾的姜茶。

"哎呀,真香!"玛丽说。而斜靠在劳拉膝盖上的格蕾丝也眼巴巴地望着她手里的杯子,劳拉给她喝了一小口。爸爸说:"怎么不给大家都弄点?"

"或许够呢。"妈妈说着又走进了厨房。

现在,她们安安全全地待在家里,呼啸的寒风和刺骨的冰冷都被隔在外面,这感觉真的太好了。劳拉心想,在这里,疲惫不堪的身体终于可以尽情地休息,天堂也不过如此吧!她无法想象天堂会比家里更美好。她小口喝着杯子里滚烫的甜姜茶,看着妈妈、格蕾丝、爸爸、卡莉和玛丽都各自享用着一杯姜茶,听着挡在外面的暴风雪的呼啸,身体慢慢暖和起来,感觉舒服多了。

"幸好最后你不用出去找我们,爸爸。"劳拉困倦地说,"我那时只希望你安安全全的。"

"我也是。"卡莉紧紧地依偎在爸爸身边,"还记得我们住在梅溪边的那年圣诞节,你遇到暴风雪没办法回家的情景。"

"我也记得。"爸爸表情严肃地说,"当凯普来到福勒家说你们都朝着大草原的方向走了,我就赶紧拿着绳子和提灯准备去找你们。"

"幸好大家都平平安安地回来了。"劳拉惊醒了,说了一句。

"是啊,我们组织了一群人,准备去找你们的,虽然要找到你们像是大海捞针啊。"爸爸说。

"现在别想这些了吧。"妈妈说。

"嗯,也多亏了凯普。"爸爸继续说,"那个小伙子挺聪明的。"

"好了,劳拉、卡莉,赶紧上床休息吧!"妈妈说,"你们需要好好睡一觉。"

三天的暴风雪

早上,劳拉睁开眼睛,看见房顶上每根敲弯的钉子上面都盖着一层白霜。厚厚的霜把每一扇窗户都蒙住了。结实的墙壁把呼啸的暴风雪挡在了外面,而屋里的光线十分昏暗。

卡莉也醒了过来。她跟格蕾丝一起睡在靠近暖炉烟囱的那张床上,她从被子下面不安地朝着劳拉那边瞥了瞥。她吹了一口气,想看看外面有多冷。即便她靠着暖炉的烟囱,她呼出的气在空气中也形成了一缕白烟。不过这座房子建得很密实,没有一片雪花从墙壁和屋顶的缝隙中飘进来。

劳拉感觉全身麻木而酸痛,卡莉也是。不过天亮了,她们必须起床了。劳拉从床上滑下来,寒冷的空气冻得人几乎喘不过气来,她赶紧抓来衣服和鞋子穿上,迅速地跑到楼梯旁边。"妈妈,我们可以到楼下去穿衣服吗?"她喊道。幸亏她的法兰绒睡衣下面还穿着暖和的红色法兰绒内衣。

"可以啊,你爸爸在马厩那边呢!"妈妈回答。

炉火把厨房里烤得暖暖的,而明亮的灯光又增添了几分温暖。劳拉穿上衬裙、裙子还有鞋子。然后,她把妹妹卡莉的衣服拿到炉火边烘暖,用被子把卡莉包着抱了下来。当爸爸提着快要完全结冰的牛奶回来的时候,她们两个都已经穿好衣服洗漱完毕了。

等爸爸喘过气来,胡子上面的霜和雪融化了,他说道:"唉,寒冷的冬天开始了。"

"怎么了,查尔斯?"妈妈说,"你怎么突然担心起冬天了,这不像你啊。"

"我不是在担心。"爸爸回答,"不过今年冬天会特别冷。"

"就算是这样也没关系啊。"妈妈说,"我们现在住在镇上,哪怕遇到了暴风雪,想要什么也能从商店里买得到。"

学校要一直等到暴风雪结束才能上课,所以,做完了家务,劳拉、卡莉还有玛丽复习完功课,就做起缝纫活儿,而妈妈在旁边读书给她们听。

有一次,妈妈抬起头听了听,说道:"听起来也就是一场普通的暴风雪,可能要下三天的样子吧。"

"那这个礼拜学校就不会再开课了。"劳拉说。她现在很想知道玛丽和明妮在做什么。房间里那么暖和,窗户上面的白霜已经化了一些,变成了冰。她在窗户上哈了口气,擦了一块干净的地方往外看,发现外面除了飞旋的白色雪花,什么也看不到了。甚至连街道对面福勒家的五金店都看不见了,爸爸此刻正坐在福勒家的炉灶边跟其他男人聊天呢。

顺着这条街往北看去，经过考斯家的五金店、比尔兹利家的旅馆还有巴克家的食品杂货店，罗伊尔·怀德的饲料店看起来又黑又冷。这样的风雪中，不会有人再去买饲料，所以罗伊尔就没有把暖炉里面的火一直烧着。不过在里面的屋子里，也就是他和阿曼佐住的地方，又温暖又舒适。他们正在里面煎煎饼呢。

罗伊尔不得不承认，即便是他们妈妈做的煎饼也比不上阿曼佐做的。他们小时候住在纽约州，后来搬到明尼苏达州爸爸的大农场，他们都从来没有想过要自己去做饭，做饭是女人的活儿啊。不过，自从他们来到西部，申请了宅地之后，就必须得自己做饭了，不然就只能饿肚子。最后阿曼佐承担起做饭的任务，一是因为他做什么都很得心应手，二是因为罗伊尔比他年长，总喜欢使唤他。

阿曼佐来西部的时候才十九岁，这是一个秘密，因为他已经有自己的宅地了。而法律规定，必须年满二十一周岁，才可以有自己的宅地。阿曼佐觉得自己并没有违反法律，也不是有意要欺骗政府。不过，要是有谁发现了他才十九岁，他的宅地可能就保不住了。

阿曼佐是这样认为的，政府希望有人到这里定居，而任何一个有胆量、有能力到这里开垦土地，并能够一直坚持下去的人，美国政府都会给他一片土地的。在遥远的华盛顿，那些政治家因为没办法知道这些定居者都是什么人，所以就制定一些条款来约束他们，其中一条就是宅地主必须年满二十一周岁。

任何条款都没办法完全达到他们预期的目的。阿曼佐知道，有些人在符合所有法律条款的基础上申请宅地，再转手卖给别人，从中赚得一大笔钱。每个地方都有人在盗取土地，而且都没有违反任何条款。阿曼佐觉得，在和宅地有关的所有法律里，最荒谬的就是关于宅地主年龄的这个规定了。

所有人都知道，在这个世界上，找不到两个一模一样的人。你可以拿码尺来测量布匹，用英里来计算距离，可是你没办法把人们都扯到一起，拿任何规定去衡量他们。头脑和性格不是其他东西能够左右的，只能取决于人们自己。有些人到了六十岁还不如十六岁的有头脑。阿曼佐认为自己足够优秀，可以跟任何二十一岁的人比个高低。

阿曼佐的父亲也这么认为。做父亲的有权让自己的孩子在二十一岁之前替自己干活。不过阿曼佐的父亲很早就让他的儿子们替他干活了，而且把他们训练成了能手。阿曼佐还没到十岁就学会了攒钱，九岁就开始在农场干大人的活儿了。当他十七岁的时候，他父亲就觉得他已经长大成人了，就让他自由支配空闲时间。阿曼佐曾经出去工作，一天挣五毛钱，存起来买种子和工具。还和别人合伙在明尼苏达州西部种过小麦，获得了不错的收成。

阿曼佐觉得自己完全符合政府对拓荒者的要求，他的年龄根本没有什么影响。所以他曾经对地产经纪人说："你可以把我写作二十一岁。"经理人朝他使了个眼色，就按照他说的那样写了下来。现在，阿曼佐有了自己的宅地，还有他从明尼苏达州买来准备明年种的小麦种子。如果他能够坚守在这片大草原上，

连续种植四年的庄稼，就能拥有自己的农场了。

阿曼佐现在做煎饼，并不是因为罗伊尔可以支使他，而是因为罗伊尔做不出那样美味的煎饼，而阿曼佐很喜欢吃沾满蜜糖的薄薄软软的荞麦煎饼。

"哎哟，听听这声音！"罗伊尔说。他们从来没有听过像这场暴风雪一样的声音。

"看来那个老印第安人知道自己在说什么。"阿曼佐说，"要是我们真的遇到连续七个月的……"平底锅里面三个煎饼的脆边鼓起了一个个小气泡，他熟练地把煎饼翻过来，看到中间煎成棕黄色的部分鼓了起来。

煎饼的香味混合着煎咸猪肉和滚烫咖啡的香味。屋子里非常暖和，带白锡反光板的油灯挂在一根结实的钉子上，反射出强烈的光亮。马鞍和一些马具挂在粗糙的木板墙壁上。床在角落里放着,桌子挪到了炉灶旁边,这样阿曼佐一步不用走就可以把煎好的煎饼放在白色铁矿石盘子上面了。

"这暴风雪总不能持续七个月的,太荒谬了。"罗伊尔说,"中间肯定会有好天气的。"

"没什么是不可能的,而且大多数都会发生。"阿曼佐轻描淡写地回答。他把刀子伸到煎饼底下,铲起来一翻,就把做好的煎饼放到了罗伊尔的盘子里,又用猪皮把锅底涂了一层油。

罗伊尔在煎饼上面涂上了蜜糖。"有一件事千万不能发生。"他说,"要是火车不能运行,我们是没办法在这里撑到春天的。"

阿曼佐又拿起面糊罐子往嗞嗞响的平底锅里倒了三团面糊。他斜靠在烟囱旁边温暖的隔墙上面,等待煎饼开始冒泡。

"我们应该再运点干草过来。"他说,"喂马的干饲料倒是还有不少。"

"唉,他们会想办法让火车运行的。"罗伊尔一边吃一边说,"如果不行的话,我们就遇到大麻烦了。木炭、煤油、面粉和糖这些必需品怎么办?而且,如果真是这样的话,到时候所有的人都拥过来买饲料,我存储的饲料又能撑多久呢?"

阿曼佐直起身子来。"不管发生了什么,"他大声说,"我的小麦种子都不能卖给任何人!"

"不会这样的。"罗伊尔说,"谁听说过一场暴风雪能下七个月的?他们肯定能让火车运行起来的。"

"希望吧。"阿曼佐说。他翻了翻锅里的煎饼。他想起了那个老印第安人,又看了看自己的几麻袋小麦种子。这些种子堆在屋子里面靠墙的地方，有些还放在了床下。这些种子不属于罗伊尔，是属于他自己的。那是他在明尼苏达州的时候自己种出来的，他犁地、耙地、播种，然后收割、捆好、打谷，最后装进了袋子，又用四轮马车拉了上百英里，费了好大的劲儿才拉到了这里。

如果暴风雪阻止了火车正常运行，一直到明年春天之前都不能再运来种子，那么他明年的庄稼，还有他的整片宅地都要靠着这些小麦种子了。无论多少钱他都不能把这些种子卖掉，有了种子才能长出庄稼，总不能在地里种银元吧！

"我的小麦种子一粒也不能卖！"他说。

"好了，好了，没人打你小麦种子的主意。"罗伊尔接着说道，"再来点煎饼吧？"

"这是第二十一个了。"阿曼佐说着，把煎饼放在了罗伊尔的盘子里。

"我之前干杂活的时候你吃了多少啊？"罗伊尔问他。

"我也没数。"阿曼佐咧嘴笑了，"不过，天啊，现在我煎着煎着又想吃了。"

"只要我们一直吃，就不用刷盘子了。"罗伊尔开玩笑道。

爸爸去了伏尔加

礼拜二中午,暴风雪停了下来。风也平息了,灿烂的阳光从晴朗的天空洒了下来。

"好了,终于结束了。"爸爸高兴地说,"现在估计要迎来一段好天气啦!"

妈妈惬意地呼了一口气:"又看到太阳了,真舒服。"

"终于平静了。"玛丽加了一句。

他们现在又能够听见镇上一些细微的声音了。时不时有商店的门砰的一声关上了。本和亚瑟聊着天,凯普吹着口哨沿着主街往南走了,现在唯一听不见的熟悉的声音就是火车的汽笛声了。

晚饭的时候,爸爸说,火车在翠西附近被填满雪的深路堑挡住了。"不过,他们一两天之内就会把雪都挖出来的。"他说,

"现在天气这么好,谁还在担心这个啊?"

第二天一大早,爸爸就到对面福勒家的商店去了,然后又急匆匆地回来了。他告诉妈妈,有些男人准备从火车站驾着手摇车到伏尔加与挡在那里的火车会合,顺路把铁轨上面的积雪都清理干净。如果爸爸也过去的话,福斯特先生答应帮爸爸做一些杂活。

"我在一个地方待的时间太久了,也想出去走走了。"爸爸说。

"去吧,查尔斯,这样也好。"妈妈表示同意,"不过你们一天能把那么长的轨道都清理完吗?"

"应该可以吧。"爸爸说,"从这里到伏尔加的路堑都比较窄,而且只有八十里路。情况最糟糕的部分在伏尔加东部,铁路工人正在清理呢。要是我们帮他们把其余部分清理干净,后天就能乘火车回来啦。"

爸爸一边说话,一边又套上了一双羊毛袜子。他把宽大的围巾绕在脖子上,交叉在胸前,套上外套,把扣子扣得严严实实,又紧了紧护耳套,戴上最暖和的连指手套,就把铁铲扛在肩上,朝着车站走去了。

现在已经到了要上学的时间,不过劳拉和卡莉并没有匆忙赶去学校,而是站在主街上,望着爸爸远去的背影。

手摇车就停在车站旁边的轨道上,爸爸过去的时候,男人们正往车上爬。

"好了,英格斯!大家都准备好了!"他们大喊。北风从耀眼的雪地上面吹来,劳拉和卡莉清晰地听到了他们的声音。

爸爸迅速地爬上了车。"走吧，大伙儿!"他手里抓着一根车把说道。

福勒先生、米德先生和辛兹先生排成一排站在一边，爸爸、威尔玛斯先生和罗伊尔·怀德站在另一边，中间是车泵。所有人都戴着连指手套，双手抓着手摇车上两根长长的木头车把。

"好了，大伙儿! 我们出发吧!"福勒先生喊道。他和米德先生、辛兹先生深深地弯下腰，往下压着车把，当他们的头和车把抬起来的时候，爸爸和其他两个人又弯下腰压下他们手里的车把，他们轮流弯下腰去、直起身子，一上一下，一起一落，就好像这两排人在互相鞠躬一样，手摇车的车轮开始慢慢转动，迅速地沿着去伏尔加的道路向前滚动。他们压着车把的时候，爸爸开始唱起歌来，其他人也都跟着唱了起来。

> 我们转动着古老战车前进，
> 我们转动着古老战车前进，
> 我们转动着古老战车前进。
> 我们绝不能落在别人后面!

大家的后背跟着歌曲有节奏地一上一下，一起一落，车轮平稳地向前滚动着，越来越快。

> 如果遇到罪人挡住了去路，
> 我们会停下来把他带上车，
> 我们绝不能落在别人后面!

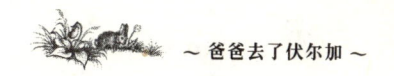

我们转动着古老战车前进，
我们转动着古老战车——

砰！手摇车突然卡在一个雪堆里了。

"大家都下车！"福勒先生大喊，"这次我们可没办法摇过去了！"

大家纷纷拿起自己的铲子，从手摇车上面下来了。他们匆匆忙忙地铲起雪来，一铲一铲的雪块飞了出去，在风中扬起一片片雪花。

"我们该去上学了。"劳拉对卡莉说。

|漫长的冬天|

"哎呀,再等一分钟吧,再看看……"卡莉继续眯着眼睛,视线穿过那闪闪发光的雪花,投向爸爸在手摇车前忙碌的身影。

过了一会儿,大家又重新回到了车上,放下手里的铲子,俯身到车把上面了。

> 如果遇到魔鬼挡住了去路,
> 我们直接从他身上碾过去,
> 我们绝不能落在别人后面!

手摇车和站在两侧互相鞠躬的人的身影越来越小,从闪闪发光的雪地里传来的歌声也越来越弱。

> 我们转动着古老战车前进,
> 我们转动着古老战车前进,
> 我们转动着古老战车前进。
> 我们绝不能落在别人后面……

他们一边唱着歌,一边压着车把,手摇车转动着向前行驶,他们一路铲开雪堆和路堑里的积雪,就这样去伏尔加了。

剩下的半天,还有第二天一整天,屋子里都是空荡荡的。早上和晚上,福斯特先生帮忙做了一些杂活,等他离开了马厩,妈妈就让劳拉去确认一下他是不是把所有活儿都做完了。"爸爸明天肯定会回家的。"礼拜四晚上,妈妈说道。

第二天中午,火车清晰的长鸣声越过白雪皑皑的大草原传了过来,劳拉和卡莉趴在厨房的窗户旁往外面看,先是看到滚滚黑烟翻腾着飞上天空,接着就看到下面轰鸣的火车。这是列工作车,上面挤满了唱着歌儿和欢呼着的男人们。

"帮我把午饭摆上桌吧,劳拉。"妈妈说,"你爸爸肯定饿坏了。"

劳拉正拿起饼干的时候,大门开了,爸爸喊道:"快看,卡罗琳,快看谁跟我一起回来了?"

格蕾丝本来正朝着爸爸冲过去,现在停了下来,退后几步,瞪着眼睛,咬着手指头。妈妈端着土豆泥朝门口走去,把格蕾丝抱到了一边。

"天啊,爱德华!"妈妈喊道。

"我就说上次他保住了我们的宅地之后,我们还会再见到他的!"爸爸说。

妈妈把手里端着的土豆泥放在了桌子上。"我一直都想谢谢你呢,真是多亏了你帮我先生申请宅地啊。"她对爱德华说道。

不管在哪里,劳拉都能认出他来。他还是那么高,那么瘦,像一只来自田纳西州的懒散野猫。他那像皮革一样的棕色的脸上,皱纹变得更深了,脸上多了一条刀疤,不过他的眼睛还像她记忆中一样笑眯眯懒洋洋,而且很敏锐。"哎呀,爱德华先生!"她大喊。

"你从圣诞老人那边给我们带来了礼物!"玛丽记了起来。

"你游过了小溪,"劳拉说,"然后沿着弗迪格里斯河走了……"

爱德华先生在地板上蹭了蹭鞋子，弯下腰来。"英格斯夫人还有两个小丫头，能再次见到你们我真是太高兴啦！"

他看了看玛丽那看不见的眼睛，声音变得温柔起来："这两个漂亮的小姑娘就是我在弗迪格里斯河的时候坐在我膝盖上玩耍的小孩吗？"

玛丽和劳拉都说是的，那个时候卡莉还是个婴儿呢。

"现在最小的孩子是格蕾丝啦。"妈妈说。不过格蕾丝不愿意去见爱德华先生。她只敢拽着妈妈的裙子怯怯地瞪着他。

"你来得正是时候，爱德华先生，"妈妈热情地说，"我马上就把午饭摆上桌了。"爸爸也赶紧说道："坐吧，爱德华，别客气！虽然吃得不怎么好，但是做得多着呢！"

爱德华赞美着这座又结实又舒适的房子，痛快地享用着美味的午餐。不过他说他得乘这辆火车到西部去了，爸爸怎么劝也没劝住他多留几天。

"等春天，我打算到更远的西部去。"他说，"这儿定居的人太多了。政客们都已经拥过来了。要是说有什么比蚱蜢这种害虫更讨人厌，那肯定就是这些政客了。他们收税能把人的口袋都掏空，然后用这些钱去维护他们建设的城镇！我真不知道建设城镇有什么用处，没有他们我们会过得更幸福更满足！

"去年夏天，有个叫费勒的来我这里收税，说是我所有的财产，哪怕再少也要报税。所以，我把我的两匹马'汤姆'和'杰瑞'分别报了五十块钱，我的两头牛'巴克'和'布瑞特'也分别报了五十，奶牛报了三十五。

"'你所有的财产就只有这些吗？'他还这么问。于是我告诉他我还有五个孩子,每个大概一块钱。

"'就这么多吗?'他继续问,'你太太呢?'

"'老天啊!'我告诉他,'她说她不属于我,我也不需要为她缴税。'结果我就真的没缴。"

"哎呀,爱德华,都没听说啊,你成家了?"妈妈说,"我先生都没提起过。"

"我也不知道啊。"爸爸解释道,"不管怎么说,你都不应该为孩子和太太缴税啊。"

"他就是想让你多缴税。"爱德华先生说道,"政客们就喜欢打探别人的私事,我就是跟他们开个玩笑。这没关系,我才不想缴税呢,我把我的宅地卖了,等春天收税的人过来,我早就已经离开了,没有孩子,也没有妻子,无牵无挂。"

爸爸妈妈还没来得及说什么,就听见火车长长的汽笛声响了起来。"火车要出发了。"爱德华从桌子前面站了起来。

"别这么急着走啊,多留几天吧,爱德华。"爸爸劝道,"你总是能给我们带来幸运。"

不过爱德华还是轮流跟大家握了握手,最后是坐在他旁边的玛丽。

"大家再见了!"他说着,快步走出大门,朝着车站跑去。

格蕾丝一直瞪大眼睛听着,看着,但一句话也没有说。现在,爱德华先生突然就走了,她终于深吸一口气,问道:"玛丽,这就是那个见过圣诞老人的人吗?"

"是的,"玛丽回答,"就是我跟劳拉小的时候,那个冒着风雨走了四十英里走到独立镇,见到了圣诞老人,然后给我和劳拉带回圣诞礼物的人。"

"他有一颗金子般的心。"妈妈说。

"他给我们每人一个白锡杯子和一根糖棍。"劳拉回忆道。她慢慢站起来,开始帮妈妈和卡莉清理桌子。爸爸到炉子旁边的大椅子那儿去了。

玛丽正准备离开桌子,把膝盖上面的手帕拎了起来,突然什么东西飘到了地板上面。妈妈弯腰捡了起来,握在手里呆呆地站在那里,说不出话来。劳拉大喊:"玛丽!是二十块钱——你弄掉的是二十块钱的钞票!"

"怎么会?"玛丽大叫道。

"肯定是爱德华。"爸爸说。

"这钱我们不能要。"妈妈说。不过远处火车最后一声悠长清晰的汽笛声响了起来。

"你打算拿这钱怎么办?"爸爸说,"爱德华已经走了,我们可能很多年都不会再见到他,他春天就去俄勒冈州了。"

"可是,查尔斯……唉,他为什么要这么做?"妈妈苦恼地轻声叫了起来。

"他是给玛丽的。"爸爸说,"那就让玛丽保存吧,可以存起来以后上盲人学院用。"

妈妈思考了一会儿,然后说道:"这样也好。"就把钱给了玛丽。

玛丽小心地握住它,用指尖抚摸着,脸上放出了光彩,"哎呀,真的太感谢爱德华先生了。"

"希望他无论去哪儿,都不会缺钱花。"妈妈说道。

"放心吧,爱德华会照顾好自己的。"爸爸向她保证。

玛丽一想到那所盲人学院,脸上就写满了向往。"妈妈,"她说道,"算上去年你给别人包食宿挣的钱,现在一共有三十五块二毛五了。"

孤立无援

礼拜六的时候,阳光十分灿烂,风儿从南方轻轻吹来。爸爸正从宅地拉干草过来,因为天气寒冷的时候,牛和马们要吃很多干草身体才能暖和。

阳光从西边的窗户透进来,玛丽沐浴在阳光里,轻轻摇着摇椅,劳拉手中的编织钢针闪闪发亮。劳拉正在用白线编织蕾丝边,好装饰在衬裙上面。她坐在紧靠着窗户的地方,时不时望着窗外的街道,企盼看到玛丽和明妮的身影。她们准备带着钩编活儿来劳拉家一起度过这个下午呢。

玛丽正谈论着盲人学校,或许有一天她也有机会去那儿呢。

"我一定要努力赶上你的功课,劳拉。"她说,"我真希望,如果我能上盲人学校的话,你也能去学院读书。"

"我想我得去教书。"劳拉说,"所以我不可能去学院读书的。我觉得你比我更想去学院读书。"

"嗯,我确实很想去!"玛丽轻轻喊道,"这是我最想做的事!有太多的东西要学习了,我真希望能够一直不停地学下去。想想看,即使我的眼睛看不见了,只要我们存够了钱,我就可以去学院读书了。真的很奇妙啊,不是吗?"

"是的。"劳拉表情严肃地表示同意。她也希望有一天玛丽可以去读书。"天啊,糟了,我数错针了!"她大叫。

她把错掉的那排线拆开,重新用细细的针挑起了细密的针脚。

"嗯,"她说,"'自助者天助',你肯定能去学院读书的,玛丽,如果……"她突然忘了自己要说什么。眼前小小的线孔突然变得昏暗无比,就好像她也要变瞎了一样。她已经看不见这些线孔了。她跳了起来,线轴从膝盖上掉下来,滚到地板上去了。

"怎么回事?"玛丽大喊。

"天变黑了!"劳拉说。现在阳光已经彻底消失了。天空变成了灰白色,也有了起风的迹象。妈妈急匆匆地从厨房跑过来。

"暴风雪又要来了,孩子们!"她刚说完,暴风雪就把屋子砸得摇摇晃晃。街道对面黑漆漆的店面消失在飞旋的雪花中。"天啊,希望查尔斯已经回来了!"

劳拉从窗户边转过身来,把玛丽的椅子拉到暖炉旁边,又从木炭桶里铲了一些木炭添到了暖炉里。刹那间,狂风呼啸着吹到了厨房里。只听后门砰的一声,爸爸满身是雪,满面笑容地走了进来。

"我在暴风雪之前跑回了马厩,就差那么一丁点儿的距离!"他笑着说道,"山姆和大卫也是撒开蹄子飞快地跑了回来。我们正好及时赶回来啦!这场暴风雪丝毫没影响到我们。"

妈妈接过他的外套,卷起来拿到了小披屋里,免得把雪花弄到屋里。"你回来了就好,查尔斯。"她低声说道。

爸爸坐下来,斜靠在暖炉上,把双手伸出来烤着。不过听着这风声,他有些心神不宁。没过一会儿,他突然从椅子上站了起来。

"情况还可能更糟,我得赶紧去马厩把杂活给做了。"他说,"可能得花点时间,不过别担心,卡罗琳。你的晾衣绳是吹不断的,我只要顺着它就能走回来。"

可是,天都黑了,爸爸还没有回来。晚饭已经摆上桌了,爸爸才回来。他走进房间,跺了跺脚,揉了揉耳朵。

"天啊!这天冷得真快!"他喊道,"雪砸到身上跟子弹似的,你听听这风声!"

"这天气,火车又被挡着了吧?"妈妈问道。

"是啊,不过我们之前没有火车不是也过得好好的吗?"爸爸一边高兴地回答,一边给妈妈使了一个眼色,示意她孩子在旁边的时候不要再谈论这些。"屋子里这么温暖舒适,我们之前虽然见不着人也去不了商店,但最后一切都好好的啊!"他继续说道,"我们趁热赶紧吃饭吧。"

"爸爸,吃过晚饭,我们听你拉小提琴好不好?"劳拉说,"我们都想听呢。"

所以,晚饭过后,爸爸让劳拉把他的小提琴拿过来。不过,等他调好琴弦,给琴弓擦好松脂以后,他拉了一首奇怪的曲子。小提琴发出一种深沉、急促的低音,夹杂着一种狂野的高音,这声音越来越高,直到渐渐变得微弱,然后消失不见了。接着,这种类似嚎哭一样的声音又响了起来,似乎是和刚才一样的音符,但又不是完全相同,就好像它们在听不见的地方已经做了改变。

劳拉感到后背一阵奇怪的战栗,头皮一阵发麻。可是这种狂野的、不停变化的旋律还在一直持续着,直到她实在忍不下去了,大叫了起来:"爸爸,这到底是什么曲子啊?"

"仔细听。"爸爸停下来,举着琴弦上面的琴弓,"是外面传过来的,我只是跟着拉罢了。"

大家都听着外面的狂风演奏着这样的曲调,直到妈妈说:

"别拉了,我们已经听够了,查尔斯。"

"那就拉点别的吧。"爸爸也承认,"不过拉什么呢?"

"拉一些能让我们感觉暖和点的曲子吧!"劳拉说。于是小提琴传来了欢快而明朗的曲子,真的让大家暖和起来了。爸爸一边拉着琴一边唱"小安妮·鲁尼是我的甜心!"还有"老灰马啊,她和以前不一样啦!"直到后来,连妈妈的脚趾也跟着节奏打起拍子来。他接着还拉了苏格兰高地舞曲、爱尔兰吉格舞曲。劳拉和卡莉跟着节奏在地板上咔嗒咔嗒地跳着,直到跳得上气不接下气。

最后,该睡觉了,爸爸把小提琴放回了盒子里。

要离开这温暖的房间到楼上去,真是不情愿。劳拉知道,在楼上寒冷的空气里,每根从屋顶露出来的钉子都结满了霜。虽然楼下的窗户上也覆盖着一层厚厚的霜,但是不知道为什么,劳拉觉得那些结了霜的钉子让她感觉更加寒冷。

劳拉用她们的法兰绒内衣裹着两个熨斗,走在最前面。玛丽和卡莉跟在后面。她们来到楼上,解开扣子,脱掉鞋子,颤抖着脱掉裙子,感觉鼻子都冻僵了。

"如果我们在被子下面祈祷的话,上帝应该也能听见吧。"她说着钻进了冰冷的被窝,熨斗还来不及把被窝焐热。在钉子结了霜的屋顶下面,在一片寂静的寒冷之中,劳拉可以感觉到玛丽和卡莉在被窝里瑟瑟发抖,甚至连床架都跟着晃了起来。在这片狭小的寂静之中,充斥着寒风狂野而深沉的呼啸声。

"你到底在干吗啊,劳拉?"玛丽喊道,"快来帮忙暖暖被窝。"

~ 孤立无援 ~

劳拉牙齿直打战,根本没办法讲话。她穿着睡衣和长筒袜站在窗户旁边,把窗户上的霜擦掉了一小块,想要往外面看。她把手罩在眼睛上,好挡住楼梯上面的灯光。可是还是什么都看不见。外面狂风呼啸,漆黑一片,没有哪怕一丝光亮。

最后,她也爬进被窝,睡在玛丽旁边,然后紧紧掖好被子,把脚放在温暖的熨斗上面。

"我想试试能不能看到灯光。"她解释道,"肯定有屋子是亮着灯的吧。"

"你看到了吗?"玛丽问道。

"没有。"劳拉说。她甚至连楼下的灯光都看不见,虽然她知道那里的灯是亮着的。

卡莉安静地躺在床上,她的床靠着烟囱,这样能够暖和一些。而且她那里也放着一个热熨斗。当妈妈上来把格蕾丝放在卡莉身边的时候,她已经进入梦乡啦。

"你们暖和了吗,孩子们?"妈妈低声问道。她在床前俯下身子,把她们的被子掖得更紧了。

"已经暖和了,妈妈。"劳拉回答。

"那晚安了,做个好梦。"

即便后来劳拉感觉身体暖和了起来,躺在床上,她还是久久无法入睡。她听着外面怒吼的狂风,想着镇上每一个小屋都那么孤立无援地立在这飞旋的雪花中,就连隔壁的光亮也看不到,想着这个小镇也孤立无援地立在无边无际的大草原上,而小镇和草原又都迷失在这狂野的暴风雪中。外面的世界里,已经看不见天,看不见地,只剩下凛冽的寒风和一片白茫茫。

夜里，太阳落山很久之后，连最后一丝光亮也消失不见了，暴风雪旋转着扑向大地，将整个世界变成了一片白色。

灯光可以照亮最深沉的黑夜，叫喊声可以传到很远的地方，可是无论是怎样的灯光和叫喊声，都没有办法穿透这暴风雪，暴风雪有着自己狂野的声音和怪异的光线。

被窝暖和了起来，劳拉不再觉得冷了，却还是一阵战栗。

暴风雪终会过去

在狂野的呼啸声中,劳拉听到炉灶盖子咔嗒咔嗒的声音,还有爸爸的歌声:"啊,快乐的我就像大大的太阳花,在微风中点头又弯腰,啊!"

"卡罗琳!"爸爸朝着楼上喊道,"等你下来的时候,炉火就会烧得很旺了,我现在到马厩去看看。"

劳拉听到妈妈忙碌的脚步声。"再躺一会儿吧,孩子们,"她说,"等屋子里暖和起来了,你们再起来。"

被窝外面冷得要命。不过暴风雪一直在屋外咆哮着,劳拉也根本睡不着了。屋顶上面结着霜的钉子就像一颗颗白色的牙齿。她又在床上躺了没几分钟,就跟着妈妈到楼下来了。

炉灶里的火苗烧得很旺,外面房间的暖炉也烧得火红,不过屋子里还是很冷,而且很暗,看起来根本不像是白天。

|漫长的冬天|

劳拉把水桶上面的冰敲碎,往脸盆里倒了一点水,把脸盆放在炉子上,然后就跟妈妈一起哆嗦着等脸盆里面的水烤热,用来洗脸。劳拉开始有点喜欢住在镇上了,不过这样的冬天在哪儿都差不多。

爸爸回来的时候,胡子上沾满了雪花,鼻子和耳朵都冻得通红。

"谢天谢地啊,真是太好了!"他喊道,"幸好马厩很结实。我必须得挖出一条路来,雪花已经堆得跟门一样高了。幸运的是,我把你的晾衣绳系在了原来的位置,卡罗琳。我得回到小披屋去拿铁铲,所以就顺着晾衣绳走回来了。现在很想吃热乎乎的烤薄饼和炸猪肉!我已经饿得前胸贴后背了!"

炉子上的水已经烤热了,当爸爸在门旁的长凳上洗脸梳头的时候,劳拉把椅子在餐桌前摆好,妈妈倒上了几杯浓香的热茶。

热乎乎的烤薄饼好吃极了,再配着香脆的炸肥肉片、平底锅里棕黄色的透明油脂,还有干苹果酱和糖浆,简直太美味了!不过没有黄油了,因为艾伦基本上不怎么产奶了,妈妈把昨天晚上的牛奶分到格蕾丝和卡莉的杯子里。

"我们应该感谢上帝,我们还有这么一点牛奶。"她说道,"在艾伦产奶之前,都不会再有牛奶了。"

桌子旁边实在太冷了,所以吃完早餐,他们都围在了暖炉旁边。在一片安静中,大家听着外面呼啸的狂风还有雪花砸在墙壁上和窗户上的声音。妈妈哆嗦着站了起来。

"过来,劳拉,咱们把活儿干完吧。干完了我们就能安心地坐在炉火旁边了。"

在这个密不透风的屋子里，很奇怪炉火并没有把厨房里烤热。妈妈把豆子煮成半熟，而劳拉洗着碟子。她们想着这样的天气在宅地小棚屋不知道要多冷呢。妈妈又往炉子里添了一些木炭，拿起了扫帚，而劳拉哆哆嗦嗦地来到了楼梯下面，她得上去整理床铺，不过上面的冷气沿着楼梯蔓延到了下面，穿透了她的羊毛裙子和衬裙，穿透了她的红色法兰绒内衣，她站在那里，就好像什么都没穿一样。

"被子先就那么放着透透气吧，劳拉。"妈妈说道，"放在楼上，从下面也看不见，等屋子里暖和起来了再去整理吧。"

妈妈扫完了地，厨房里面的活儿就做完了。她们回到外面的房间坐了下来，然后把冰冷的脚放在暖炉前面的踏板上烤着。

爸爸进到厨房，随后穿着外套系着围巾出来了，手里还拿着帽子。

"我去对面福勒家打听打听有没有什么消息。"他说。

"一定得去吗，查尔斯？"妈妈问道。

"可能会有人走丢了。"他说着戴上了帽子，来到门口，停了一会儿又说道，"不要担心我！我知道过街要走多少步，如果走完了还没有碰到什么建筑，我就停下来，四处找一找，直到找到为止。"说完，他关上了门。

劳拉又来到了窗前，她把窗户上的霜擦掉一小片往外面看，不过只能看见一片白茫茫。爸爸站在门口的时候她都看不见，更看不见他是什么时候离开的。她缓缓地走回暖炉旁边，玛丽抱着格蕾丝坐在摇椅上摇晃着。劳拉和卡莉只是静静地坐在那里。

"好啦，孩子们！"妈妈说，"即便外面下着暴风雪，我们也没必要把屋子里面也弄得这么阴沉沉的啊！"

"在镇上住有什么好的？"劳拉说，"我们还是要自己待在自己家里，好像根本没有什么镇子一样。"

"我希望你最好不要想着依靠任何人，劳拉。"妈妈愣了一下，"不应该这样。"

"可是如果我们不在镇上，爸爸就不需要在这样的暴风雪中出去看看是不是有人走丢了。"

"不管怎么样，"妈妈坚定地说，"现在我们该学习主日学校的课程了。我们每个人把这个礼拜学到的诗读一遍，然后复习一下以前的课程。"

从格蕾丝先开始，然后是卡莉，接着是劳拉、玛丽和妈妈轮流着把诗读了一遍。

"好了，玛丽。"妈妈说，"现在你背一首，劳拉背一首，接着是卡莉。然后看看谁能坚持到最后。"

"哎呀，肯定是玛丽啊。"还没开始呢，卡莉就已经泄气了。

"别泄气啊，我帮你。"劳拉劝道。

"两个对一个，这不公平。"玛丽表示抗议。

"这样再公平不过啦！"劳拉反驳道，"你说呢，妈妈？玛丽读《圣经》诗的时间比卡莉长太多啦。"

"是的。"妈妈决定，"我觉得很公平，不过劳拉只能在旁边提醒卡莉背。"

于是比赛开始了，她们一首接着一首背啊背，直到后来，即使劳拉在旁边提示，卡莉也想不起来了。然后劳拉和玛丽继续比赛，最后，劳拉也不得不放弃了。

她讨厌承认自己被打败了，不过她不得不承认。"你赢了，玛丽。我想不起来了。"

"玛丽赢了！玛丽赢了！"格蕾丝在旁边拍着手大喊道。妈妈微笑着对玛丽说："这孩子真聪明！"

大家都看着玛丽，而玛丽又大又漂亮的蓝眼睛却什么也看不见。妈妈表扬她的时候，她笑了笑，然后脸色突然黯淡了下来，就像是暴风雪来临之前天色突然变化了一样。有那么一会儿，她看起来就好像回到了她眼睛没有失明的时候，她和劳拉吵架，从不会妥协，因为她是老大，劳拉要听她的。

然后她的脸突然红了，她小声说："我没有赢你，劳拉，我们打平了，我也想不起来下一首了。"

劳拉有些惭愧。做游戏的时候，她那么努力地想要赢玛丽，可是无论她怎么努力，她都没办法像玛丽那么优秀。玛丽真的很优秀。劳拉第一次真的想去当老师了，因为这样她就可以挣钱送玛丽去读盲人学院了。她心想，不管自己会有多么辛苦，一定要让玛丽去上学。

这时，钟声敲响了，已经十一点了。

"天啊，午饭还没做呢！"妈妈大喊。她赶紧来到厨房，扇了扇炉火，往豆子汤里面放了点调料。"你往暖炉里再添点木炭，劳拉。"她喊道，"这屋子好像还没有暖和起来啊。"

爸爸回来的时候，已经是正午了。他静静地来到暖炉边，脱下了外套和帽子。"劳拉，帮我挂起来好吗？真是太冷了。"

"真是不好意思，查尔斯。"妈妈的声音从厨房传来，"我好像没办法让屋子暖和起来了。"

"这也正常。"爸爸说，"外面都零下四十度了，寒风也一直往屋子里钻。这真是最糟糕的一次暴风雪了，不过幸好镇上的人都在，没人走丢。"

吃完午饭，爸爸拿出小提琴拉起了赞美诗的曲调，整个下午他们都在唱着：

> 有一地比白日更灿烂
> 我坚信从远处可望见……

还有：

> 主是苦难地的一块磐石，
> 苦难地啊，苦难地，
> 主是苦难地的一块磐石，
> 是暴风雪中的避难所。

然后还唱了妈妈最喜欢的那首《遥远的地方有一片乐土》。转眼就到了爸爸必须去马厩照料牲口的时间了，不过爸爸在收起小提琴之前又拉了一首铿锵有力、很有挑战性的曲子，大家都禁不住站了起来，高声唱道：

> 就让飓风咆哮吧！

很快就会平息了。
我们定会熬过暴风雪,
最后到达迦南之乐土!

屋外,飓风依然在咆哮着,硬得像子弹、细得像沙粒一样的冰雪飞悬着,噼里啪啦地打在屋子墙壁上。

晴朗的一天

这场暴风雪只持续了两天。礼拜二早晨,劳拉突然惊醒了。她躺在床上,瞪大眼睛,想听一听是什么声音把自己惊醒的。可是什么声音也没有。她突然明白了,惊醒她的正是这一片寂静。现在,外面已经听不到狂风的呼啸,也没有了冰雪打在墙壁上、屋顶上和窗户上的嗖嗖声。

明媚的阳光从楼上依然结着霜的窗户照了进来,而楼下,妈妈的笑容像阳光一样灿烂。

"暴风雪结束了。"她说,"只持续了两天。"

"你永远也猜不到一场暴风雪会有什么变化。"爸爸说。

"可能你说的最严寒的冬天其实并没有那么可怕呢。"妈妈高兴地说,"现在太阳这么好,火车很快就可以恢复运行了。还有,劳拉,今天学校一定会上课,你最好赶紧准备一下,我去做早饭。"

劳拉上楼喊卡莉快点起床,把上学的衣服穿好。然后,她回到温暖的厨房里,拿肥皂洗了脸和脖子,扎好辫子。爸爸做完了杂活,高高兴兴地进了屋。

"老太阳神今天早上看起来真是容光焕发啊!"他对大家说,"就好像在雪里好好洗了把脸一样!"

煎得黄澄澄的土豆饼已经端上了桌子,玻璃碗里的野菇娘果酱泛着金灿灿的光芒。妈妈把烤好的棕黄色面包放在一个大浅盘里,又从烤炉里取出一小碟黄油。

"黄油必须得热一热。"她说,"不然跟石头似的,根本切不动。希望博斯特先生很快就能再带过来一些。故事里补鞋匠用来扔老婆的就是冻得硬邦邦的黄油呢。"

格蕾丝和卡莉都没听明白,而其他人都笑了起来。可以看出妈妈心情很好,都说起笑话来了。

"他扔的是锥子。"玛丽说。劳拉大声反驳道:"不对,不对!最后才扔的锥子,他的手里最后就只剩下锥子了!"

"好啦,好啦,孩子们。"妈妈温柔地喊道,因为在饭桌上她们笑得太过分啦。劳拉说:"我还以为咱们没有黄油了呢,昨天都没有吃。"

"薄煎饼配咸猪肉好吃。"妈妈说,"我留着黄油配烤面包呢。"黄油刚好够在每一片面包上面擦一点的。

在这温暖、安静又明亮的环境中吃早餐真是太让人开心了。不过还没吃完,八点半的钟声就响了起来。妈妈说:"快点去上学吧,孩子们,今天你们的家务活就交给我来做了。"

屋外，阳光明媚，十分耀眼。主街上从头到尾隆起了一条被狂风吹积形成的雪堆，这雪堆比劳拉还高呢。她和卡莉必须爬到雪堆上面，然后再从另一边下来。雪堆很结实，她们踩过去竟然没有留下脚印，脚后跟都没办法在雪堆上踩出洞来避免滑倒。

学校院子里也有一个雪堆在阳光下闪闪发光，都有教室那么高了。凯普、本、亚瑟还有威尔玛斯家的两个小男孩，穿着鞋子从雪堆上滑下来，就像以前劳拉在银湖上面滑冰一样。而玛丽和明妮站在教室门口冰冷的阳光里，看着男生们在雪堆那里玩得不亦乐乎。

"早啊，劳拉！"玛丽高兴地说。她把戴着连指手套的手塞进了劳拉胳膊下面，紧紧地挽着她。她们又见到了彼此，心里都高兴极了。礼拜五好像已经过去很久了，她们本来约好一起度过的礼拜六下午好像也过去很久了。不过已经没时间再说话了，老师已经来到了教室门口，男生女生们都要去教室上课啦。

课间休息的时候，玛丽、劳拉和明妮站在窗口看着男生们从雪堆上往下滑。劳拉真希望自己也能到外面去玩啊。

"真希望我们现在还没有长大。"她说，"我不觉得女孩子长大了有什么好。"

"可是，我们没有办法永远不长大啊。"玛丽说。

"如果你被一场暴风雪困住了，你会怎么做，玛丽？"明妮问道。

"我想我会继续往前走吧，要是一直走的话，就不会被冻死了。"玛丽答道。

"可是你会走得筋疲力尽然后累死的。"明妮说道。

"好吧，那你会怎么办？"玛丽问她。

"我会在雪堆里挖个洞，把自己埋起来，我想这样就不会被冻死的。你觉得呢，劳拉？"

"我也不知道。"劳拉说。

"那，你会怎么办，劳拉，如果被暴风雪困住的话？"明妮继续问。

"我不会被困住的。"劳拉回答。她不喜欢去想这些，她宁愿跟玛丽聊一些其他的。这时，加兰德老师摇响了上课铃，男生们拥进了教室，大家都咧着嘴笑着，脸蛋冻得红通通的。

那一整天，每个人的心情都像阳光一样灿烂。正午，劳拉、玛丽、卡莉还有比尔兹利家的两个女孩子互相比赛着，爬过大雪堆赶回家吃午饭，人群中传来一阵阵欢呼声。在主街雪堆的最顶端，有些人朝北走，有些人朝南走，而劳拉和卡莉从东边滑下来，回到了自己家门口。

爸爸已经坐在了餐桌前，玛丽把格蕾丝抱到垫了一摞书的椅子上，妈妈正把一盘冒着热气的烤土豆放在爸爸面前。"真希望我们还有黄油配着吃啊。"她说。

"盐也可以增加味道啊！"爸爸说。这时，厨房门外响起了一声响亮的敲门声。卡莉跑过去开了门，只见穿着野牛皮外套的博斯特先生像只毛茸茸的大熊一样走了进来。

"快进来，博斯特！快进来，进来坐！"爸爸不停地说着。大家看到博斯特先生都很高兴。"快进来，坐到餐桌这边吧。你来得正是时候。"

"博斯特夫人呢？"玛丽问道。

"是啊，她没跟你一起来吗？"妈妈也急切地问道。

博斯特先生把外套脱掉。"是啊，没来，你看，天这么好，艾莉说得趁着有太阳把该洗的东西洗一洗。我跟她说，接下来还有几天好天气呢，可她说，等过几天要是天气好再抽一天来镇上看看。她让我给你们带了点黄油。这是最近一次刚做的，我家奶牛快不产奶了。都怪这天气太差，根本没办法好好照料它们。"

博斯特先生也坐在了餐桌前，他们终于又有黄油配美味的烤土豆吃了。

"你们能平安地度过这场暴风雪，真替你们高兴。"爸爸说。

"是啊，我们很幸运。我当时正在井边给牲口喂水，乌云突然就来了。我急忙把它们赶回马厩安顿好，往家里刚走了一半，暴风雪就来了。"博斯特先生告诉他们。

烤土豆、热饼干配着黄油很可口，吃完午饭，大家又蘸着妈妈做的番茄酱吃了一些饼干。

"镇上已经没有咸猪肉卖了。"爸爸说，"我们所有的日常用品都是从东部运过来的，如果火车停运的话，就会短缺的。"

"你有没有打听到关于火车的什么消息？"博斯特先生问他。

"伍德沃斯说，他们已经又另外派了一些人到翠西路堑那边去了。"爸爸回答道，"还带了犁雪机。这礼拜之前应该就能通了。"

"艾莉还指望我买点茶叶、糖和面粉回去呢。"博斯特先生说，"不知道有没有涨价？"

"据我所知，应该还没有。"爸爸让他放心，"现在除了肉，其他都还没有短缺。"

吃过午饭，博斯特先生说他必须在天黑以前赶到家里。他答应不久就会带着博斯特夫人来看大家。然后他就和爸爸一起到主街上霍森家的杂货店去了。而劳拉和卡莉手拉着手，快乐地爬过雪堆，从另一边滑下来，回到学校去了。

那个愉快的下午，她们呼吸着清新的冷空气，心情像阳光一样灿烂。她们把课文全都记住了，而且很喜欢去背诵它们。校园里，每个人的脸上都洋溢着笑容，凯普的笑容更是感染了所有的人。

看到镇子重新恢复了生气和活力，而且礼拜一到礼拜五又都能上课了，真是太好了。

不过那天夜里，劳拉梦见爸爸又拿起小提琴拉起了上次那首狂野的暴风雪曲子，当她大喊着要他停下来的时候，那首曲子突然变成一片飞旋的暴风雪将她包围，把她冻成了冰块。

她瞪大眼睛凝视着黑暗，过了很长时间，都没有缓过神来。噩梦将她吓得全身僵硬而冰冷。原来她听到的根本不是爸爸拉小提琴的声音，而是真的暴风雪的呼呼声，还有冰雪击打墙壁和屋顶的嗖嗖声！最后，她终于能够动弹了，她的身体如此冰冷，感觉刚才的梦境似乎有一半是真的，她往玛丽那边靠得更紧了，然后把被子拉起来蒙住了头。

"怎么了？"玛丽在梦中喃喃地说。

"暴风雪。"劳拉回答。

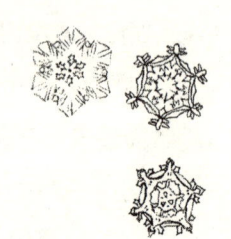

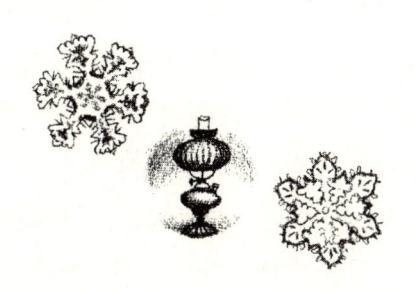

火车没来

这样的天气真是没有必要起床。屋外一片昏暗,窗户上一片白,屋顶的钉子也是一片白。暴风雪又来了,咆哮着、尖叫着,绕着屋子嘶吼着。今天肯定又不能去上学了。

劳拉懒懒地躺在床上,半睡半醒的。这样的天气,她宁可用来睡觉。不过妈妈的喊声传来:"早上好,孩子们!该起床了!"

屋里实在太冷了,劳拉迅速穿上衣服鞋子来到了楼下。

"哎,怎么了,劳拉?"妈妈从炉灶旁边抬起头。

劳拉几乎要哭了。"唉,妈妈!隔好多天才能上一天学,能学到什么啊?这样我怎么能去教书,怎么能帮玛丽上学啊?"

"好了,劳拉。"妈妈和蔼地说,"你怎么能这样就灰心丧气了呢?暴风雪多几场少几场不会有很大影响的。我们赶紧把家务活忙完，你就可以去学习了。你那算术书里面的计算题都足够你忙上好几天了，你想做多少就做多少，只要你想学习，就没有什么可以阻止你的。"

"桌子怎么挪到厨房来了？"劳拉问道。现在桌子一挪过来，厨房里就没什么活动的地方了。

"今天早上你爸爸没有在外面房间的暖炉生火。"妈妈回答。

听到爸爸踏进小披屋的脚步声，劳拉跑过去开了门。他的表情十分凝重，桶里一点点牛奶已经冻成冰块了。

"现在真是最糟糕的时候了。"爸爸说着把冻得麻木的双手放在炉灶上烤着，"我今天没有在暖炉点火，卡罗琳，我们的煤剩得不多了，今天又下了暴风雪，火车又要过一段时间才能通行了。"

"我看到你没有生火，就已经明白了。"妈妈说，"所以我把桌子挪到厨房来了。我们可以关上中间的门，这样炉灶就能把这里烤暖和了。"

"吃完早饭，我就去福勒家看看。"爸爸说。爸爸迅速吃完饭，穿上外套，而妈妈来到楼上，把她小巧的红色摩洛哥皮革钱包拿了出来。钱包里，是她给玛丽存的学费。

爸爸缓缓伸出手接了过来。他清了清嗓子说道："玛丽，镇上的物资可能已经短缺了。如果贮木场和商店把价格抬得太高了……"

他没有继续说下去。玛丽说："妈妈给我存的学费，你可以先拿去用。"

"如果真的要用这份钱，你要相信我以后会把它再挣回来的。"爸爸向她保证道。

爸爸离开后,劳拉把玛丽的摇椅从冷冰冰的外面房间搬到了敞开的烤炉前面。玛丽刚一坐下,格蕾丝就爬上了她的膝盖。

"我也要坐在这里暖和一下。"格蕾丝说。

"你现在这么大了,坐在玛丽身上太重了。"妈妈反对道。不过玛丽很快接过话说:"不会的,格蕾丝!我喜欢抱着你坐在我膝盖上,虽然你已经三岁啦。"

厨房里现在这么拥挤,劳拉洗碟子的时候总是不小心碰到一些东西的尖角。妈妈在寒冷的楼上整理床铺的时候,劳拉擦了擦炉灶和灯罩。然后她把灯罩从黄铜底座上拧下来,小心地往里面加煤油。煤油罐子的罐嘴里滴下最后一滴清澈的煤油。

"哎呀!没有告诉爸爸买煤油!"劳拉还没来得及想就大喊了起来。

"我们没有煤油了吗?"卡莉倒吸了一口凉气。她正在往碗橱里放碟子,这会儿猛地转过头来,眼睛里充满了恐惧。

"谢天谢地,我已经把油灯里面加满了。"劳拉回答,"现在我来扫地,你来掸灰。"

妈妈从楼上下来的时候,所有的家务都已经做完了。"从楼上可以感觉到风把屋子吹得摇摇晃晃的。"她哆哆嗦嗦地来到炉灶旁边,"劳拉,卡莉,你们都把活儿做完了啊,真是好孩子。"她笑着说道。

爸爸还没有回来。不过他肯定不会迷路的,毕竟是在镇上。

劳拉拿来课本和写字板,放在桌子上,坐在了靠近玛丽摇椅的位置。外面光线很暗,不过妈妈没有点油灯,劳拉一道一道地读算术题给玛丽，自己在写字板上演算，玛丽就在心里算。她们把每道题又倒过来演算了一遍，以确定结果是正确的。她们慢慢地一课一课地学着演算，正像妈妈所说的一样，后面还有很多东西要学呢。

后来，她们听到外面房间传来爸爸的脚步声。他的外套和帽子上面都是雪，结了一层冰，还带了一个落满雪的包裹。他在炉灶旁边待了一会儿，等稍微缓和了一点，便说道："我没有用到你上学的钱，玛丽。"

"贮木场也没有木炭了。"他继续说道，"天气太冷，人们烧木炭烧得厉害，伊里那边也没有多少了。他现在买木材来烧了，不过一千根木材需要五十块钱，我们可烧不起啊！"

"谁要花这个钱才傻呢。"妈妈轻轻地说，"火车肯定要不了多久就可以通了。"

"镇上也没有煤油了。"爸爸说，"肉也没有了。那些商店的东西基本上都卖完了。我买了两磅茶叶，卡罗琳，趁着现在还有茶叶卖。所以，在火车通行之前，我们还可以喝上茶。"

"大冷天喝一杯热茶再舒服不过了。"妈妈说，"现在灯里的煤油还是满的。要是我们早点睡省着用，还能撑好长时间呢。你还想着买点茶叶回来，我就很高兴了，不然可能连茶叶也买不到了。"

爸爸渐渐暖和了起来，便坐在窗户边一言不发地读着《芝加哥洋际报》，是随着上次的邮件一起送来的。

"还有啊，"爸爸突然抬起头说道，"学校要等有木炭了才能上课。"

"我们可以自己在家学习。"劳拉坚定地说。她和玛丽小声讨论着数学题,卡莉在学习单词拼写,妈妈在缝缝补补,而爸爸则安静地读着报纸。暴风雪越来越厉害了,这应该是到目前为止他们经历过的最猛烈的暴风雪了。

屋里越来越冷了。外面房间的暖炉没有生火,里屋的炉灶根本没办法让屋里暖和起来。寒冷悄悄蔓延到外面房间,然后从门下面的缝隙里钻到里屋来。小披屋的下面也不断钻进来冷气。妈妈从外面房间把编织地毯拿过来,折叠起来,紧紧地塞在门下面的缝隙里。

正午的时候,爸爸去了一趟马厩。正午那些牲口是不需要喂食的,不过爸爸是去看看两匹马,还有母牛、小牛是不是安全地待在牛棚里。

下午三点左右,他又出去了一次。"这种寒冷的天气里,牲口要吃很多饲料才能暖和。"爸爸向妈妈解释道,"现在暴风雪越来越厉害,我今天早上费了好大的劲儿才顶着风把干草抱到了马厩里,如果不是干草垛就在门口的话,根本就一点办法也没有。还有一件好事,那些积雪堆不见了,都被风吹走了,现在外面都看得到光秃秃的地面了。"

爸爸出门的时候,暴风雪的势头更大了。虽然爸爸一关上门妈妈就赶紧把折叠起来的地毯塞到了门下面的缝隙里,可一股冷风还是从披屋冲了进来。

玛丽正在编一条新地毯。她已经把那些不穿的羊毛衣服撕成条,妈妈把不同的颜色分开放到几个盒子里面。玛丽把盒子排列好,记住每个颜色所在的位置。她把布条编成一根长长的

绳辫，堆在她椅子旁边。一根布条编完了，她就从盒子里选一根她想要的颜色，接在上面缝住。她时不时地摸一下椅子旁边越堆越多的绳辫。

"我觉得差不多可以了。"她说，"明天就可以交给你缝起来了，劳拉。"

"我想先把手里的蕾丝边织好。"劳拉反对道，"暴风雪一直这么下，天色这么暗，我根本没法数针脚。"

"黑暗对我来说没什么影响。"玛丽说，"我可以用手指去摸呢。"

劳拉为自己的焦躁感到惭愧。"那你弄好了我明天就帮你缝地毯。"她欣然说道。

爸爸出去很久了。妈妈把晚餐又放回炉灶上去暖着。她没有把灯点亮，大家都坐在那里，心想着那些晾衣绳一定能指引着爸爸穿过暴风雪回到家里来的。

"好了,好了,孩子们!"妈妈打起精神,"玛丽,你起个头,我们唱唱歌打发时间,等你爸爸回来吧。"所以她们就在黑暗中唱起歌来,直到爸爸回到了家里。

吃晚饭的时候,点了油灯。不过妈妈告诉劳拉,碟子先放在那里不要洗了。她们必须快点上床,好节约点煤油和木炭。

第二天早晨做家务的时候,只有爸爸和妈妈起床了。"孩子们,你们就躺在被窝里暖和吧,想什么时候起来都行。"妈妈说。所以劳拉直到九点钟才起床。冷风不断地拍打着屋子,从墙壁的缝隙里渗进来,无休无止的噪音和昏暗似乎将时间都凝固了。

劳拉、玛丽和卡莉在学习。劳拉已经把玛丽编好的绳辫缝成了一块圆形的小地毯,重重地放在玛丽的膝盖上,这样她就可以用手好好感受一下。这块小地毯让今天变得与昨天有所不同,不过劳拉觉得其实也没什么不同,她们又和昨天一样在黑暗中唱着歌等爸爸回来,吃着同样的土豆、面包和苹果酱,喝着茶,同样为了省木炭和煤油而不洗碟子直接上床睡觉了。

接下来的一天还是这样。狂风还是继续呼啸着、尖叫着,飞旋的雪花继续沙沙地砸在墙壁上,这噪音、这昏暗、这寒冷似乎永远也不会结束。

可是突然,一切都结束了。狂风停了下来。这已经是第三天下午黄昏的时候了。劳拉在窗户上哈了口气,擦了一块干净的地方往外面看,她看到外面一股直吹的风吹得雪花在主街低空乱飞。落日的余晖给飞雪涂上了一层淡淡的红色。天空清澈而寒冷。然后玫瑰色的光线淡去,雪花变成了灰白色,一刻不停的风现在更猛烈了。爸爸做完了杂活,回到了家里。

"明天我必须得拉点干草过来。"爸爸说,"不过现在我得去福勒家看看这该死的镇上还有没有其他人活着。整整三天了,连一点点光、一点点炊烟都看不到,更别说什么活人了。如果得不到一点儿好处,真不知道住在镇上还有什么好。"

"晚饭都快做好了,查尔斯。"妈妈说。

"我一会儿就回来。"爸爸告诉她。

过了几分钟,爸爸回来了。"晚饭做好了吗?"他问。妈妈这时正在把晚饭盛到碟子里,劳拉正把椅子摆到桌边。

"镇上一切都好。"爸爸说,"车站那边传来消息说,他们明天就到翠西那边的深路堑工作了。"

"什么时候才能通火车?"劳拉问道。

"不好说。"爸爸回答,"之前的那个晴天,他们已经把积雪都挖出来了,本来第二天就可以通行了。不过他们把积雪铲到了两边,现在挖出来的地方又被填满了,差不多和两边的雪堆一样高了。那边的雪大概有三十英尺深,而且都冻得硬邦邦的,他们现在就过去挖了。"

"如果天气好的话,应该不会花很长时间的。"妈妈说,"接下来肯定都是好天气,我们已经熬过了比去年冬天都要多、都要糟糕的暴风雪了。"

好天气

早晨,天气晴朗,空气清新,可还是不能去上学。一直要等到火车通了,运来木炭,学校才能开课。

屋外阳光明媚,不过窗户上的霜还都没有化。厨房里死气沉沉的。卡莉一边擦着早饭的碟子,一边透过窗户玻璃上面抹开的一片地方往外看,而劳拉闷闷不乐地晃动着洗碟盆里渐渐变冷的水。

"我想出去走走。"卡莉烦闷地说道,"真是厌倦了一直待在这个破厨房里!"

"昨天我们还庆幸有这个温暖的厨房呢。"玛丽温柔地提醒她,"现在我们也应该庆幸暴风雪终于结束了。"

"反正你又不用去上学。"劳拉生气地说。话刚说出口,她就感到有点羞愧了,不过妈妈这时候责备地喊了一声:"劳拉!"

这下她更生气了。

"等你们做完了家务,"妈妈把捏好的面团盖起来放在烤炉前面发酵,然后继续说道,"你们可以把外套穿上,还有玛丽,你也一起到外面院子里呼吸呼吸新鲜空气吧。"

她们听了都很高兴。劳拉和卡莉加快了速度,没过一会儿,她们就穿好了外套,戴好了围巾、头巾和连指手套。劳拉领着玛丽穿过披屋,来到了寒冷的雪地里。阳光刺得她们睁不开眼,外面冷得喘不过气。

"双臂向后伸,然后呼吸,深呼吸!"劳拉喊道。她知道,如果你不那么惧怕寒冷的话,其实也就不会觉得那么冷了。于是,她们都把双臂向后伸了伸,吸着冰冷的空气,冷空气从收缩的鼻孔里迅速钻进了胸膛,让她们全身都暖和了起来。就连玛丽也大声笑了起来。

"我能闻到雪的味道!"她说,"又清新又干净的味道!"

"天空一片亮蓝,整个世界一片白茫茫,在阳光下闪闪发亮。"劳拉告诉她,"只有从雪地里冒出来的房子破坏了这美丽的一切,真希望我们是在一个没有房子的地方。"

"这想法太可怕了。"玛丽说,"我们会被冻死的。"

"那我就给大家筑一个圆顶小冰屋,"劳拉大声说道,"这样我们就可以像爱斯基摩人一样生活了。"

"啊,好恶心,吃生鱼啊,"玛丽不禁起了一身鸡皮疙瘩,"我可不要。"

雪花在她们脚下咯吱作响。层层积雪压得那么结实,劳拉都没办法挖一块下来团个雪球。她正给卡莉讲威斯康星州大森

~ 好天气 ~

林的雪是多么柔软的时候,玛丽说道:"什么过来了?听起来像是咱们家的马。"

爸爸正驾着马朝马厩走去。他站在一辆形状古怪的雪橇上面。这是一块用新木板做的低低的平台,像四轮马车那么长,却是马车的两倍宽。这个雪橇前面没有横杆,两块隔得很开的滑板中间有一根长长的环链,横杆就系在链子上。

"这么奇怪的雪橇哪里来的,爸爸?"劳拉问道。

"我在贮木场定做的。"爸爸说。他从马厩把干草叉拿了出来。"看起来确实有点奇怪。"他承认,"不过,只要这两匹马拉得动的话,这个东西可以装得下一整个干草垛。我一点时间也不能耽误,要赶快从这里弄点干草去喂牲口。"

劳拉想问问他有没有什么关于火车的消息,不过,这个问题会让卡莉想起来在火车开来之前家里没有木炭没有煤油也没有肉了。她不想让卡莉担心。现在天气这么晴朗,大家都这么开心,如果好天气再持续几天,火车或许就通了,也就没什么好担心的了。

她正想着,看到爸爸已经到那个低低的大雪橇上面去了。

"劳拉,告诉你妈妈,他们已经从东部运来一台犁雪机,还有满满一车工人,去翠西路堑那边了。"爸爸说,"再有几天好天气,火车就能通了。"

"好的,爸爸,我会告诉她的。"劳拉高兴地说。接着爸爸就驾着雪橇,绕过街角,沿着主街往宅地那边去了。

卡莉长长地呼了一口气,大声喊道:"我们这就去告诉妈妈吧!"从她说话的方式来看,卡莉也一直想问爸爸关于火车的事

131

情呢。

"哎呀,瞧你们的脸蛋好红啊!"她们一走进昏暗、温暖的厨房妈妈就说道。她们把外套脱下来的时候,寒冷的新鲜空气就被抖下来了。炉灶上面的热气烤得她们手指有一种舒服的刺痛感,妈妈听了她们带来的消息开心极了。

"好天气应该会持续一段时间的,我们已经经历了太多暴风雪啦。"妈妈说。

窗户上的白霜已经融化了,又在冷冷的玻璃上结成一层薄冰。劳拉毫不费力地弄掉了,又把窗格擦干净。然后,她坐在温暖的阳光里,开始继续钩织蕾丝边,还时不时抬起头看一看外面的阳光。天空中没有一丝云,虽然爸爸没有及时回来,也没什么好担心的。

到了十点钟,爸爸还没有回来,甚至一直到十一点钟都没有看到他的影子。到宅地来回才两英里,把雪橇装满也就半个小时。

"爸爸怎么还没回来?"玛丽最后终于忍不住了。

"可能在宅地上看到有什么事情要做了吧。"妈妈说。她来到窗户旁边朝着西北方看了看,天空还是没有一丝云彩。

"没什么好担心的。"妈妈继续说,"可能是暴风雪把小棚屋砸坏了,他很快就能修好。"

十二点的时候,礼拜六特别烘烤的面包出炉了,一共三条脆皮的、金黄色的、热乎乎的烤面包。煮熟的土豆还在锅里冒着热气,热茶已经泡好了,可是爸爸还没有回来。

大家心里都明白,爸爸肯定是遇到什么事了,虽然没有人

~ 好天气 ~

说,也没有人能够想到到底是什么事。那两匹可靠的老马是肯定不会逃跑的。劳拉想起了那些抢占宅地的人,小棚屋旁边荒无人烟,爸爸又没有带枪。可是那些人不可能冒着暴风雪跑过去的。现在也不可能有熊啊、豹子啊、狼啊或者印第安人。也没有必须要涉过的河流。

在这样好的天气里,一个人驾着温顺的马,从雪地里到只有一英里以外的宅地去,然后装着一车干草原路返回,到底有什么会阻碍他呢?

就在这时,爸爸驾着马车绕过了第二大街的街角,从窗前驶过。劳拉看到他从眼前经过,干草垛上面落满了白雪,还把雪橇都遮住了,看起来就好像是从雪地上拖过去的一样。他把雪橇停在马厩旁边,卸掉马具,将它们牵到畜栏里,一边跺着脚一边来到了小披屋。劳拉和妈妈已经把午饭摆上了桌子。

"哎呀,午餐看起来真好吃!"爸爸说,"我现在饿得不放盐都能吞下一头熊!"

劳拉拿烧水壶往洗脸盆里倒了点水给爸爸。妈妈温柔地问道:"你怎么去了那么久啊,查尔斯?"

"因为草。"爸爸刚说了句就把脸埋在了满手的肥皂水里。劳拉和妈妈互相望了望,不知所云。爸爸到底是什么意思?一会儿,他伸手去够卷筒上面的毛巾,接着说道:"因为雪下面那些杂乱无章的草。"

"根本没办法沿着路走。"爸爸一边擦着手一边继续说道,"没有栅栏也没有树,根本没什么路标可以参考。只要出了镇子,放眼望去,全是雪堆,就连湖水都被盖起来了。那些雪堆

133

被风吹得很结实，还冻住了，雪橇从雪堆上面一滑就过去了，让人感觉就好像无论想到哪里，只要轻轻一滑就到了呢。

"然后呢，马匹就陷到那硬硬的雪里面了，厚厚的积雪差不多已经埋住了它们的下巴。我发现是陷进泥沼了，那里的雪看起来跟别的地方一样硬，不过下面全是草。就是草的茎秆上面盖着一层雪，下面全是空的。马一跑上去就往下陷。

"我一上午就在跟那匹笨马较劲儿了，山姆……"

"查尔斯！"妈妈喊道。

"卡罗琳，"爸爸说，"遇到这种事情，就连圣人也会忍无可忍的。大卫还不错，还有点常识，可是那山姆呢，简直是疯了！两匹马就在那雪里陷着，只露个背，而且越是想出来，雪洞就越来越大，要是它们把雪橇也拽进去了，那我就一点办法也没有了。所以，我就把雪橇从它们身上解开，试着想办法把两匹马弄出来。这时候山姆就发疯了，在雪洞里乱蹦乱跳，喘着粗气，打着滚儿，结果就越陷越深。"

"确实挺难办的。"妈妈说道。

"山姆一直在那里乱撞，我担心它会伤着大卫，所以就进到雪洞里，把它们两个之间的绳子也解开了。我紧紧拉住山姆，用力把雪踩下去，想要踩出一条硬实的路让它踩着来到上面的雪堆，但它还在那里乱跳，把我刚踩下去的雪又给弄得一团糟，这个样子无论是谁都会失去耐心的。"

"那你后来是怎么做的？"妈妈问道。

"后来可终于把它给弄出来了。"爸爸说，"大卫温顺得像只小羊，小心地跟着我一步一步上来了，我就把它拴到了雪橇上，它拉着雪橇绕过了雪洞。可是那个山姆，我得一直紧紧拉着它，因为这时候也没什么可以拴住它。然后我终于把它们两个又套在了马具上，继续往前走了。可刚走了一百英尺的样子，它们又掉下去了。"

"天啊！"妈妈喊道。

"情况就是这样的。"爸爸说，"整整一个上午啊！半天的时间就只走了两英里路，拉了一车干草回来，却比干了一整天的重活都累。今天下午我就只带大卫去，虽然它自己拉不动太多的草，但是对我和它来说都要轻松点。"

他匆匆吃完午饭，又匆匆地把大卫套在了雪橇上。现在大家知道爸爸是怎么回事了，也就不担心了，不过她们为大卫感到难过，因为它被雪堆给欺骗了，也为爸爸感到难过，因为他得不断地解开马具，帮助马从雪堆里上来，然后再套上马具。

整个下午，天气依然很晴朗，天空中没有一丝云彩，天黑之前，爸爸拉回来了两车装得不多的干草。

"大卫总能像一条忠诚的狗一样乖乖地跟着我。"吃晚饭的时候，爸爸告诉大家，"掉进雪堆的时候，它就一动不动地站在那里，等着我踩出一条坚实的路，小心翼翼地跟着我上去，似乎完全明白是怎么回事，我打赌它心里肯定什么都清楚。明天，我用根长绳子把它拴在雪橇上，这样如果它再掉下去，我就不用再解开绳子了。我只需要帮它从雪洞里走出来，它用长绳子拖着雪橇绕过雪洞就行啦。"

吃过晚饭，爸爸就到福勒家的五金店去买长绳子了。他很快就回来了，并给大家带回了一条新闻，说是工作车还有犁雪机这天已经把翠西路堑那边挖通了一半。

"这次花的时间更长点。"他说,"因为每次他们清理轨道的时候就把雪堆到两边,这样路堑就越来越深了。不过车站的伍德沃斯说,可能后天就能通火车了。"

"真是太好了。"妈妈说,"谢天谢地,我们很快又有肉吃了。"

"不止是这个。"爸爸继续说,"不管有没有火车,我们都可以收寄邮件啦。他们准备用马车来送信,邮差吉尔伯特明天就会离开这里到普雷斯顿去。他现在正在做雪橇呢。所以,你们要是想寄信的话,现在就可以。"

"我一直想给威斯康星州的家人写封信呢。"妈妈说,"本来没打算这么快就写完的,不过我争取现在就写好。"

所以,妈妈就拿出信纸,铺在灯下的桌布上。她把墨水瓶里的墨水烘化后,一家人便围在桌子边,想想有什么要说的,妈妈就把这些话写下来。妈妈用的那支红色笔的笔杆是珍珠母做的,形状像一根羽毛。她用整齐而清晰的字体把信纸写满,然后把信纸横过来在边缘上又写满,另一边也用同样的方式写满。这样,信纸的每一个角落都密密麻麻写满了字。

在威斯康星州的时候,卡莉还是个小婴儿。她不记得她的那些叔叔婶婶,还有爱丽丝、艾拉和彼得这些堂姐堂哥,而格蕾丝根本都没见过他们。不过劳拉和玛丽把他们记得清清楚楚。

"告诉他们我还带着我的布娃娃夏洛特呢。"劳拉说,"我希望我们能养一只黑猫苏珊曾孙的曾孙的曾孙的小猫咪。"

"说'子孙'能节约点地方呢。"妈妈说,"我怕这封信会超重。"

"告诉他们这儿一只猫也没有。"爸爸说。

"真希望能有一只。"妈妈说,"我们需要一只猫来抓老鼠。"

"告诉他们我们希望他们今年能过来一起过圣诞节,就同在大森林的时候一样。"玛丽说。

"要说就像在大森林的时候一样。"妈妈说。

"天啊!"劳拉大喊道,"圣诞节?我都快忘了这回事!已经快要到了!"

格蕾丝跳到了玛丽膝盖上大喊着:"什么时候过圣诞节啊?圣诞老人什么时候来啊?"

玛丽和卡莉以前给她讲过圣诞老人的故事。现在玛丽不知道该对她说些什么了,劳拉也不知道。不过卡莉开口了。

"今年冬天圣诞老人可能没办法来这儿了,格蕾丝,因为暴风雪。"卡莉说,"你看啊,火车都没办法过来了。"

"可是圣诞老人是滑雪橇的啊!"格蕾丝急切地说道,蓝色的眼睛无辜地望着大家,"他会来的,是吧,爸爸?是吧,妈妈?"

"当然会来了,格蕾丝。"妈妈说。然后,劳拉坚定地说:"圣诞老人可以到达任何地方。"

"也许还能给咱们带来火车呢。"爸爸说。

早上,爸爸拿着信来到邮局,看到吉尔伯特正把邮袋放到雪橇上,拿野牛皮大氅盖得严严实实,然后驾着雪橇离开了。他到普雷斯顿有十二英里呢。

"在那里他会碰到从东部带信回来的马车,把那些信带回来。"爸爸给妈妈解释道,"如果他能顺利通过大泥沼的话,今天夜里就能回来了。"

"他这次出去天气很好的。"妈妈说。

"我看我最好也要好好利用好天气。"爸爸说。

他出去用长绳子把大卫系在了雪橇上。那天早上,他拉了一车干草,正午,他坐在餐桌边的时候,光线突然暗了下来,外面又刮起了大风。

"起风了!"爸爸说,"希望吉尔伯特已经安全到达普雷斯顿了。"

小麦种子

寒冷和昏暗又一次笼罩了小镇。房顶的钉子又结满了霜，窗格一片灰白。从窗户上擦干净的一小片玻璃往外面看，只看到玻璃另一边飞旋的白色雪花。这幢结实的屋子在狂风中抖动着、摇晃着；狂风呼啸着、尖叫着。妈妈把碎呢地毯紧紧地塞在门下面的缝隙里，可是冷空气还是钻了进来。

这种天气里，真的很难高兴起来。早上和下午，爸爸顺着晾衣绳到马厩喂马、母牛和小牛。剩下的干草必须省着用。他进屋的时候浑身冰冷，好不容易才暖和起来。他坐在烤炉旁边，把格蕾丝抱坐在膝盖上，把卡莉搂过来靠在他身边，给她们讲以前给玛丽和劳拉讲过的熊和豹子的故事。到了晚上，他把小提琴拿出来，拉起了欢快的旋律。

到了该睡觉的时候，她们必须鼓起勇气，爬到冰冷的楼上去,爸爸拉着小提琴送她们上床。

"大家准备好!"爸爸说,"一二一,一二一,前进!"

劳拉抱着包起来的热熨斗走在最前面,玛丽走在她后面,手放在劳拉的肩膀上。卡莉则抱着另一个熨斗走在最后面,音乐声伴随着她们上楼:

> 前进!前进!埃斯克代尔和利德斯!
> 所有苏格兰兵都跨越了边界!
> 许多旗帜在头顶飘扬,
> 许多饰章都声名远扬!
> 骑上马吧!准备好吧!
> 山谷的孩子们,
> 战斗吧,为了你们的家园,
> 为了古英格兰的荣耀!

这样做确实是有点用处的。劳拉希望自己看起来足够开心,并能够鼓舞其他人。不过她心里明白,这场暴风雪又一次将火车挡住了。她知道披屋里面堆起来的木炭已经所剩无几,镇上也已经没有木炭了。油灯里面的煤油也不多了,虽然妈妈只有在吃晚饭的时候才会点亮。而且在火车通行之前,也没有肉吃了。黄油也没有了,只剩下一点点猪油来涂面包吃。还有一些土豆,不过剩下的面粉已经连一块面包都做不了了。

想着这一切,劳拉默默祈祷,在最后一块面包吃完之前,一定得通火车啊。然后她又开始想木炭、煤油和只剩一点点的猪油，还有面粉袋里最后一丁点儿面粉。火车一定要来啊。

整整一天一夜，屋子都在这暴风雪中震颤着，狂风呼啸着、尖叫着，雪花砸在墙壁上、房顶上，屋里的房顶透着沾满白霜的钉子。其他屋子里一定也有人，也有灯光，可是他们都离得太远了，让人感觉很不真实。

在饲料商店后面的房间里，阿曼佐正忙活着。他从后墙上把马鞍、马具和衣服都拿下来堆到了床上，然后把桌子推过去抵住碗橱，在挪出来的空地上放了一把椅子用来放锯木架。

他已经在距离后墙一英尺的地方架起了一个两英尺宽、四英尺长的木架。现在他把木板一块一块地锯好再钉到木架上面。锯子刺耳的声音还有锤子的敲打声都难以压过暴风雪的声音。

他把这堵内墙钉到一半高，然后拿出折叠刀割开了一袋小麦种子，拎起这一百二十五磅重的麻袋小心地把麦子倒进了新钉好的墙和原来的墙之间的空间。

"我估计所有的小麦种子都能装得下。"他对正坐在炉灶旁边削木头的罗伊尔说，"等我把上面一半墙钉起来，这里面的隔层就看不出来了。"

"不关我的事。"罗伊尔说，"这是你的小麦种子。"

"这当然是我的小麦种子了！"阿曼佐回答道，"来年春天还要种到我的土地上。"

"你为什么觉得我会卖掉你的小麦？"罗伊尔问道。

"你那里的粮食都快要卖光了。"阿曼佐答道，"暴风雪肯定会停下来一段时间的，我可没见过不会停下来的暴风雪。只要一停下来，整个镇子上的人都会过来买小麦。霍森和洛夫特斯他们那里只有三袋面粉了,而这场暴风雪至少会导致火车在圣诞节之前没办法通行。"

"这也不代表我一定会卖你的小麦啊。"罗伊尔还是坚持说道。

"也许不会吧,但我了解你,罗伊尔,你不是个农夫,是个商人。要是有人来这里,然后问:'你这里小麦多少钱?'你会说:'我都卖完了。'他再问你:'那些麻袋里是什么?'你告诉他:'那不是我的,是阿曼佐的。'这个人又说了:'这个你们卖多少钱?'不要告诉我你会回答'这个我们不卖'。不会的,罗伊尔,你是个商人,你肯定会说:'你出多少钱?'"

"好吧,或许我真的会那样。"罗伊尔承认道,"不过这又有什么影响呢?"

"影响就是,他们会在火车通车之前,把价格抬得很高。这期间我可能会出去拉干草或者到别的什么地方去,你就会觉得我也许不会拒绝这个价格,或者你觉得你比我更明白我该怎么获得最大的利益,你不会认为我说的都是认真的,罗伊尔·怀德。"

"好了,好了,别激动,阿曼佐。"罗伊尔说道,"我比你大很多,我确实比你懂得多。"

"不管是不是,随便你怎么说,我都有自己的方式来处理我自己的东西。我把这些小麦种子藏起来,就没人看得见了,也不会有人问起来了。我要一直放在这里,等播种的时候再弄出来。"

"你说得对,你说得对。"罗伊尔说。他继续小心地拿着一

~小麦种子~

根松木树枝削一根连接链,而阿曼佐,双腿绷得紧紧的,把一麻袋一麻袋小麦扛起来,放到肩膀上,然后倒进那个隐蔽的地方。狂风时不时吹过来,墙壁摇摇晃晃,炙热的炉灶不断地冒出一阵阵烟。暴风雪发出更加强烈的咆哮声,他们两个都停下来听了听,阿曼佐感叹道:"天啊,这会儿真猛啊!"

"罗伊尔,"过了一会他又说道,"你帮我削一个塞子塞住这个节孔行吗?我想在去做杂事之前把这事儿弄好。"

罗伊尔过来看了看那个节孔,拿刀子削成了圆形,然后选了一块可以做出差不多大的塞子的木头。

"如果真像你说的那样,价格被抬得很高,那你不卖的话还真够傻的。"罗伊尔说道,"春天到来之前,火车就会通的。到时候,小麦种子你可以再买,不如趁着现在多赚点,反正我是这么想的。"

"这个你之前已经说过了。"阿曼佐提醒他,"我宁愿保险一些,总比将来后悔好。说不清什么时候火车才会通,也说不清四月份之前他们能不能运小麦过来。"

"没什么是确定的,除了死亡和纳税。"罗伊尔说。

"播种时间是确定要来的。"阿曼佐说,"有了好种子,才能种出好庄稼。"

"你说话这口气跟牧师似的。"罗伊尔说,他把塞子放在节孔旁试了试,然后又继续削了起来,"如果火车再过几个礼拜还是不能通,真不知道这个镇子怎么撑得下去,食品杂货店里剩下的东西都不多了。"

"真不得不面对的时候,人们总能想出办法的。"阿曼佐说,"去年夏天,大家基本上都跟我们一样贮存了一些生活物资,如果实在万不得已,我们省着点用,肯定能撑到天气暖和起来的。"

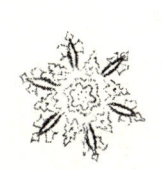

圣诞快乐

最后,暴风雪停了下来。三天无休无止的噪音终于停息了,劳拉感觉耳朵里静得能听到嗡嗡的声音。

爸爸赶紧趁机拉了一车干草回来,然后把大卫牵到了马厩。太阳依然在雪地上闪闪发光,西北方也没有一丝云彩。劳拉很纳闷,爸爸为什么突然就不继续拉干草了。

"怎么了,查尔斯?"爸爸进来的时候,妈妈轻声问道。

爸爸说:"吉尔伯特从普雷斯顿回来了,带了信回来!"

就好像圣诞节意外来到了一样。妈妈期待着教堂的报纸。劳拉、玛丽和卡莉期待奥尔登牧师给她们寄些书来;以前他时不时会寄过来一些供她们阅读。格蕾丝也很激动,因为大家都很激动。等待爸爸从邮局回来的时间真是太难耐了。

爸爸去了很长时间了。就像妈妈说的,再急也没有用。镇上所有的男人都去了邮局,爸爸必须得排队等着。

最后,爸爸终于满载而归了。妈妈急切地把教会报纸拿了过来,劳拉和卡莉都想接过那一捆《青年之友》。除此之外,还有其他一些报纸。

"别急!别急!"爸爸笑着,"别一起上来抢啊!这还不是全部呢,猜猜我还拿回来了什么?"

"是信吗?爸爸,你拿信回来了?"劳拉大喊道。

"谁写来的?"妈妈也问道。

"卡罗琳,《前进报》是你的。"爸爸回答道,"《青年之友》是劳拉和卡莉的,《洋际报》是我的,还有一封信是给玛丽的。"

玛丽的脸上放出了光。她感受了一下信的大小和厚度。"一封又大又厚的信。妈妈,快读给我听听!"

妈妈接过来,打开大声读了起来。

这封信是奥尔登牧师写来的。他很抱歉去年春天没能回来帮助组织教会,他被送到了遥远的北方。他希望春天的时候能够回来和大家一起度过。明尼苏达州主日学校的孩子们送来了一捆《青年之友》,明年还会再送来一捆。他的教会给大家送来了圣诞礼物桶,希望里面的衣服都能合身。而他自己送给大家的礼物是一只火鸡,作为去年冬天在银湖旁边他和斯图亚特牧师受到热情款待的一点回报。他祝大家圣诞快乐、新年快乐。

妈妈读完信,有那么一会儿,大家谁也没有说话。最后妈妈说:"不管怎么说,至少这封信我们是收到了。"

"吉尔伯特带来消息说,他们又增加了一倍的工人,现在两辆犁雪机在翠西路堑那边施工呢。"爸爸告诉大家,"圣诞节的

~ 圣诞快乐 ~

时候我们可能就可以拿到礼物桶了。"

"只有几天了。"妈妈说。

"几天时间可以做很多事呢。"爸爸说,"要是这晴天能持续几天,火车肯定能通的。"

"唉,要是圣诞礼物桶也一起送来就好了。"卡莉说。

"旅店也都关门了。"爸爸告诉妈妈,"他们之前一直烧木材的,现在班克·鲁斯把木材都卖完了,连一根也不剩了。"

"反正我们也烧不起木材。"妈妈说,"不过查尔斯,我们的木炭也快烧完了。"

"我们可以烧干草啊。"爸爸愉快地回答。

"干草?"妈妈有些疑惑。劳拉也问:"干草怎么烧,爸爸?"

她想起草原上的火蔓延得那么快,火苗卷过又轻又细的草秆,灰烬还没落下就已经烧光了。"这么快就烧完的东西怎么能让屋子里暖和起来?现在炉灶里一直烧着木炭都很难驱寒呢!"

"我们得想办法。"爸爸告诉她,"一定有办法的!我们一定能够克服困难!"

"火车可能会及时通行呢。"妈妈说。

爸爸又戴上了帽子,告诉妈妈午饭稍微晚点再做。要是抓紧点,他还有时间再拉回一车干草。爸爸出去后,妈妈说道:"过来,孩子们,先把那捆《青年之友》拿到旁边去。趁着现在天气好,我们得赶紧把该洗的东西洗洗了。"

接下来整整一天,劳拉、卡莉和玛丽都期待着那捆《青年之友》,常常谈论起这些书。不过艳阳天是短暂的。她们搅拌着炉灶上煮开的衣服,用衣槌捶打着,然后用扫帚把挑出来放到妈妈已经拿肥皂水洗过又擦干净的浴盆里，劳拉冲洗一遍，卡莉在第二遍冲洗的水里搅拌蓝色漂白剂，直到水变成均匀的蓝色。劳拉在煮浆粉。当妈妈把最后一件冰冷的衣服挂到外面去的时候，爸爸回来吃午饭了。

吃完午饭，她们开始洗碟子、擦地板、给炉灶涂涂料，又洗了洗里面的窗格。妈妈把冻得硬硬的干衣服拿回来，她们把衣服分类，洒了一点点水，紧紧地卷在一起，等着熨烫。这个时候已经是黄昏了。已经太晚了，不能读书了。吃完晚饭，也没有点油灯，因为最后一点煤油必须要省着用。

"先干活，再享受。"妈妈总是这样说。她温柔地朝着劳拉和卡莉笑了笑，说道："今天辛苦你们了，帮我干了一天的活儿。"妈妈表扬了她们。

"明天我们读一个故事吧！"卡莉高兴地说。

"明天我们还得熨衣服呢。"劳拉提醒她。

"是啊，趁着这么好的天气，我们还得把床和被子晾一晾，再把楼上大扫除一遍呢。"妈妈说。

这时候爸爸进来了，听到了她们的谈话。"明天我要到铁路那边去帮忙。"他说。

伍德沃斯先生接到消息，要召集所有能召集到的男人去铁道那边帮忙。翠西路堑的负责人正在那边指挥工作，工人们正拿着铲子从休伦湖往东边铲雪。

"如果大家卖力干活、毫不懈怠的话，圣诞节的时候就能通火车了！"爸爸告诉大家。

那天晚上，爸爸回来的时候，被太阳晒红的脸上露出了灿

~圣诞快乐~

烂的笑容。"好消息!"他大喊道,"工作车明天不定什么时候就能通行啦!接下来火车就能运行啦,后天或许就可以!"

"啊,太好了!太好了!太好了!"劳拉和卡莉一起大喊着。妈妈也说:"确实是个好消息。不过你的眼睛怎么了,查尔斯?"

爸爸的眼睛红红肿肿的。不过,他却快活地说:"在太阳光下面铲雪对眼睛很不好,有些人根本什么都看不见了。帮我弄点淡盐水好吗,卡罗琳?等我做完杂活就把眼睛洗洗。"

爸爸去马厩了,妈妈疲倦地倒在玛丽旁边的一把椅子里。"孩子们,恐怕今年圣诞节会过得很不好。"她说,"这可怕的暴风雪一直持续着,大家都在忙活着让屋子里暖和起来,根本没有时间好好计划。"

"也许圣诞礼物桶……"卡莉接了句。

"我们最好不要报什么希望。"玛丽说。

"我们可以等礼物桶到了再过圣诞节。"劳拉建议道,"不过……"她把睁大眼睛听着的格蕾丝抱了起来。

"圣诞老人能来吗?"格蕾丝问道,她的下嘴唇有点颤动。

劳拉紧紧地搂着格蕾丝,越过她头顶的金色头发望着妈妈。

妈妈坚定地说:"圣诞老人肯定会来到乖宝宝身边的,格蕾丝。不过孩子们,"她继续说道,"我有个主意。你们觉得留着我的教会报纸和你们那捆《青年之友》到圣诞节那天再看好不好?"

过了一会儿,玛丽说道:"我觉得这是个好主意,对我们学习自制力有帮助。"

"我不想这样。"劳拉说。

"谁也不想这样。"玛丽说,"不过这样对大家都好。"

有时候劳拉甚至都不想做个乖女孩。又过了一会儿,劳拉说道:"好吧,妈妈,如果你和玛丽都觉得应该这样,那我也同意吧。至少圣诞节的时候有点期待了。"

"你觉得怎么样,卡莉?"妈妈问道。卡莉小声地回答:"我

~圣诞快乐~

也同意,妈妈。"

"真是乖宝贝。"妈妈称赞道。她继续说道:"我们可以到商店里看看能不能买到什么小东西……"她瞥了一眼格蕾丝,"你们几个大孩子是知道的,爸爸今年没找到什么赚钱的工作,我们没有闲钱买礼物了,不过我们照样可以过个快乐的圣诞节。圣诞节午餐的时候,我会想办法做点特别的菜,然后我们再一起打开报纸看,等天黑了,不能看报纸了,爸爸就拉小提琴给我们听。"

"我们剩下的面粉也不多了,妈妈。"劳拉说道。

"那些店主现在一磅面卖到了两毛五,所以爸爸说等火车通了再买。"妈妈答道,"反正也没有什么做馅饼的材料了,也没有黄油和鸡蛋做蛋糕了,镇上的糖也卖完了。不过我们还是可以想想圣诞节可以做点什么特别的。"

劳拉坐在那里思考着。她正拿一块银色的薄卡纸做一个小小的十字绣毛线画框。画框两侧最上面还有顶部都做了小小的蓝色花朵和绿色叶子的图案。现在她正准备在蓝色的地方画出放相片的地方。她拿着细针穿过卡纸上面的针孔,把彩色的细毛线穿过去,心里想着卡莉看到这个漂亮的小东西时会多么喜欢它。她准备把它当作圣诞礼物送给卡莉。以后哪天有空再给自己做一个。

幸好她已经把衬裙的蕾丝边钩织好了,准备送给玛丽。她准备把那个和小画框配套的用卡纸做成的头发收集盒送给妈妈。妈妈可以把它挂在镜子的角落,当她梳头的时候,可以把梳落的头发放进去,以后用来做假发。

"可是我们给爸爸送什么呢?"她问道。

"我也不知道。"妈妈发愁地说道,"真想不出送什么。"

"我这里有几枚硬币。"卡莉说。

"还有存给我上大学的钱。"玛丽说道。不过妈妈说:"不,玛丽,我们不能动那些钱。"

"我这里有一毛钱,"劳拉想了想说道,"你那里有几分钱,卡莉?"

"我有五分。"卡莉告诉她。

"给爸爸买两条吊裤带的话,需要两毛五分钱。"劳拉说,"爸爸需要一对新的了。"

"我这里有一枚一毛的。"妈妈说,"加起来就够了。劳拉,明天早上你爸爸出去干活的时候,你和卡莉就赶紧去买。"

第二天早上,家务做完以后,劳拉和卡莉穿过白雪皑皑的街道来到了霍森家的商店。只见霍森先生一个人坐在那里,货架上空空的。两边长长的墙上只挂了几双男士靴子、女士鞋子还有一些印花棉布。

装豆子的桶是空的,装饼干的桶也是空的。放猪肉的桶里还有一些卤水,猪肉也没了。装鳕鱼的又长又宽的盒子里也只有底部一些盐迹了。装苹果干和黑莓干的盒子也空空如也。

"我这里东西差不多都卖完了,只能等火车通了。"霍森先生说,"火车堵在那儿的时候,我正等着火车里运来的货呢。"

橱窗里面还有一些漂亮的手帕、梳子、发簪,还有两对吊裤带。劳拉和卡莉看了看那两对吊裤带,都是朴素的暗灰色。

"要我帮你们包起来吗?"霍森先生问道。

~ 圣诞快乐 ~

劳拉本来不想拒绝的,不过她看了看卡莉,看到卡莉想让她拒绝。

"不了,谢谢您了,霍森先生。"劳拉说,"我们现在不买了。"

她们走了出来,又来到闪闪发亮的雪地上。劳拉对卡莉说:"我们去洛夫特斯家的商店看看吧,看看他家有没有好看点的。"

她们低着头顶着寒冷的大风在店铺门前结着冰的小路上面艰难地走着,一直来到了洛夫特斯的店里。

这家店铺也是空空荡荡的。每个桶和盒子都是空的,本来放着很多罐头食品的地方现在只剩下两个扁扁的牡蛎罐头。

"明天火车能来的话,就有一批货到了。"洛夫特斯先生告诉她们,"今天是没办法了。"

他家陈列柜里还有一对蓝色的吊裤带,上面点缀着漂亮的机织小红花和闪亮的铜扣。劳拉还是第一次见到这么漂亮的吊裤带呢。买给爸爸再合适不过了。

"这个多少钱?"她问道。不用猜也知道这对吊裤带一定会很贵。不过价格刚好是两毛五。劳拉把自己的两个五分钱硬币、卡莉的五个一分硬币还有妈妈的一毛硬币给了洛夫特斯先生,然后她们拿着包装好的细袋子迎着让人喘不过气的大风回家去了。

那天晚上,没有人提起挂袜子的事情。格蕾丝还太小,不知道圣诞前夜挂袜子的习俗,而其他人也不期待什么礼物了。不过她们从来没有如此期待过圣诞节的到来,因为现在铁道清理干净了,明天早上火车就能通了。

153

早晨醒来，劳拉第一个念头就是："今天火车就通啦！"窗户上没有白霜，天空清澈无比，白雪皑皑的大草原在晨曦中泛着好看的玫瑰色。火车一定会来的，劳拉开心地想着自己的圣诞惊喜。

劳拉小心翼翼地从床上滑了下来，没有惊醒玛丽。她在寒冷中迅速穿上了衣服，打开了自己存东西的盒子，取出那卷已经用薄纸包好的针织花边。然后找出以前在主日学校的时候得到的最漂亮的一张卡片，又把小小的刺绣画框和卡纸头发收集盒拿了出来。拿着这些东西，她踮着脚尖下楼了。

妈妈惊讶地抬起头来。桌子上碗碟已经摆好了，妈妈在每个碟子里放上了一个用红白条纹纸包装好的小包裹。

"圣诞快乐，妈妈！"劳拉轻声说道，"啊，这些是什么？"

"圣诞礼物。"妈妈也轻声说道，"你那里都是什么东西？"

劳拉只是笑了笑。她把手里包好的礼物分别放在妈妈和玛丽的碟子上，然后把主日学校的卡片插进了刺绣画框里。"这个给卡莉。"她轻声说。她和妈妈望着那个画框，真是太漂亮了。妈妈找了一块薄纸把画框包了起来。

这时，卡莉、格蕾丝和玛丽从楼上下来了，她们一边下楼梯，一边喊道："圣诞快乐！圣诞快乐！"

"啊！"卡莉尖叫道，"我以为我们要等到火车把礼物桶运过来才能过圣诞呢！啊！快看！快看！"

"看什么？"玛丽问道。

"桌子上每个碟子里都有一份礼物！"卡莉告诉她。

"别，别碰，格蕾丝。"妈妈说，"我们等爸爸回来再拆。"

~圣诞快乐~

所以格蕾丝就围着桌子跑着,眼巴巴地看着礼物,没有再去碰。

爸爸带了一些牛奶回来,妈妈过滤了一下。然后爸爸又走到披屋里,出来的时候脸上挂着大大的笑容。他把从洛夫特斯家买回来的两个牡蛎罐头递给了妈妈。

"查尔斯!"妈妈喊道。

"圣诞午餐给大家做个牡蛎汤吧,卡罗琳!"爸爸告诉她,"我从艾伦那里挤了点牛奶,不太多,但是估计只有这些了,她已经没有奶了。不过或许你能想点办法。"

"我可以加点水进去。"妈妈说,"圣诞午餐我们可以喝到牡蛎汤啦!"

爸爸看到了桌子上的礼物。劳拉和卡莉大笑着,喊道:"圣诞快乐!圣诞快乐!爸爸!"劳拉告诉玛丽:"爸爸很惊讶!"

"圣诞老人万岁!"爸爸喊道,"虽然火车没通,他还是想办法过来了!"

他们都在自己的位置上坐好,妈妈温柔地制止了格蕾丝伸出去的手。"我们让爸爸先拆吧,格蕾丝。"她说道。

爸爸拿起了自己碟子里的包裹。"里面是什么呢?又会是谁给我的呢?"他解开绳子,打开包装纸,拿起了崭新的小红花吊裤带。

"哎呀!"爸爸喊道,"我还怎么穿外套啊,这吊裤带太漂亮了,真不能把它们盖起来!"他望了望大家,"你们大家一起买的吧?"他说,"真是太好了,我穿上会很自豪的!"

"别着急,格蕾丝。"妈妈说道,"接下来玛丽先拆。"

玛丽打开了那几码漂亮的针织蕾丝花边。她爱不释手地抚

155

摸着,脸上绽放出开心的笑容。"我要留着等我去上学的时候用。"她说,"这又是一件能帮助我上学的东西呢,要是放在白色衬裙上一定特别好看!"

卡莉看着自己的礼物。画上是一个善良的牧羊人穿着蓝白色的长袍,怀里抱着雪白色的羔羊。外面银色的卡纸加上刺绣的蓝色花朵,做成了完美的画框。

"天啊,太漂亮了,简直太漂亮了。"卡莉喃喃地说道。

而妈妈说她正需要这样一个头发收集盒呢!

最后,格蕾丝拆开了自己的礼物,咯咯地笑了起来。那是两个矮矮胖胖的小木头人,站在一个平台上的两根粗粗矮矮的红色柱子中间。他们两只手上各拴着一根绳子,在头顶上面紧紧地系在一起。他们戴着红色的尖帽子,穿着蓝色带金纽扣的外套。裤子是红色和绿色条纹的,靴子是黑色的,靴子头微微上翘。

妈妈轻轻地把两根柱子的底部往下按,只见其中一个小人儿翻起了跟头,另一个在原地摇摆着身体。接着,第一个小人儿下来了,第二个又翻起了跟头,他们点着头、伸着胳膊、晃着腿、跳着舞、翻着跟头。

"快看啊!快看啊!"格蕾丝大喊。她高兴地看着两个滑稽的小人儿跳着舞,眼睛都不愿意眨一眨。

而每个碟子里的条纹纸里,包裹的是圣诞节的糖果。

"你从哪里买来的糖果呀,爸爸?"劳拉好奇地问道。

"买了有一段时间了。这是镇子上最后一点糖了。"爸爸说,"有些人说要当糖用,但我觉得还是应该做圣诞节的糖果。"

~圣诞快乐~

"唉,这个圣诞节真好。"卡莉叹了口气。劳拉也这么想。无论发生了什么,她们都可以度过一个快乐的圣诞节。现在阳光那么灿烂,天空那么湛蓝,火车就要通行啦!那天早上火车已经通过了翠西路堑啦。也许今天的什么时候就能够听到火车的汽笛声,看到火车在车站停下来了。

正午的时候,妈妈在做牡蛎汤。劳拉布置着桌子,卡莉和格蕾丝在玩那个吊线小木偶。妈妈尝了尝汤,然后又把烧水壶放回了炉灶上。"牡蛎汤做好了。"她说,然后弯腰看了看烤炉里面烤着的几片面包,"面包也烤好了。爸爸在干吗?"

"爸爸在收拾干草。"劳拉说。

爸爸打开了门。披屋里他身边差不多已经堆满了干草。他问道:"牡蛎汤做好了吗?"

"正要起锅呢。"妈妈回答,"幸亏火车要来了,这已经是最后一点木炭了。"然后她看了看爸爸,说道,"怎么了,查尔斯?"

爸爸缓缓地说:"西北方有片乌云。"

"不会吧,暴风雪不会又要来了吧!"妈妈喊道。

"恐怕是的。"爸爸回答,"不过不要毁了我们午餐的兴致。"他把椅子拉到了桌子旁边,"我已经把马厩和披屋里都装满了干草。现在,大家快来喝牡蛎汤吧!"

吃饭的时候,阳光依然很灿烂。热腾腾的牡蛎汤非常可口,虽然牛奶差不多已经淡得像水一样了。爸爸把面包掰开抛在了自己碟子里的牡蛎汤里。"这烤面包吃起来味道跟饼干一样好啊!"他告诉妈妈,"而且还更好吃呢!"

劳拉享用着美味的牡蛎汤，脑子里却总是没办法不去想那片快要来到的乌云，也没办法不去留神听着风声，她知道狂风很快就要来了。

随着一阵刺耳的响声，暴风雪真的又来了。窗户开始咯咯作响，屋子开始摇摇晃晃。

"这肯定是最猛的暴风雪！"爸爸说。他到窗户边往外看了看，不过什么也看不见。雪花从空中落下来，狂风吹散了地上坚硬的雪堆，冰雪在旋风中疯狂地飞悬着。天空、阳光和镇子都消失在一片白茫茫之中。屋子现在又是孤零零的了。

"火车肯定不会来了。"劳拉心想。

"过来，孩子们。"妈妈说，"把这些碟子收到一边去，然后我们开始读报纸吧，一起舒舒服服地度过这个下午。"

"我们的木炭还够吗，妈妈？"劳拉问道。

爸爸看了看炉火。"差不多可以撑到晚饭的时候。"他说，"之后我们就烧干草。"

窗户玻璃上面结满了霜，墙壁旁边寒冷无比。炉灶旁边的光线很暗，不能读书了。碗碟洗好并收拾好之后，妈妈把油灯摆在红格子桌布上面，点亮了。盘绕灯芯的小碗里只有一点点煤油了，不过油灯还是散发出温暖而愉快的光芒。劳拉打开《青年之友》，和卡莉一起迫不及待地望着光滑的白色纸张上的故事。

"你们选一个故事吧。"妈妈说，"然后我大声读给你们听，这样我们就可以一起来听故事了。"

所以，大家围在炉灶和明亮的桌子中间，听妈妈用温柔而清晰的声音读着这个故事。大家都被故事的情节完全吸引住了,早已经忘记了暴风雪带来的寒冷和昏暗。读完了一篇,妈妈接着读了第二篇、第三篇。今天一天差不多就这样了,她们必须留一些下次再读。

"我们幸好留着这些好听的故事到圣诞节了,你们是不是也很高兴?"玛丽满足地呼了一口气。大家确实很高兴。一整个下午一眨眼就过去了。很快就到了做杂活的时间了。

爸爸从马厩回来的时候,在披屋里待了一会儿,出来的时候抱了一堆棒子。

"明天做早餐就烧这个吧,卡罗琳。"他说着把棒子放在了炉灶边上,"干草做的结实的棒子。我想也能烧得不错吧。"

"干草棒?"劳拉喊道。

"是的,劳拉。"爸爸把双手展开,在炉灶上面烤着,"很庆幸披屋里事先放了那么多干草,顶着现在这样的大风根本没办法把干草弄过来,除非塞在牙缝里。"

爸爸想办法把这些干草紧紧地拧成了一股,然后打了结,现在每根棒子已经差不多和木头一样硬了。

"干草棒!"妈妈笑了起来,"你真是什么都想得出来!查尔斯,你总是有很多点子!"

"你自己也是这样啊。"爸爸微笑着回答。

晚饭的时候,他们享用着热腾腾的煮土豆,每人一小片撒了盐的面包。这是最后一次烤面包了,不过麻袋里还有些豆子,和几根萝卜。还有加了糖的热茶,格蕾丝喝着用白开水泡的淡红茶,因为牛奶也没有了。吃饭的时候,灯光开始摇曳。火焰用尽全力燃了起来,燃烧着灯芯上面最后一滴煤油,然后微弱了下来,拼命地想要再次燃起来。妈妈俯下身子,把它吹灭了。现在屋子里一片黑暗,只听见暴风雪响亮的尖叫声。

"反正灯也快烧不起来了,还是上床去睡觉吧。"妈妈温柔地说道。圣诞节就这样结束了。

劳拉躺在床上,听着屋外狂风呼啸着,声音越来越大。听起来就像很久以前,在大草原上,一群狼围着小棚屋咆哮着。那时候她还很小,爸爸把她抱在怀里。还有那种以前她和卡莉在银湖边上碰到的大狼那样的更深沉的咆哮声。

她浑身开始发抖,似乎听到了印第安保留区的小溪河床上黑豹的尖叫声。不过她知道,这只是风的声音。现在又似乎听到了印第安人在格里斯河整夜跳战前舞的呐喊声。

然后呐喊声停止了,她又听到一群人喃喃自语着,接着大喊着、尖叫着逃离身后追赶他们的激烈喊叫声。不过她知道,所有这一切都只是狂风的声音。她拉了拉被子,蒙住了头,紧紧地捂住耳朵想要遮住这些声音,可是无论怎样,那些声音还是在耳边挥之不去。

有志者事竟成

干草可以燃起烈火，但烧得特别快，几乎刚点着就已经烧光了。妈妈把炉灶的通风口关掉，整整一天都在往炉灶里填干草棒。而爸爸整整一天，除了冒着暴风雪去做杂活，其他时间都在披屋里拧干草。暴风雪越来越恶劣，寒冷也越来越刺骨。

爸爸要时不时地来炉灶边暖暖手。"我的手指都冻得没知觉了，"他说，"没办法把干草拧好。"

"我去帮你吧，爸爸。"劳拉央求道。

爸爸不想让她去。"你的手太小了，这样的活儿干不来。"不过他接着承认道，"可是确实需要人帮忙，要一直往炉子里填干草，让它一直烧着，一个人根本忙不过来。"最后，他决定："来吧，我告诉你怎么拧。"

劳拉穿上了爸爸的旧外套，戴上自己的兜帽和围巾，跟爸爸一起来到了披屋里。

披屋里面没有天花板。风把雪花从木板墙壁的缝隙里吹进来。一小片雪花从地板上飞到了干草上。

爸爸取了两小把干草，把上面的雪抖掉。

"先把上面的雪抖掉。"他告诉劳拉，"要是留在上面的话，等你拧好拿进屋子的时候，雪化了，干草湿了就烧不着了。"

劳拉用双手尽可能地抓起一大把干草，把上面的雪抖掉。然后，跟着爸爸的动作拧干草。爸爸先是用手把长长的草束拧紧，把右手那头放在左肘下面，贴着身子夹紧，这样拧好的草束就不会散开。然后，用右手从左手中拿起另外一端，腾出左手顺着一滑接住左肘下面的那头，再用力把草束拧紧，接着又把右手那头放在左肘下面，重复着刚才的动作。就这样一遍又一遍，直到草束拧得很紧，中间都拧出结来。他每拧一次，就把一端夹在左肘下面，这样草束就越拧越紧。

整个草束都拧得紧紧的之后，爸爸把草棒的两头扭到一起，塞到最后拧成的那个草结里去。然后他把拧好的硬硬的干草棒扔在地上，看着劳拉拧。

劳拉试图像爸爸那样把两头扭在一起塞进草结里去，可是草棒拧得太紧了，她根本没办法塞进去。

"把草棒稍微弯一弯，让打结的地方松一点。"爸爸说，"然后把两头插到草结里去，它会自己拧回去的。就这样！"

劳拉拧的干草棒很不平整，看起来很乱，不像爸爸拧得那样平滑坚硬。不过爸爸说，第一次能拧成这样已经很不错了，她下次肯定能拧得更好的。

最后，她一共拧了六根干草棒，一根比一根拧得好，到第六根的时候已经很像那么回事了。不过她觉得很冷，手都快感觉不到干草了。

"好了！"爸爸告诉她，"把这些收起来，我们到屋子里暖和一下吧。"

他们把干草棒抱到了厨房。劳拉的双脚已经冻得麻木了——感觉像是木头一样。她双手通红，当她把手放在炉灶上方的时候，感觉到有些酥麻，而被锋利的草叶割伤的地方也火辣辣地刺痛着。不过帮了爸爸的忙，她心里还是很高兴的。她拧的那些干草棒，可以让爸爸有时间在屋子里把身体烤暖和，再去冰冷的屋子里继续拧。

那天以及第二天一整天,劳拉都在帮爸爸拧干草棒,而妈妈一直添着火,卡莉帮着照顾格蕾丝和做家务。午饭他们吃的是烤土豆和萝卜泥,配着辣椒粉和盐。晚饭的时候,妈妈把土豆捣碎放在烤炉里烤,因为已经没有肥肉拿来炼油炸土豆了。不过,这些食物吃起来热乎乎的,也非常美味,再加上有茶喝,还有一点糖,大家也都觉得心满意足了。

"这是最后一条面包了。"第二天晚上的时候,妈妈说道,"我们必须得弄点面粉了,查尔斯。"

"等这暴风雪稍微小一点,我就立马去买。"爸爸说,"不管多贵。"

"用存给我上大学的钱吧,爸爸。"玛丽说,"三十五块二毛五足够买到我们想要的面粉啦。"

"真是好孩子,玛丽。"妈妈说,"不过那些钱能不用就不用吧。我想面粉的价格应该取决于什么时候火车能通吧?"她问爸爸。

"是的。"爸爸说,"价格就是根据这个定的。"

妈妈起身又往炉子里放了一根干草棒。当她掀起炉盖的时候,一簇冒着烟的红黄色火苗一瞬间驱散了屋子里的黑暗。然后黑暗又再次降临。在这一片黑暗中,暴风雪狂野的呼啸声听起来似乎更响更近了。

"只要有一点油脂,我就能想办法点起灯来。"妈妈想了想说,"我小时候,还没听说过新奇的煤油之前,不是也照样有灯光吗?"

"确实是的。"爸爸说,"现在什么都很先进,每件事情都迅速变化着。铁路啦、电报啦、煤油啦、炭炉啦——这些都是好东西,但问题是,大家都渐渐离不开它们了。"

第二天早晨,狂风依旧呼啸着,结了一层厚霜的窗户外面,大雪依然飞旋着。不过到了半上午,南方直直地吹来一股强风,太阳也出来了。天气实在是太冷了,在小披屋里面劳拉都感觉脚下的雪花发出咯吱咯吱的声音。

爸爸到街对面去买面粉了。过了一会儿,他回来了,肩上扛着一个装谷物的袋子。他把袋子砰的一声扔到了地上。

"这是你要的面粉,卡罗琳,或者说是必须拿来代替面粉的东西。"他说,"是小麦,怀德兄弟家只剩下这最后一点小麦了。所有的店里都没有面粉了。班克·鲁斯今天早晨买走了最后一袋面粉,花了五十块钱,差不多一块钱一磅了。"

"天啊,查尔斯。"妈妈倒吸了一口凉气。

"是啊,那么高的价钱,我们也买不起,让鲁斯买走了也好。我们还是学着怎么做小麦吃吧。怎么做呢,用水煮着吃吗?"

"我也不知道,查尔斯。拿小麦好像也做不出什么吃的来。"妈妈说。

"可惜镇上也没有磨坊。"爸爸说。

"我们有磨啊。"妈妈说。她把手伸到碗橱最上面,把咖啡磨取了下来。

"还真有。"爸爸说,"我们试试怎么磨吧。"

妈妈把这个小小的棕色木头盒子放在了桌子上。她握住转柄转了一会儿,把磨盘里面剩下的咖啡粒都磨碎,然后拉出小抽屉,把咖啡粉倒出来,仔细地把里面擦干净。爸爸把那袋小麦打开了。

咖啡磨上面的黑色铁漏斗里可以装下半杯小麦。妈妈把上面的盖子盖好,坐了下来,把方盒子放在膝间夹紧,一圈一圈地转动转柄,咖啡磨开始发出打磨的声音。

"磨小麦和磨咖啡差不多呢。"妈妈说。她朝着小抽屉里看了看,磨碎的小麦种子成了扁平的一团。"不过也不太像咖啡。"妈妈说,"小麦没有烘烤过,里面的水分更大些。"

"你能拿这个做面包吗?"

"当然可以啊。"妈妈答道,"不过要一直不停地磨,到午饭时候才够做一条面包的。"

"我还得去拉点干草来烤面包。"爸爸说。他从口袋里拿出一个圆圆扁扁的木盒子给了妈妈:"这个东西或许你可以拿来做盏灯。"

"有什么关于火车的消息吗,查尔斯?"妈妈问。

"他们又在翠西路堑那边干活了。"爸爸说,"那边现在又堆满了雪,和上次铲在两边的雪堆一样高了。"

爸爸来到马厩,把大卫套在雪橇上。妈妈看了看爸爸给她的盒子,里面装满了黄色车轴滑脂。不过这会儿根本没时间去想做灯的事情。炉灶里面的火快灭了,妈妈把最后一根干草棒放了进去。劳拉赶紧跑到披屋里再拧点干草。

过了一会儿,妈妈过来帮她了。"小麦现在玛丽在磨呢。"妈妈说,"我们必须得多拧点干草,不能让火灭掉。爸爸回来的时候,屋子里得烤得暖烘烘的,他肯定快冻僵了。"

爸爸回来的时候,已经是半下午了。他在后门旁边把雪橇解开,领大卫进了马厩。接着,他又用干草叉把干草弄到小披屋里,屋子里堆满了干草,要使劲才能从门口挤进屋子里来。等做完这些活儿之后,他来到炉灶边上,已经冻得好大会儿说不出话来。等他稍微暖和起来了,才开口说话。

"抱歉回来这么晚,卡罗琳。"他解释道,"雪堆得比以前厚多了。我费了好大劲儿才把干草从雪堆里面挖出来。"

"我觉得我们以后都可以这个时间吃午饭了。"妈妈回答说,"不但省了柴火和灯,而且白天这么短,要做三顿饭时间也不太够。午饭吃晚一点,就当跟晚饭一起吃了。"

妈妈用磨碎的小麦做的全麦面包味道很不错,吃起来有一种清新的坚果香味,几乎都可以替代黄油了。

"我看你又开始拿酸面团发酵了。"爸爸说。

"是啊,这样我们不用酵母和牛奶也能做出好吃的面包啦。"

"有志者事竟成嘛。"爸爸说。他又拿起一个土豆,往上面撒了点盐:"也不能小看这土豆加盐了,盐可以把土豆的香味全都带出来;要是加黄油和肉汤,就把原来的味道都盖住了。"

"那茶水里也不要放糖了,爸爸,这样就能品尝到茶水真正的滋味啦。"劳拉调皮地说道。

爸爸朝她眨了眨眼睛。"一杯热腾腾的好茶能把糖的滋味都带出来,小丫头。"他答道。然后,他问妈妈:"你是怎么拿那些车轴滑脂做灯的?"

"我还没抽出时间做呢。"妈妈告诉他,"等会儿我们吃完饭,我就立马开始做纽扣灯。"

"纽扣灯是什么东西?"爸爸问。

"一会儿你就知道了。"妈妈说。

当爸爸去马厩做杂活的时候,妈妈让卡莉把她的碎布袋拿来。她从盒子里取出一些车轴滑脂放在一个旧茶托里,然后剪了一小块印花棉布。"现在从纽扣袋子里帮我找个纽扣,卡莉。"

"什么样的纽扣,妈妈?"卡莉到冷飕飕的外面房间取来了纽扣袋,问道。

"嗯,就拿爸爸旧外套上面的那种吧。"妈妈说。

她把纽扣放在那块印花棉布中间,把扣子裹起来,用一根线缠得紧紧的,把布的四个角往上拉,拧成细细的灯芯,然后往印花棉布上涂了一点车轴滑脂,把这个包好的扣子放进了装着车轴滑脂的茶托里。

"现在我们就等爸爸回来吧。"她说。

劳拉和卡莉急急忙忙趁着暮色把碗碟洗干净,等爸爸回来的时候,天已经完全黑了下来。

"给我一根火柴,查尔斯。"妈妈说。她点燃了纽扣灯的灯芯,灯芯闪烁着微弱的火焰,然后慢慢变亮了。它稳定地燃烧着,融化了茶托里的车轴滑脂,通过印花棉布把滑脂吸上去,继续燃烧着发着光。这小小的火苗就像黑暗中的蜡烛一样光亮。

"你真厉害,卡罗琳。"爸爸说,"别看这火焰很小,作用可是很大的。"

爸爸在炉灶上面把双手烤暖,低头看了看所剩不多的干草棒。"我拧干草不需要灯。"他说,"现在必须再拧一些,剩下的已经不够明天早上烧了。"

~ 有志者事竟成 ~

爸爸到披屋去拧干草了,劳拉从玛丽手中接过咖啡磨。一圈一圈地转着小小的转柄让人胳膊和肩膀都酸痛得不行,她们必须轮换着转。小小的咖啡机磨小麦实在太慢了,她们不得不一直转着才能磨够每顿做面包的面粉。

妈妈脱下了格蕾丝的鞋子,把她的双脚放在烤炉旁边暖着,格蕾丝脱下了自己小小的裙子,穿上睡衣,妈妈从炉灶边的椅子上拿起烤得热乎乎的披肩将她裹了起来。

"来吧,卡莉,如果你已经暖和了,我现在要把格蕾丝抱到床上和你一块睡啦。"妈妈说。

妈妈把格蕾丝抱到床上,拿暖和的披肩将她们裹好,把热熨斗放好、被子掖好,然后下了楼。

"我来磨吧,劳拉。"她说,"你和玛丽去上床睡觉吧。等你爸爸回来,我们也要去睡了。这干草棒拧得这么费劲,还是省着点用吧。"

羚　羊

终于迎来了阳光灿烂的一天。松软的雪花像一团团烟雾在冰冻的白茫茫的草原上翻滚着。

爸爸急急忙忙进了屋。"镇子西边出现了一群羚羊!"他说着,从挂钩上取下了散弹猎枪,把口袋里装满了子弹。

劳拉裹上妈妈的披肩,跑到冰冷的外面房间去了。她把窗户上的白霜刮开一个小孔,往外面看,只见大街上聚集了一群男人。有几个人还骑着马。福斯特先生和阿曼佐骑着漂亮的摩根马。凯普也跑过来加入到那群正在听爸爸讲话的人当中去了。所有人都带着枪。大家看起来都很兴奋,很激动,说话声音很是响亮。

"到这边暖和的地方来吧,劳拉。"妈妈喊道。

"我们很快就有肉吃啦!"劳拉说着把披肩挂了起来,"我希望爸爸能打到两头羚羊!"

"我也很高兴能有肉配着黑面包吃。"妈妈说,"不过我们最好还是不要太乐观了。"

"哎呀,妈妈,要是有羚羊的话,爸爸肯定能打到一头的。"劳拉说。

卡莉拿了一碟小麦倒进咖啡磨的漏斗里,玛丽正磨着小麦。"吃烤肉,"卡莉说,"还有肉汁,把肉汁浇在土豆和黑面包上吃!"

"停一下,玛丽!"劳拉喊道,"听,他们出发了!"

虽然风不断地吹打着屋子,在屋檐发出尖厉的声响,但是大家还是能够隐约听到说话声和人、马沿着主街走过的声音。

在主街的尽头,他们停了下来。现在越过雪堆和风吹起的雪花,可以看到一英里以外,一群灰色的羚羊正朝着南方缓缓移动。

"慢慢来,不要着急。"爸爸说,"给我们一点时间绕到它们北面去,然后你们这些男孩从南边慢慢靠近。你们试着慢慢地把它们往我们这边赶,不要吓到它们,一直把它们赶到射程之内。大家都不要着急,有一天时间呢,要是干得好的话,我们每个人都能分到一头。"

"或许最好是我们骑马的到北面去,你们走路的从南边围过来。"福斯特先生说。

"不,还是照英格斯先生说的来吧。"霍森先生告诉他,"走吧,伙计们!"

"大家排成一排。"爸爸喊道,"然后慢慢地往前走,别吓着它们！"

阿曼佐和福斯特先生骑着摩根马走在最前面。冷风吹得马急切地想往前冲。它们竖着耳朵，前前后后地耸动着，甩着头，把马嚼子弄得叮当响，就好像害怕自己的影子一样。它们伸着鼻子，扯着马嚼子，跳着想走得更快点。

"把它拉稳。"阿曼佐对福斯特先生说，"别让马嚼子磨它的嘴，它的嘴很嫩的。"

福斯特先生不懂怎么骑马，他现在都跟他骑的那匹"淑女"一样紧张了，而且他弄得淑女更紧张了。福斯特先生在马鞍上一跳一跳的，连缰绳也拉不稳，阿曼佐都有点后悔让他骑那匹马了。

"小心啊，福斯特。"阿曼佐说，"那匹马可能会把你摔下去的。"

"它怎么了，怎么了这是？"福斯特的牙齿在寒风中直打战，"哎，它们就在那边！"

在清澈明净的空气里，这群羚羊看起来好像比刚才离得更近了。在这群缓慢移动的羊群另一边，步行的人群正在往北。阿曼佐看见英格斯先生走在最前面，再过几分钟，他们就可以把羊群包围了。

阿曼佐转头想给福斯特先生说话，却发现淑女的马鞍上面没有了他的身影。突然，只听一声震耳欲聋的枪声，两匹马都高高地蹦了起来。阿曼佐勒住缰绳，让身下那匹叫"王子"的马稳下来，不过淑女却飞快地跑掉了。

福斯特先生正蹦跳着，挥着手里的枪喊叫着。他实在太激动了，竟然从淑女身上跳了下来，放开了缰绳，朝着远在射程以外的羊群开了一枪。

羚羊们扬起头和尾巴，飞快地逃走了，就好像是风把它们从雪堆上面吹走了一样。棕马淑女赶上了灰色的羊群，来到了它们中间，跟羊群一起逃走了。

"别开枪！别开枪！"阿曼佐大喊着，虽然他知道风这么大，无论他怎么喊别人也听不到。羚羊群已经越过了步行者包围的区域，不过没有人开枪，因为都怕打中淑女。这匹毛皮光亮的棕色摩根马，头扬得高高的，黑色的鬃毛和尾巴在风中飞舞着，夹在一群低低的灰云一样的羚羊群中间，越过了草原上一处小坡，接着就消失了。过了一会儿，马和羊群又越过另一个白色的小坡，随后越变越小，一次一次地出现又消失，直到完全消失在草原的远处。

"看来你要丢了这匹马了，怀德。"霍森先生说，"真遗憾。"

其他骑马的人也都过来了，他们静静地坐在马背上，望着远处的草原。那群羚羊，还有羚羊群里面小黑点一样的淑女，又出现了一次，但就像飞掠而过的灰影，很快就消失不见了。

爸爸和其他步行者也过来了。凯普说："真倒霉，怀德。我们还不如冒险开一枪算了。"

"你真是个伟大的猎人，福斯特！"杰拉尔德·福勒说道。

"只有他开了一枪，"凯普说道，"这枪开得真好！"

"真是抱歉，我想是我放了那匹马。"福斯特先生说，"我太兴奋了，根本没想那么多，以为马会站在原地不动呢。我以前从来没见过羚羊。"

| 漫长的冬天 |

"下次你跟着大家一起开枪,福斯特,还要等到了射程以内。"杰拉尔德·福勒告诉他。

没有人再说什么了。阿曼佐坐在马鞍上,而身下的王子挣扎着,也想跟着淑女跑。淑女这样惊恐地跟着羊群跑,很可能跑到精疲力竭,被活活累死的。可是要想抓它回来也无济于事,因为去追羊群的话，它们只会跑得更快。

从远处的一些地标来看，羚羊群大概朝西跑了五六英里，然后朝北跑了。

"它们往灵湖跑去了。"爸爸说，"然后会躲在灌木丛里，等它们再回到湖水旁边的峭壁上，我们就再也看不到了。"

"那怀德的马怎么办，英格斯先生？"凯普问道。

爸爸看了看阿曼佐，又朝着西北方望了望。远处虽然没有云彩，但是风很大，而且很冷。

"那是这片土地上唯一能和羚羊赛跑的马了，当然除了这匹王子。但要是去追的话，会把王子累死的。"爸爸说，"就算最乐观的估计，到灵湖也要一天，而且暴风雪随时都会来。如果是我的话，我不会冒险的，至少不会在这样的冬天去冒险。"

"我也没打算去。"阿曼佐说，"不过我想在周围转转，从北面回镇子。或许能看到淑女呢，要是看不到，也许它会自己找到回来的路吧。你们先回去吧，我们镇上见！"

他驾着王子，小跑着朝着北方出发了。

他驾着马低着头顶风前行着，每遇到一个小坡或高高的雪堆，他都抬起头往前面看一看。不过除了一个个平缓的雪坡，还有刺骨的寒风从雪坡顶部吹散的飘雪，就什么也看不到了。虽然失去了淑女他心里非常难受，但是他也不会为了一匹马而搭上自己的性命。估计他这一生再也找不到一匹能和王子搭配的马了。他现在心里非常后悔，暗暗责怪自己怎么那么傻，竟然把马借给了一个不认识的人骑。

王子顶着风平稳地往前跑着，加快脚步爬上斜坡，然后放慢脚步跑下来。阿曼佐没有打算走得很远,不过西北方的天空依然很晴朗,前面又总会出现另一道斜坡,他心想,要是站在斜坡上肯定能向北方望得更远一些。

他想,淑女一定跑得很累,落在羊群后面了。现在它一定迷路了,徘徊着,很不知所措。或许从下一个斜坡上面,就可以看到它的身影呢。

可每当他到达一个斜坡顶上,视线所及之处只有一片白茫茫的雪地。王子缓缓地跑下一个斜坡,又不断有新的斜坡在前面等着它。

他回过头看了看镇子,可是已经看不到了。杂乱的高墙不见了,屋顶烟囱冒出来的细细的炊烟也不见了。整片天空之下,只剩下一片白茫茫的雪地,积雪飘飞着,寒风刺骨地吹着。

他并不感到害怕。他知道镇子的方向,只要有太阳在,或者只要有月亮或星星在,他就不会迷路的。不过他突然有一种比寒风更让人寒冷的感觉——他觉得在这冰天雪地里,他是唯一的生命了;在这无边无际的寒冷之中,他和他的马是那么孤立无助。

"吁!王子!"他喊道。不过无休无止的大风淹没了他的声音。他突然因为自己开始感到的害怕而有些恐惧。他对自己说:"没什么好害怕的。"他想,"我现在不往回走了,等到了下一个斜坡顶上,我再往回走。"他稍微把缰绳拉紧了一些,稳住王子飞奔的脚步。

从这个斜坡上面,他隐约看到西北方的天际线处出现了一道乌云。然后突然间，整个大草原好像变成了一个陷阱，看到他并包围了他。不过，就在这时候，他看到了淑女！

远处，起伏的雪地上，淑女小小的身影站在一片高地上，朝东方张望着。阿曼佐脱掉手套，把两根手指放进嘴里，吹起了尖厉的口哨。以前在明尼苏达州的时候，他就是这样在爸爸的农场上唤着还是匹小马的淑女。不过这尖厉的口哨声刚吹出来就被风完全吹散了，而王子扯着嗓子发出的长长的嘶鸣声也淹没在风里。淑女还在原地站着，并没有看到他们。

突然，它转过身子，朝南方张望着，看到了他们。隐约听到风中传来它微弱的长鸣。它的脖子很痛，尾巴弯着扬起来，朝这边飞奔过来。

阿曼佐在原地等着，淑女爬上了更近的一个斜坡，风中又一次传来它的叫声。然后，他驾马转过身朝着镇子的方向跑去了，那片低云降到了地平线以下，淑女的身影在他身后若隐若现。

他驾马回到了饲料商店后面的马厩，把王子牵到畜栏里，抚摸着它的身子，让它卧了下来。他往马槽里添了一些草料，又提起水桶让王子喝点水。

门口传来了咔嗒咔嗒的声音，阿曼佐打开门，让淑女进来。它身上全是汗水，看起来像是起了一层白色的泡沫。一团泡沫从它身上滴了下来，它的身体两侧起起伏伏。

阿曼佐把淑女牵到畜栏里，把马厩的门关上了。他用马梳刮掉它那些汗水泡沫，拿一条毛毡盖在它身上，让它暖和暖和。他又拿一块湿布往它嘴里挤水，这样可以让它的舌头湿润一下。

他揉了揉它纤细的腿,把还流着汗的地方擦干。

"好了,淑女,你是要证明你比羚羊跑得还快吗?出丑了吧!"阿曼佐一边忙活着一边说道,"无论如何,我再也不会把你借给一个笨蛋骑了。现在在这儿暖和暖和,安静地休息吧。我过会儿给你喂点水和吃的。"

爸爸默默地回到了厨房,一声不吭地把猎枪挂回了钩子上。大家都没有说话,也没有必要说什么了。卡莉叹了一口气。显然,没有肉可以吃了,也没有肉汁可以配着黑面包吃了。爸爸在炉灶旁边坐下来,伸手在上面暖着。

过了一会儿,他说:"福斯特激动得失去理智了。他从马背上跳下来,离射程还远着呢就开枪了,搞得大家都没机会了。整群羊都往北面逃走了。"

妈妈往炉灶里添了一根干草棒。"反正现在这时候,羚羊肉也不太好吃。"

劳拉知道,羚羊要扒开厚厚的积雪,才能吃到埋在下面的枯草。暴风雪的时候,它们没办法扒雪,现在积雪又这么深,它们肯定是饿着肚子的。确实,它们的肉会又少又硬。可毕竟还是肉啊。一直吃着土豆和黑面包,大家早已厌倦了。

"阿曼佐的马也跑了。"爸爸说。他把那匹马跟着羚羊群逃走的过程告诉了大家,还给卡莉和格蕾丝编了一个故事,讲述那匹漂亮的马随着一群野羚羊自由自在地奔向远方。

"那它有没有,有没有回来呢,爸爸?"卡莉睁大眼睛问道。

"我也不知道。"爸爸说,"阿曼佐驾着马朝那个方向走了,不知道现在有没有回来。卡罗琳,趁着你现在在做午饭,我去他们的饲料商店看看。"

饲料商店里空空荡荡。罗伊尔从里面的屋子里探出头来,热情地说道:"快进来,英格斯先生,你来得正是时候,来尝尝我们的薄煎饼和熏猪肉吧!"

"我不知道你们正在吃午饭呢。"爸爸看了看炉灶边上的大浅盘里还冒着热气的熏猪肉。还有一个碟子里高高地摞了三个薄煎饼,罗伊尔还在煎着。桌子上放着糖浆,咖啡壶也沸腾着。

"我们什么时候饿了就什么时候吃。"罗伊尔说。"这就是独身的好处,没有女人,就没有固定的吃饭时间。"

"你们两个小伙子真幸运,带来了这么多东西。"爸爸说。

"反正当时也要运一车饲料过来,我就想着顺便带点日常物资过来吧。"罗伊尔说,"现在想啊,当时多带来两车就好了。通火车之前还可以再卖一车饲料呢。"

"我想也是的。"爸爸表示同意。他环视了一下这个温暖的房间,眼睛顺着挂衣服和马具的墙壁看过去,注意到了最里面墙的空心区。"你弟弟还没回来吗?"

"他刚刚到马厩了。"罗伊尔回答,然后他大喊,"听啊,快看!"他们看到了淑女,马鞍已经拿下来了,身上往下滴着泡沫,经过窗户迅速朝着马厩跑过去了。

爸爸和罗伊尔正讨论着打猎和福斯特先生那疯狂的一枪的时候,阿曼佐进屋来了。他把马鞍往角落一扔,想等洗好了再挂起来。他坐在炉灶旁边暖着身体。然后他和罗伊尔劝爸爸坐下来和他们一起吃饭。

"罗伊尔煎的薄煎饼没有我做的好吃。"阿曼佐说。"不过这熏肉做得无人能比啊!这是以前在明尼苏达州农场的三叶草上面拿谷物喂大的小猪的猪肉,又拿山核桃木自己熏制的。"

"坐下来吧,英格斯先生,别跟我们客气!地窖下面的茶碗里还有很多呢!"罗伊尔说道。于是,爸爸就坐了下来。

难熬的冬天

第二天早晨,太阳又出来了,风也停了。这一天看起来似乎要比实际更暖和一些,因为太阳光是如此明媚。

"今天天气真好啊。"早饭的时候,妈妈说道。不过爸爸摇了摇头。

"太阳光太强烈了。"爸爸说,"我要尽快再去拉一车干草,如果暴风雪又来了,我们屋子里必须有很多干草才行啊。"说完,他就匆匆离开了。

妈妈、劳拉和卡莉不时焦急地透过结着霜的窗户朝着西北方的天空望着。爸爸平安回到家里的时候,太阳依然很亮。吃完了今天第二顿黑面包和土豆,爸爸就到街对面去打听消息了。

不一会儿,他吹着口哨高兴地穿过外面的房间冲到了厨房里,激动地喊着:"猜猜我弄到了什么!"

格蕾丝和卡莉跑过来摸了摸他带回来的包裹。"感觉像是……像是……"卡莉不太敢说出她摸上去这包裹里像是什么,因为害怕猜错了。

"是牛肉!"爸爸说,"四磅牛肉!可以配着面包和土豆吃!"他说着把包裹递给了妈妈。

"查尔斯!你从哪里弄来的牛肉啊!"妈妈好像不太敢相信一样。

"福斯特把他的牛宰了。"爸爸说,"我去得正是时候,这所有的肉包括骨头和软骨,每磅卖两毛五分钱,不过我还是买了四磅,都在这儿啦!我们可以享受一下国王的生活啦!"

妈妈迅速撕掉了包装纸。"我要把这块肉好好煎一煎,再炖一炖。"她说。

劳拉口水都快流出来了。"能不能加点水和黑面粉做肉汁?"

"当然可以啦。"妈妈微笑着说,"我们可以靠着这块肉吃上一个礼拜呢,至少可以给食物增加点味道,等到那时候,火车肯定就来了,对吧?"

她微笑着望着爸爸,接着笑容突然凝固了。"怎么了,查尔斯?"

"呃……"爸爸支支吾吾地回答,"真不愿意告诉你们,"他清了清嗓子,"火车不会来了。"

大家都呆呆地望着爸爸。他继续说道:"铁路公司在春天之前都不运行火车了。"

妈妈把手往上一举,重重地坐在了椅子上。"怎么可能啊,查尔斯?不会吧,不能这样的。一直到春天?现在才一月份第一天啊！"

"火车没办法运行了。"爸爸说，"他们刚把一个路堑里的积雪挖出来，就来了一场暴风雪。有两辆火车被埋在这里和翠西路堑之间了，被积雪埋在里面了。每次他们挖出路堑里的积雪，就扔到两边，现在所有路堑里面的雪都积得跟两边的雪堆一样高了。翠西那边的指挥员已经没有耐心了。"

"耐心？"妈妈惊叹道，"耐心！我倒想知道这跟他们有没有耐心有什么关系！他知道我们这里物资已经严重匮乏了！他觉得我们可以撑到春天吗？他有没有耐心都得对这件事情负责，让火车运行是他的责任啊！"

"好了，卡罗琳。"爸爸安慰道。他把手放在妈妈肩膀上，妈妈一直在围裙里摆动着的双手也停了下来。"已经有一个月没通火车了，我们不是也撑过来了吗。"他说。

"是啊。"妈妈说。

"我们只要撑过这个月，二月很短的，三月就是春天了。"爸爸鼓励她。

劳拉望了望那四磅牛肉。她想起剩下的为数不多的土豆，又看了看角落里的半袋小麦。

"镇上还能买到小麦吗，爸爸？"她小声问道。

"我也不知道，劳拉。"爸爸的语气有点奇怪，"不过别担心，我买了五十多磅呢，不会那么快吃完的。"

劳拉禁不住问道："爸爸，你猎不到兔子吗？"

爸爸坐在敞开的炉灶前面，把格蕾丝抱到了膝盖上。"过来，小丫头。"他说，"还有卡莉。我想给你们讲个故事。"

他没有回答劳拉的问题。劳拉也知道了答案。这里根本看不见兔子了。它们肯定随着鸟儿到南方去了。爸爸去拉干草的时候,从来没有拿过猎枪。如果他看到过哪怕一只兔子的足迹,肯定也会带着枪了。

卡莉坐在爸爸的膝盖上,劳拉也靠了过去,爸爸伸出一只胳膊搂住了她。而格蕾丝依偎在他另一只臂弯里,爸爸拿棕色的胡子蹭她的脸的时候,她咯咯地笑着,就像小时候的劳拉一样。她们在爸爸的臂弯里,感受着烤炉里散发出的热气,真是舒服极了。

"现在,听好了,格蕾丝、卡莉和劳拉。"爸爸说,"还有玛丽和妈妈。这个故事很有趣。"于是他给大家讲起了指挥员的故事。

指挥员是东部人,坐在东部的办公室里命令火车调度员维持列车运行。不过司机说火车因为暴风雪没办法运行了。

"在我们东部,暴风雪从来没有阻挡过火车运行。"指挥员说,"必须保持这个地区西边的火车正常运行。这是命令。"

不过火车在西部还是没办法运行。他听到报告说,路堑里面积满了雪。

"把积雪清理掉,"他命令道,"再增加一些人力。一定要维持列车运行,哪怕付出任何代价!"

他们增加了人力,也浪费了很多钱。可是火车还是不能运行。

指挥员就说了:"那我就到那里,自己把轨道清理干净。看来需要有人告诉他们我们东部是怎么办事的。"

所以他乘坐专车来到了翠西路堑那里，到地方下了车。他穿着城里的衣服，戴着手套，穿着毛皮衬里的外套。"我只好来亲自指挥了，"他说，"让你们看看怎么让列车运行。"

尽管如此，如果你了解他，就知道他不是个坏家伙。他乘工作车到了翠西西边的深路堑，和工人们一起干起活来，跟工头一起发号施令。他们加快速度地把积雪从路堑里挖了出来，不出两天就把铁路清理干净了。

"你们明白怎么办事了吧。"他说，"明天就可以开通火车了，要一直保持运行。"不过那天夜里，又一场暴风雪袭击了那里。他的专车也没办法在那样的暴风雪中运行了，当暴风雪停止的时候，路堑里面又积满了雪，已经和两边挖出来的雪堆一样高了。

他带着工人们又到了那儿，继续把路堑里面的积雪挖了出来。这次花的时间要长一些，因为他们要铲走的积雪更多了。他刚把工作车开了过去，又埋在下一场暴风雪里了。

你得承认这个指挥员有着锲而不舍的精神。他又一次带领工人铲走了积雪，把轨道清理干净了，结果他只能待在翠西路堑那边挨过又一场暴风雪。这次他又下令调来了两组新的工人，还有拉着犁雪机的两个火车头。

他乘坐第一个火车头来到了翠西路堑。现在这个路堑里堆的雪看起来都快成小山了。两边的雪堆中间，已经被暴风雪吹来的泥土和积雪塞得满满的，又冻得坚硬无比，足足有一百英尺深，都蔓延到四百米以外了。

185

"没事的,大伙!"他说,"我们可以先拿鹰嘴镐和铲子把雪清理掉,再把犁雪机开过来。"

他让工人们不停地干,速度加倍,工钱也加倍,就这样连续干了两天,铁道上还有二十英尺厚的雪呢,不过他已经有了一些经验,知道两次暴风雪之间会有三天的晴天,所以第三天早晨,就可以让犁雪机过去了。

他命令两个火车头司机把两个火车头连在一起,把犁雪机放在前面,拖着工作车来到了路堑那儿。两组工人挤在一起拼命地干,几小时就挖掉了两英尺的雪。然后指挥员下令停止工作。

"好了。"他命令两个火车头司机,"你们两个顺着铁路往后退两英里,然后加足马力往这边开。经过两英里的加速,应该可以以每小时四十英里的速度撞上路堑里的雪,到时候轻轻松松就冲过去了。"

于是,两个司机爬上了火车头。接着,前面那个司机又下来了。站在雪地周围的工人们都在跺着脚搓着手取暖。他们围过来想听听这个司机要说什么,不过司机径直朝着指挥员走了过去,抱怨这样根本没什么用的。

"我不干了。"他说,"我开火车头有十五年了,从来没有人说过我胆子小。不过我也不能接受任何让我自杀的命令。你要火车头用每小时四十英里的速度撞上十英尺的雪,指挥员先生,你可以叫别人来开。我不干了,现在就立刻不干了。"

讲到这里,爸爸停了下来。"我不怪他。"卡莉说。

"我要怪他。"劳拉说,"他不应该辞职的。如果他认为这个方法行不通,就应该帮忙想想其他的办法。我觉得他肯定是害怕了。"

"就算是害怕了。"玛丽说,"他也应该按照命令去做。指挥员肯定什么都清楚,不然他怎么能当指挥员呢?"

"他不清楚,"劳拉反驳道,"不然就能让火车运行了。"

"继续讲,爸爸,继续讲!"格蕾丝央求道。

"注意礼貌,格蕾丝,要说'好吗?'"妈妈说。

"好吗?"格蕾丝说,"继续讲好吗,爸爸?下面发生什么了?"

"是啊,爸爸,指挥员到后来又做了什么?"玛丽也问道。

"他把司机开除了,是不是?"劳拉问。

爸爸继续开始讲了。

指挥员看了看那个司机,然后看了看围在旁边的工人们,说道:"我以前也是开火车头的,我自己不会做的事情不会让你去做。我去开。"

他爬进了火车头,调整了方向,于是两个火车头沿着铁轨往后行驶了。

指挥员往后开了足足两英里,现在火车头看起来比大拇指头还小了,已经开得足够远了,他吹口哨示意后面的司机,然后两个人都打开了蒸汽机。

两个火车头马力全开沿着两英里笔直的轨道全速冲去,越跑越快。一团团黑乎乎的煤烟在火车头后面翻滚着,蔓延了很远，车头灯在阳光下显得更大更耀眼了，火车轮子越来越看不清，最后火车以每小时五十英里的速度撞上了冻结的积雪。

"接下来……接下来……发生了什么，爸爸？"卡莉屏住呼吸问道。

雪都飞了起来，像喷泉一样，大块大块地落到周围四十码的地方。有那么一两分钟，大家什么都看不清了，没有人知道到底发生了什么。后来，工人们跑过去看了看，发现后面的火车头一半都埋在雪里了，司机从火车头后门爬了出来，走路摇摇晃晃，但没有什么大碍。

"指挥员去哪了？发生了什么事？"大家都问这个司机。只听他说道："我怎么知道他去哪儿了。我只知道幸好能活着出来了，我再也不会干这种事情了，再多的钱也不干了。"

然后，工头喊工人们把鹰嘴镐和铲子拿过来。他们把第二个火车头旁边的雪挖松、铲除了。司机把火车头倒了出来，倒到远处去，免得妨碍大家干活。工人们就赶紧挖起前面的雪来，终于挖到了载着指挥员的第一个火车头。大家一看到那个场景，就愣在了那里。

第一个火车头全速前进，一头扎进了雪堆里，全都埋在雪里了。热气和蒸汽把旁边的雪都融化了，雪水又在冻结的雪堆里面结了冰。指挥员就坐在被冻成了大冰块的火车头里，气得跟只大黄蜂似的！

格蕾丝、卡莉和劳拉都大笑了起来。就连妈妈也笑了。

"多可怜啊。"玛丽说,"我不觉得有什么可笑的。"

"我觉得挺好笑的。"劳拉说,"我想他现在肯定不觉得自己什么都清楚了。"

"骄兵必败啊。"妈妈说。

"继续讲好吗,爸爸?"卡莉央求道,"他们把他挖出来啦?"

是的,他们挖开了积雪,砸裂了冰块,在冰块上打了一个洞,把他拉了出来。他没有受伤。刚才的司机也没有受伤。犁雪机受到了猛烈的撞击。指挥员从路堑里面爬了出来,走到第二个司机那里说:"你能把它倒出来吗?"

司机说应该可以的。

"好,那去倒吧!"指挥员说。他站在那里看着,直到他们把火车头弄了出来。然后他对工人们说:"都上去吧,我们回翠西吧。等春天来了再开工。"

"现在你们明白了吧,"爸爸说,"问题就是,他没有足够的耐心了。"

"也没有锲而不舍的精神了。"妈妈说。

"确实没有锲而不舍的精神了。"爸爸也同意,"只是因为拿铲子和犁雪机没办法把轨道清理干净,他就认为根本没有办法了,连尝试都不愿意尝试了。好吧,他是东部人。在西部,对抗很多事情都是需要耐心和锲而不舍的精神的。"

"他什么时候辞职的,爸爸?"劳拉问道。

"今天早上。是电报发出来的消息,然后翠西的接线员把事情的经过告诉了伍德沃斯。"爸爸答道,"现在,我得赶紧去干杂活了,不然天就黑了。"

他把胳膊搂紧了些,搂着劳拉晃了晃,然后才把卡莉和格蕾丝从膝盖上放下来。劳拉明白了他的意思。她现在已经长大了,在这样的艰苦时期不能什么都不管。她不能老是忧心忡忡的,必须打起精神,鼓舞大家。

所以当妈妈一边温柔地哼唱着歌谣,一边帮格蕾丝脱衣服准备睡觉的时候,劳拉也跟着唱了起来:

啊,迦南,光明的迦南,
我要出发去……

"一起唱吧,卡莉!"劳拉赶紧插了一句。所以卡莉也跟着唱了起来,接着玛丽甜美的女高音也加入了进来。

> 站在暴风雪的约旦河岸,
> 我的充满渴望的眼睛啊,
> 望着迦南那光明的海岸,
> 那里有我的土地和财产。
> 啊,迦南,光明的迦南,
> 我要出发去往乐土迦南。

橙红色的夕阳给结了霜的窗格涂上了美丽的色彩。厨房里也泛着微弱的玫瑰色光线,大家坐在温暖的炉灶旁边,一边唱着歌儿,一边把衣服换下来。不过劳拉觉得风的声音有点变了,带着一种狂野又让人害怕的音调。

妈妈把她们在被窝里安顿好,就到楼下去了。这时她们听到也感觉到暴风雪撞击着屋子的墙壁。她们紧紧地挤在一起,在被子下面瑟瑟发抖,听着外面的呼啸声。劳拉想起镇上的这些屋子在狂怒的飞雪中摇晃着,在一片白茫茫之中是那么孤立无援,丝毫看不清楚外面的世界。镇上有那么多屋子,可是现在从一座屋子里完全看不见任何其他屋子的灯光。而小镇也完全孤立在一片冰雪世界的大草原上。只有雪花在飘,狂风在呼啸,飞旋的暴风雪把星星和太阳都吹灭了。

劳拉强迫自己去想想明天美味的黑面包配牛肉,可是还是没办法不去想这些屋子和小镇在春天来临之前都会被孤立在这里。现在只有差不多三十磅小麦可以用来磨面粉了,土豆也剩得不多了,可是如果火车不来,就只有这些东西了。小麦和土豆肯定撑不了那么久。

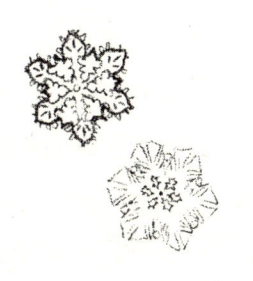

寒冷和黑暗

这场暴风雪似乎永远也没有尽头。有时候，会停一会儿，但是很快就更猛烈地从西北方咆哮而来。狂风尖声呼啸着，夹杂着冰雪无休无止地击打着寒冷黑暗的屋子。随后太阳出来了，大概从早上一直晴到下午，接着狂风和冰雪又继续袭来了。

夜里，有时候劳拉半睡半醒，浑身冰冷，恍惚间梦见屋顶在风雪的冲刷下只剩下薄薄的一层。可怕的暴风雪，像天空一样无边无际，它面目狰狞地浮在屋顶上空，拿着一块看不见的布，不停地擦着已经薄得像一张纸的屋顶，直到擦出来一个洞，它尖叫着、轻笑着，最后哈哈大笑了起来，哈！哈！暴风雪卷进了屋子里。劳拉猛然惊跳起来，及时把自己从梦里救了出来。

她不敢继续睡了。四周一片漆黑，她静静地躺在床上，觉得自己那么渺小。这黑夜，曾经对她来说那么宁静、那么温柔，现在却变得如此恐怖。她第一次对黑暗产生了恐惧。"我不怕黑。"她不得不一遍又一遍地安慰自己，却总觉得黑夜好像随时都会听到她的动弹和呼吸，伸出爪子和牙齿将她捉住。黑暗也许就潜伏在墙壁里面，浮在屋顶下结了霜的钉子那里，甚至躲在她蜷缩的被窝里，仔细听着她的一举一动。

白天不像夜里那么可怕，因为黑暗不再那么深沉，而且可以看得到常见的东西。厨房和小披屋里一片昏暗。玛丽和卡莉轮流磨着小麦，因为要一直磨着，面粉才能够吃。妈妈要做面包、打扫卫生，还要不时地往炉灶里面添火。劳拉和爸爸在小披屋里面拧干草，直到双手冻得握不住干草了，就回到炉灶旁边暖一会儿。

干草烧起的火根本不能让整个厨房暖和起来，不过炉灶旁边还是很暖和的。玛丽坐在烤炉前面的位置，格蕾丝坐在她膝盖上。卡莉站在烟囱后面，妈妈的椅子则在炉灶的另一边。爸爸和劳拉俯身靠在炉灶上方，在冒起的热气中取暖。

他们的手冻得又红又肿，皮肤冰冷无比，上面被锐利的泥沼干草割出了一道道伤口。干草把他们外套左侧还有左手袖子下面都划破了，妈妈给他们补好了，干草又把补丁划破了。

早饭，他们吃的还是黑面包。妈妈刚烤出来的面包脆脆的，热腾腾的，她让大家蘸着茶吃。

"你想得真周到，查尔斯，存了这么多茶叶。"妈妈说。现在还有很多茶叶，也有很多糖来调茶。

午饭的时候，妈妈煮了十二个带皮的土豆。格蕾丝只吃一个就够了，其他人一人两个，妈妈坚持让爸爸吃掉多余的那个。

"这土豆又不大。"妈妈说,"你必须要保持体力啊,你要是不吃就浪费了。我们都吃好了,是吧,孩子们?"

"是啊,妈妈。"大家都这样说,"不,谢谢你啦,爸爸,我真的不需要了。"确实是这样。大家都不是很饿,而爸爸却饿了。当他在暴风雪里挣扎着顺着晾衣绳回到家里的时候,看到黑面包和热腾腾的土豆眼睛都在放光了。而其他人都只是厌倦了,厌倦了狂风,厌倦了寒冷和黑暗,厌倦了黑面包和土豆,厌倦了这种没精打采又死气沉沉的日子。

每天劳拉都抽时间学习一会儿。当干草拧得已经够烧一个小时了,她就坐在玛丽旁边炉灶和桌子中间的位置,打开课本。不过她觉得自己的脑子很迟钝,像木头似的。历史根本记不住,她用手托着脑袋看着写在写字板上面的题目,想不出怎么回答,也不想去回答。

"嗨,嗨,孩子们,别老是闷闷不乐的。"妈妈说,"打起精神,劳拉,卡莉!赶快做完功课我们来娱乐一下。"

"怎么娱乐啊,妈妈?"卡莉问道。

"先把你们的功课做完了再说。"妈妈说。

等学习的时间一过,妈妈就拿出了自修课本第五册。"现在,"她说,"我来看看你们能凭记忆背出来多少。你先来,玛丽,你要背哪一段?"

"《雷古拉斯的演说》。"玛丽说。玛丽找到课本中这一页给妈妈,然后开始背。

"你们毫无疑问地以为——因为你们用自己的品德来判断罗马人的品德——我宁可违背自己的誓言,也不会来向你们复仇！"玛丽能够完整地背出这篇挑战辞，"现在，我站在你们的首府，公然向你们挑战！自从我年幼的手臂，第一次可以挥舞起长矛的时候，难道我没有征服你们的军队，烧毁你们的城池，把你们的将军，拖在我的战车轮子之下吗？"

厨房似乎变得更宽敞更温暖了。就连呼啸的狂风也没有这些语言更有力。

"你背得很好，玛丽。"妈妈表扬了她，"现在，劳拉开始吧。"

"《老图巴尔·该隐》。"劳拉开始背诵了，她不自觉地站了起来，因为必须要站起来才能让自己的声音像老图巴尔·该隐的锤声那样有节奏而且铿锵有力。

老图巴尔·该隐是个有力之人，
在地球还很年轻的日子里。
他的炉灶燃烧着炽烈的红色火焰，
他的锤声敲响……

还没背完呢，爸爸回来了。"继续，继续。"爸爸说，"这首诗就像一团火一样，让人感到很暖和。"所以劳拉继续背诵了起来，而爸爸脱掉那件落满了雪、冻得僵硬的大衣，靠在炉灶旁边，好让眉毛上面的雪融化。

唱吧，为图巴尔·该隐欢呼！
他是我们忠诚的老朋友；

为了犁头和犁子，

我们应该赞扬他。

可是当压迫抬起了头，

独裁者做了主人，

虽然我们要感谢他的犁子，

但我们也不能忘记刀剑。

"你把每个字都记得清清楚楚啊，劳拉。"妈妈说着合上了课本，"卡莉和格蕾丝明天再背吧。"

现在又该去拧干草了。劳拉发着抖在寒冷中拧着锋利的干草，脑海里回想着更多的诗句。明天下午是值得期待的。第五册课本里面有那么多优美的演讲和诗歌，她希望自己能够像玛丽一样背出那么多，而且背得那么好。

有时候，暴风雪停歇了一会儿。打着旋儿的狂风变成了平稳直吹的风，把地上的雪花吹了起来，但天空是晴朗的，爸爸就趁着这会儿出发去拉干草了。

劳拉和妈妈就赶紧把该洗的东西都洗好，放在外面晾干。没有人知道暴风雪会在什么时候又来了。阴云随时都有可能升起来，而且跑得比任何马都快。爸爸离开了镇子到大草原上去，是很不安全的。

有时候暴风雪能停下半天。有时候阳光从早晨到黄昏一直都照耀着，可是到了晚上暴风雪又来了。这样的天气，爸爸一天可以拉三车干草。在爸爸回来并把大卫牵进马厩之前，劳拉和妈妈一直一声不吭地辛苦忙活着，时不时地看看天空，听一听有没有风声，而卡莉则默默地在玻璃窗上刮开一块干净的地方，望着西北方的天空。

爸爸总是说，如果没有大卫，他都没办法干活了。"真是一匹好马。"爸爸说，"我以前还从来不知道有这么听话、这么有耐性的马呢。"路上要是大卫不小心掉进了雪坑，它总是一动不动地站在那里，等着爸爸把雪铲开，把它弄出来。然后它就迅速拉着雪橇绕过雪洞，直到又一次掉进雪洞里。"我真希望能有一些燕麦和玉米喂它吃。"爸爸说。

当狂风再次呼啸尖叫起来，飞雪再次扑打而来的时候，爸爸说："嗯，这些干草够用上一阵子了，多亏了大卫。"

有晾衣绳指引着，爸爸走到马厩又回到了屋里。家里有干草，还有一些小麦和土豆。暴风雪来临的时候，爸爸已经安全地回到屋子里了。到了晚上，玛丽、劳拉和卡莉就开始背诵。甚至连格蕾丝也背得出《玛丽的小羊羔》和《小小波比丢了羊》了。

当劳拉给她们读诗的时候，很喜欢看到格蕾丝和卡莉兴奋得发亮的蓝眼睛。

听，我的孩子们，你们应该听到，
保罗·列威尔半夜骑马出行，
那是一八七五年四月十八号；
现在还活着的人几乎没有谁
还记得这著名的时间和月份……

她和卡莉都喜欢齐声背诵《天鹅之巢》：

> 小小埃莉独自坐在
> 草原的山毛榉丛中，
> 小溪边，草地上，
> 树叶如雨点般
> 飘落在树阴下，
> 落在她闪亮的头发和脸上……

诗中描绘的地方宁静又温暖，草地被太阳晒得暖暖的，清澈的水流唱着歌儿，树叶温柔地呢喃。草地上的昆虫发出懒洋洋的嗡嗡声。她们跟随小埃莉来到了诗歌的意境之中，几乎忘记了寒冷，也几乎已经听不见狂风的呼啸，还有飞旋的暴雪扑打墙壁的声音了。

一个安静的早晨，劳拉来到楼下，发现妈妈满脸惊讶的神色，而爸爸在哈哈大笑。"到后门外面去看看！"他告诉劳拉。

她跑过披屋，打开后门，看见灰白色的雪堆里开出了一条粗糙低矮的隧道，里面很是幽暗。隧道的墙壁和地面都是雪筑成的，雪做的顶部紧紧地连接在后门上方。

"今天早上我得像地鼠一样钻到马厩去啊。"爸爸解释道。

"这个雪隧道是怎么弄出来的？"劳拉问道。

"哦，我把隧道做得尽量低一些，只要我能过得去就行。先把雪挖起来，推到我身后，堆起来，做成一个洞，就这样边挖边堆，最后再用雪把洞封住。没有什么比雪更防风的了！"爸爸兴奋地说,"只要这个雪堆不塌下来,我就能很舒服地去马厩做杂活儿啦!"

"外面雪有多深?"妈妈问道。

"我也说不清,已经堆得比小披屋的屋顶还高了。"爸爸答道。

"你的意思是,我们的屋子已经埋在雪里了?"妈妈喊道。

"这样也好。"爸爸说,"你没发现厨房比以前暖和一点了?"

劳拉跑到楼上,在窗户上刮开了一小片清晰的地方,把眼睛凑过去看。她简直不敢相信眼前的一切,主街已经和她视线差不多高了,越过闪闪发亮的白雪,她可以看到霍森家的外墙就像一面低矮结实的木板栅栏。

她听到一声愉快的叫声,然后看到两匹马飞快地从她眼前跑了过去。八只灰色的蹄子,纤细的棕色脚踝迅速地一弯一直,从她眼前掠过,后面跟着一辆长雪橇,上面踏着两双皮靴。她蹲下来,想透过那个小口往上面看看是谁,可是雪橇已经走过去了,只看见了强烈的阳光,刺到了她的眼睛。她跑到楼下温暖的厨房,给大家讲她看到的景象。

"是怀德家的兄弟两个,"爸爸说,"他们在拉干草。"

"你怎么知道的,爸爸?"劳拉问他,"我只看见马的蹄子还有两双靴子。"

"现在除了他们两个还有我,没人敢到镇子外面去了。"爸爸说,"大家都怕碰到暴风雪。怀德家的兄弟两个把他们所有的干草都从大泥沼拉到了这里,以三块钱一车的价格卖给大家烧。"

"三块钱！"妈妈喊道。

"是啊，不过冒那么大的危险，卖这个价钱也是合理的。他们大赚了一笔。真希望我也能像他们一样。可是他们自己有木炭烧的。我们能有足够的干草撑过这个冬天，我就很满足了。本来没打算用干草来当燃料的。"

"他们走过的时候，有房子那么高！"劳拉大喊。她还是非常兴奋。这样看到马的蹄子、雪橇还有上面的两双靴子从眼前经过的感觉很奇妙，就好像是一个小动物——比如说地鼠——趴在地上看到的一样。

"他们没有陷到雪里去，真是不可思议啊。"妈妈说。

"啊，当然不会啦。"爸爸狼吞虎咽地吃着烤面包，又迅速喝掉了杯子里的茶。"不会沉下去的，这些风把雪堆压得像石头一样硬了。大卫的蹄子踩在上面都不会留下印子。唯一的问题是有草丛的地方下面是松软的啊。"

爸爸匆匆忙忙穿上外套，围上围巾。"这两个小伙子早上已经比我抢先一步了。我那时候在挖隧道呢。我要赶紧把大卫从马厩里挖出来，趁着这会儿太阳好赶紧去拉干草呢！"他开玩笑似的说道，然后出门把门关上了。

"你爸爸今天挖了那个隧道，心情很舒畅啊。"妈妈说，"他现在能舒舒服服不用冒着大风去马厩干杂活了，真是谢天谢地。"

那天她们透过厨房的窗户根本看不到天空。寒风也没法从雪堆里渗透过来。所以劳拉把玛丽领到小披屋去，叫她也一起拧干草。玛丽早就想学拧干草，可是小披屋一直很冷。她看不到劳拉怎样拧干草，怎样压住草束，又怎样把两头塞紧，所以摸索了好长时间,不过最后她终于能拧得很好了。她们拧够了一天所需的干草棒,中间只停下来几次去烤火取暖。

那时候,厨房里已经很暖和了,大家不必挤在炉灶旁边取暖了。屋子里非常安静,只能听到妈妈和玛丽摇着摇椅的声音、石笔在石板上滑动的声音、烧水壶悦耳的呼呼声,还有她们自己轻轻的说话声。

"雪积得这么深也不错啊。"妈妈说。

不过她们看不到天空了。即使能看到也没有什么用,要是低矮的乌云迅速地升起来了,也没有办法阻止,也帮不了爸爸。他要是看见了乌云,肯定会赶快找地方躲避的。劳拉这样想了很多次,不过她还是急匆匆地跑到楼上,在寒冷中透过窗户朝外面望去。

劳拉下楼来的时候,妈妈和卡莉的视线迅速转了过来,她大声回答她们,好让玛丽也知道情况:"天空很晴朗,没一丝动静,只有雪地上闪着无数亮光,我相信也没有一丝风的。"

那天下午,爸爸穿过隧道,拖来很多干草,把小披屋塞得满满的。他已经把隧道挖到马厩门口了,这样大卫才能出来,然后他让隧道在前面拐了个弯,就可以防止风吹进来了。

"我还从来没见过这样的天气。"他说,"外面差不多有零下四十度了,可是一丝风也没有。整个世界都好像被冻住了。我希望这种低温能一直持续下去,这样我穿过隧道去做杂活也就没那么麻烦了。"

第二天跟前一天的天气一样,很平静、很昏暗,也很温暖,就好像一个没有变化又永远做不完的梦,就像时钟永恒不变的滴答声。时钟准备敲响的时候,劳拉被这突如其来的声音吓得从椅子上跳了起来。

"放松点,劳拉。"妈妈喃喃地说道,好像已经在半梦半醒之间。那天她们没有背诵,什么也没有做,只是安静地坐在那里。

夜晚也安静无比,不过第二天早上,她们又被一阵咆哮的声音吵醒了。狂风又刮了起来,雪又狂乱地飞旋了起来。

"唉,这隧道这么快就垮了。"爸爸进屋吃早饭的时候说道。他的眉毛上又满是雪花,外套和围巾也被冻得硬硬的。寒冷又把温暖逼到炉灶旁边那一小片地方了。"我本来想,那隧道无论如何也能撑过一场暴风雪吧。这该死的暴风雪,就只停歇了吐口唾沫那么短的时间!"

"别骂了,查尔斯!"妈妈厉声斥责道,又惊恐地捂住了嘴,"唉,查尔斯,对不起。"她道歉道,"我不是想要斥责你的,不过这风一直吹啊吹的……"她的声音小了下去,停下来站在那里听着外面的风声。

"我知道,卡罗琳。"爸爸说道,"我知道你现在是什么感觉,肯定已经烦透了。那这样吧,等吃完早饭,大家再一起读一读利文斯顿的《非洲探险》吧。"

"真糟糕,今天早上烧了太多干草棒了,查尔斯。"妈妈说,"我还得再烧一些,好让这屋子里暖和起来。"

"没事,再拧一些干草棒也不费事。"爸爸说。

"我去帮你,爸爸。"劳拉主动说道。

"我们有一天时间呢,"爸爸说,"马厩里面一切都收拾妥当了,到晚上都没什么问题。我们先拧一些干草,然后开始读书。"

格蕾丝啜泣起来:"我的脚好冷!"

"不害臊吗,格蕾丝?都这么大了!快去暖一暖吧!"劳拉对她说。

"到这边坐在我膝盖上暖一暖吧。"玛丽摸索着来到了烤炉旁边的摇椅里。

劳拉和爸爸又拧了一大堆干草棒,堆在炉灶旁边,然后卡莉把爸爸大大的绿色封皮的书拿了过来。

"读一读狮子那部分好吗,爸爸?"卡莉央求道,"我们可以把风声当做狮子的吼叫。"

"恐怕得把灯点着了,卡罗琳。"爸爸说,"字太小了。"妈妈点亮了纽扣灯,放在了旁边。"好了,"爸爸说,"这是非洲丛林的一个夜晚,这盏闪烁的灯就是我们的篝火啦。我们身边有各种各样的野生动物在嚎叫、嘶鸣、怒吼,有狮子、老虎、土狼,我想还有一两只河马。它们不会靠近我们的,因为它们害怕火。你们还可以听到宽大树叶的沙沙声,以及怪鸟咕咕叫的声音。这是一个漆黑、闷热的夜晚,头顶上可以看到巨大的星星。下面,我要开始读一读接下来发生了什么。"说完,他就读了起来。

劳拉努力去听,却感觉脑子反应很迟钝,怎么也没办法集中注意力。爸爸的声音融进了暴风雪无休无止的嘈杂里。她觉得只有暴风雪停下来,她才能去做点事儿,才能去听去想,可是暴风雪总也没有尽头,就这样永远也没有停歇。

~寒冷和黑暗~

她厌倦了这一切，厌倦了寒冷和昏暗，厌倦了黑面包和土豆，厌倦了拧干草和磨小麦，厌倦了往炉子里添火、洗碟子、睡觉、起床、整理床铺。她厌倦了暴风雪中的狂风，没有任何音调，只有一团混乱的噪声撞击着她的耳膜。

"爸爸，"她突然说道，打断了正读着书的爸爸，"给我们拉拉小提琴好吗？"

爸爸惊讶地望着她，然后放下手里的书。"当然可以了，劳拉。"他说，"你要是想听的话，我就拉。"

他双手一张一合，又揉了揉手指，劳拉把装小提琴的盒子从炉灶后面温暖的地板上拿了过来。

爸爸用松香擦了擦琴弓，把小提琴夹在下巴下面，用琴弓轻轻触了触琴弦。他望着劳拉。

"拉《邦尼东》吧。"劳拉说。于是爸爸一边拉着小提琴一边唱了起来:

邦尼东的山坡和河堤,
怎么如此清新和美丽?

不过小提琴发出的每个音符似乎都有点偏离。爸爸的手指看起来很笨拙。音乐拖拖拉拉,有一根琴弦还突然断掉了。

"我的手指在外面冻了太久,又僵又硬,没法拉琴了。"爸爸有些不好意思地说道。他把小提琴放回了盒子里。"把琴放回去吧,劳拉,下次什么时候再拉吧。"他说。

"不管怎么样,你得帮帮我啊,查尔斯。"妈妈说。她从玛丽手中拿过咖啡磨,把小抽屉里的面粉倒了出来。接着,又在漏斗里装上小麦,交给了爸爸。"还得再磨点面粉才够做午饭的面包。"她告诉爸爸。

妈妈从炉灶下面暖和的地方把盖着的酸面糊碟子拿了出来。她迅速地搅了搅,量了两满杯倒进平底锅里,加了盐和小苏打,还有玛丽和卡莉已经磨好的面粉。然后,她从爸爸那里拿过咖啡磨,把爸爸刚刚磨好的面粉也倒了进去。

"这样就够了。"她说,"谢谢啦,查尔斯。"

"我要赶在天黑之前去把杂活做完。"爸爸说。

"等你回来的时候,我就做好了热乎乎的饭等着你。"妈妈说。爸爸穿好外套,围上围巾,走进了风雪中。

劳拉一边听着风声,一边茫然地瞪着模糊一片的窗户。最糟糕的事情就是爸爸不能拉小提琴了。如果她没有要求爸爸拉，他可能还不知道自己已经不能拉了呢。

妈妈坐在炉灶旁边的摇椅里，卡莉依偎在她身边，对面坐着玛丽。她把格蕾丝搂在怀里，慢慢地摇着摇椅，轻轻地哼唱着：

> 我要为你唱一首歌，
> 关于那片美丽的地方，
> 那是灵魂遥远的故乡，
> 闪烁着光芒的海滨啊，
> 从未遇过狂风和暴雨，
> 永恒的岁月缓缓流转。

哀伤的歌声混合着悲泣的风声，夜色已经降临，天色在飞旋的雪花中也变得越来越暗。

夹墙里的小麦

早上,积雪不见了。劳拉在窗户上刮出一小片干净的地方往外面看,看到了光秃秃的土地。风吹起的积雪像一片低矮的云层从地面掠过,不过街道却露出了坚硬的棕色地面。

"妈妈!妈妈!"她大喊,"我看到地面了!"

"我知道啦。"妈妈说,"昨天夜里风把积雪全吹走啦!"

"现在是什么时候了?我是说,现在是几月份了?"劳拉恍惚地问道。

"已经是二月中旬了。"妈妈答道。

看来春天来得比劳拉想象中还要快呢。二月是个很短的月份,三月份就是春天了。到了那时,火车就会通行了,他们又可以吃上白面包和肉了。

"我早就吃厌了干巴巴的黑面包了。"劳拉说。

"别抱怨了,劳拉!"妈妈立即对她说,"永远不要抱怨你所拥有的东西,要记住,你能够拥有这些就已经很幸运了。"

劳拉本意并不是去抱怨,不过她也不知道该怎么解释她的想法。她温顺地回答:"好的,妈妈。"然后,她看见了角落里装小麦的麻袋,不禁吓了一跳。袋子里的小麦已经所剩无几了,堆在那里就好像是空袋子一样。

"妈妈!"她大喊,"你是说……"爸爸总是说,她不应该害怕的。她不应该害怕任何事情。于是她问道:"我们还剩下多少小麦?"

"大概够今天磨的吧。"妈妈答道。

"爸爸不能再买点吗?"劳拉问道。

"买不到了,劳拉,镇上已经没有小麦卖了。"妈妈小心地把一片片黑面包放在烤炉的炉栅上面烘烤,准备做早餐吃。

劳拉打起精神,稳了稳自己的情绪,问道:"妈妈,我们会挨饿吗?"

"我们不会挨饿的,"妈妈说,"如果迫不得已,爸爸会杀掉艾伦和小牛的。"

"啊,不要!不要!"劳拉大喊。

"安静点,劳拉。"妈妈说。卡莉和玛丽来到楼下炉灶旁边开始穿衣服,妈妈到楼上去把格蕾丝抱了下来。

爸爸一整天都在拉干草,中间回到屋子里说吃晚饭前他要到福勒家的五金店去一趟。他回来的时候,给大家带来了一些消息。

"镇上有个传言说,南边或者东南边离这里大约二十英里的地方，有一个拓荒者去年夏天种了一些小麦。"他说，"据说他现在正在他的宅地小棚屋里过冬呢。"

"谁说的？"妈妈问道。

"只是个传言。"爸爸又说了一遍，"几乎每个人都这么说。就镇子上来说，应该是福斯特第一个传出来的。他说他是听一个在铁路上干活的工人讲的。那个人说，去年秋天有人从那里经过，提起过这个垦荒者有十英亩的土地，每英亩能种出三四十袋小麦。这样来看，他那里估计一共有三四百袋小麦，而且在离这里最多二十英里的地方！"

"我想你应该不会因为这个不知真假的传言就想去那里吧，查尔斯？"妈妈温柔地问道。

"换成谁都会这么做的。"爸爸说，"如果有几天好天气，而且有足够的积雪能够撑得住雪橇，就可以马上出发了……"

"不行！"妈妈说。

爸爸吃惊地望着妈妈，大家也都望着她。他们从来没有见过妈妈这个样子。她看起来虽然很安静，但也十分让人害怕。

她平静地对爸爸说："我说了，不行。你不能去。"

"为什么……卡罗琳？"爸爸说。

"去拉干草就已经很危险了，"妈妈说，"你不能再去找那些小麦。"

爸爸温和地说："既然你觉得不放心，我就不去了，可是……"

"我不想听什么'可是'，"妈妈的口气依然很可怕，"这次我是坚决反对的。"

"好吧，那我就不去了。"爸爸表示同意。

劳拉和卡莉互相望了望对方。她们觉得好像雷电突然打中了她们，然后又突然消失了。妈妈给爸爸倒茶的时候，手颤抖得厉害。

"唉，查尔斯，对不起，我把茶倒洒了。"她说。

"没事。"爸爸说。他把洒在茶托里面的茶倒进了杯子里。"以前我都是把茶倒进茶托里面凉一凉的。"他说。

"我担心火是不是快要灭了。"妈妈说。

"不是火的原因，是天气变冷了。"爸爸说。

"不管怎么样，你都不能去。"妈妈说，"你去了就没有人干杂活拉干草了。"

"你说得对，卡罗琳，你永远是对的。"爸爸让她放心，"我们应该能想办法用现有的东西应付的。"然后他瞥了一眼原来放小麦袋子的墙角。不过他什么也没说。做完杂活，拧了一些干草棒之后，他把干草棒抱过来放在炉灶旁边，伸开手在炉灶上面暖着。这时候，他才开口说话。

"小麦没有了是吗，卡罗琳？"他问道。

"是的，查尔斯。"妈妈说，"只剩下做早饭面包的了。"

"土豆也没有了吗？"

"好像突然间什么都没有了似的。"妈妈说，"不过还剩下六个土豆，可以明天吃。"

"牛奶桶在哪儿呢？"爸爸问道。

"牛奶桶？"妈妈重复道。

"我到街上去一会儿，需要牛奶桶。"爸爸说。

| 漫长的冬天 |

劳拉把牛奶桶拎给了爸爸。她禁不住问道:"镇上还有产奶的奶牛吗,爸爸?"

"没有,劳拉。"他说。他穿过外面的房间,大家听到外面的房门关上的声音。

阿曼佐和罗伊尔正在吃晚饭。阿曼佐做了很多煎饼,都加了红糖堆在那儿。罗伊尔碟子里的那一叠已经吃了一半,阿曼佐的都快吃完了,另外还堆着高高的二十几张煎饼,融化了的糖水正从上面滴下来,放在那儿还没碰过呢!这时候爸爸来敲门了,罗伊尔把门打开。

"快进来吧,英格斯先生!坐下来跟我们一起吃点煎饼吧!"罗伊尔邀请道。

"不了,谢谢!不知道你们能不能卖点小麦给我?"爸爸一边迈进屋来一边问道。

"不好意思,"罗伊尔说,"我们已经没有小麦了。"

"都卖完了是吗?"爸爸说。

"都卖完了!"罗伊尔坚定地回答。

"我可以付高价给你。"爸爸说。

"真希望能多运来一车小麦。"罗伊尔回应道,"不管怎么说,坐下来跟我们一起吃点晚餐吧。阿曼佐总说自己煎饼做得好呢。"

爸爸没有回答。他来到了最里面的那面墙跟前,把挂在木钉上面的一个马鞍拿了下来。阿曼佐惊叫道:"嗨!你在干吗?"

爸爸把牛奶桶的边缘紧紧抵在墙上,把墙上节孔的木塞拿了下来,一簇像节孔一样粗细的圆形麦流就哗啦啦落进了桶里。

"从你们兄弟两个这里买点小麦。"爸爸回答。

"喂!那是我的小麦种子,我不卖!"阿曼佐声明道。

"我们家已经没有小麦了,我要买点。"爸爸重复道。小麦不断地涌进桶里,从越积越高的堆顶滑下来,碰到桶壁上发出叮叮当当的声音。阿曼佐一直站在那儿看着他,不过过了一会儿,罗伊尔就坐了下来。他翘起椅子,靠在墙上,双手插在口袋里,朝阿曼佐咧嘴笑着。

等牛奶桶装满了,爸爸把木塞塞回节孔里,拿拳头轻轻敲紧,然后又轻轻敲了敲墙上面和四周。

"你们这里面还有很多小麦啊。"爸爸说,"现在我们来谈一谈价格吧,这一桶小麦多少钱?"

"你怎么知道里面有小麦?"阿曼佐想知道。

"屋子里面的大小看起来和外面不一样。"爸爸说,"差不多短了足足一英尺长,再加上两边宽四寸厚两寸的壁骨,说明你这里留有十六英寸宽的空间。只要有眼睛的人都能看出来。"

"真是想不到!"阿曼佐说。

"咱们去猎羚羊那天,你把马鞍取下来的时候,我就发现了那个节孔里面的木塞。"爸爸说道,"所以我想里面肯定是有谷物的。只有谷物才会穿过节孔流出来。"

"镇上还有其他人知道吗?"阿曼佐问道。

"据我所知,没有了。"爸爸说。

"听我说。"罗伊尔插了进来,"我们不知道你们家没有小麦了。那是阿曼佐的,不是我的,不过他不会守住不放,看着别人挨饿的。"

"这是我的小麦种子,"阿曼佐解释道,"上等的种子。谁也说不准明年春耕之前种子能不能及时运到这里。我当然不愿意看着别人挨饿,不过他们可以去镇子南边去买那个人的小麦啊!"

"在东南方,我听说了。"爸爸说,"我确实想去,可是……"

"你千万不能去!"罗伊尔又插了一句,"如果你遇到了暴风雪……被耽误在路上或者遇到其他什么事情,谁来照顾你的家人?"

"我们还是来谈谈这些小麦我要付多少钱吧。"爸爸提醒他们。

阿曼佐摆了摆手。"大家是邻居,这点小麦算什么?不用客气,直接拿回去吧,英格斯先生。拉把椅子过来,快趁热尝尝这煎饼味道怎么样。"

不过爸爸还是坚持要付钱。他们又谈了谈,最后阿曼佐要了两毛五分钱,爸爸付了钱。在他们的劝说下,爸爸真的坐了下来,掀开没有吃过的那叠煎饼最上面的一层,从中间抽了一块出来。罗伊尔从煎锅里叉了一片煎成棕色的火腿放在了爸爸的碟子里,然后阿曼佐把杯子里的咖啡添满。

"你们两个的生活真是奢侈啊!"爸爸说道。这煎饼可不是一般的煎饼。阿曼佐是按照他母亲的煎饼配方做的,煎饼轻薄如泡沫,融化的红糖完全浸在煎饼里。火腿是用糖腌制,然后又用山核桃木熏制过的,猪肉来自怀德家在明尼苏达州的农场。"我以前从来没有吃过这么好吃的东西。"爸爸说。

他们一起谈论了天气、打猎、政治、铁路和耕种,当爸爸要离开的时候,罗伊尔和阿曼佐都劝他常来坐坐。他们两个都不玩西洋跳棋,很少在店铺里面待着,待在后面他们住的地方更暖和一些。

"你既然能找到这里,那有空就再来啊,英格斯先生!"罗伊尔热情地说,"我们随时欢迎你,我和阿曼佐两个人做伴都有点腻了。有空常来坐坐,我们的大门随时为你敞开!"

"好的,我会常来的。"爸爸回答,接着他突然停下脚步仔细听着外面的动静。阿曼佐送他出来,跟他一起走进了刺骨的寒风里。星星在头顶上的天空闪烁着,不过西北方天空的星星突然就没了踪影,就好像被什么黑暗的东西一扫而光了。"暴风雪又来了!"爸爸说,"我想不会有人在暴风雪间歇的时候出来串门了吧。我要是走得快点,还能在暴风雪来之前回到家里。"

他走到家门口的时候,暴风雪已经开始拍打着屋子,大家都没有听见他的脚步声。大家坐在黑暗中,围在温暖的炉灶旁边,可是劳拉却一直在发抖,因为她听到暴风雪又来了,而爸爸还没有回来。不过她们也就担心了一小会儿,因为爸爸立刻就来到了厨房里。

"我弄来了一些小麦,可以再撑几天,卡罗琳。"爸爸说着,把牛奶桶放在了妈妈身边。妈妈伸手往里面摸了摸,摸到了一粒粒小麦。

"天啊,查尔斯!天啊,查尔斯!"她摇晃着椅子说道,"我就知道你能想办法弄到吃的。可是你从哪里弄来的?我以为镇上已经没有小麦了。"

"我之前也不能确定,不然我就告诉你了。不过我也不想给你希望,怕最后还是会失望。"爸爸解释道,"我答应别人不告诉任何人小麦是从哪里来的,不过别担心,卡罗琳,我弄来小麦的那个地方还有很多呢。"

"过来,卡莉,我现在要带你和格蕾丝去睡觉啦。"妈妈重新充满了力量。安顿好她们之后,妈妈来到楼下,点亮了纽扣灯,把咖啡磨添满。屋子里又响起了磨小麦的声音,这声音伴随着劳拉和玛丽爬上冰冷的楼梯,然后淹没在暴风雪的咆哮声里。

真的不饿

"这土豆刚好分均匀,真了不起。"爸爸说。

他们慢慢享用着最后几个土豆,连皮都吃了。暴雨拍打着、冲刷着房屋,狂风呼啸着、尖叫着。黎明时分,窗户外面一片暗淡,炉灶里的热气奋力驱散着四周的寒冷。

"我真的不饿,爸爸。"劳拉说,"你把我的土豆吃了吧。"

"你吃吧。"爸爸的语气和蔼但十分坚定。劳拉只好一口口地吃着冰冷的碟子里已经冷掉的土豆,强咽下去。她从自己的那片黑面包上掰了一小块,把其他的都剩下了。只有热乎乎、甜滋滋的茶水还算美味。她感觉自己有些恍惚。

爸爸又穿上外套,戴上帽子,来小披屋拧干草了。妈妈打起精神,说道:"好啦,孩子们!我现在上楼去整理床铺了,你们把碟子洗一洗,把灶台擦一擦,把地扫一扫,然后坐下来好好学习吧。等你们今天学得差不多了,我还要听你们背诵呢。还有啊,今天的晚饭有惊喜哦!"

大家对吃的都已经不抱什么希望了,不过劳拉还是应付了一下妈妈。

"真的吗,妈妈?太好了。"她说。她洗好碟子、扫完地,然后又穿上她补丁摞补丁的外套去小披屋帮爸爸拧干草了。除了外面肆虐的风雪,一切都显得那么不真实。

那天下午,她开始背诵:

> 老图巴尔·该隐是个强有力的人,强有力的人就是他,
> 他叫人把他的烟斗拿来,他叫人把他的碗拿来,
> 他叫他的三个小提琴手来……

"唉,妈妈,我不知道到底怎么了,感觉根本没办法思考!"她几乎要哭出来了。

"都是因为暴风雪。我觉得我们都昏昏沉沉的。"妈妈说,过了一会儿,她继续说道,"我们最好还是不要再继续听暴风雪的声音了。"

现在无论做什么事情都打不起精神。过了一会儿,玛丽问道:"怎样才能不去听暴风雪的声音呢?"

妈妈慢慢把书合上。最后,她站了起来。"我去把给你们的惊喜拿过来。"她说。

她从外面的房间把一块冻得硬邦邦的咸鳕鱼拿了过来,之前一直放在那里的。"今天晚餐我们就把鳕鱼汁浇在面包上

吃吧！"

"天啊，卡罗琳，美味大餐啊！"爸爸喊道。

妈妈把鳕鱼放在敞开的炉灶前解冻，然后从爸爸手里接过了咖啡磨。"我和孩子们来磨小麦吧，查尔斯，真是不好意思，干草棒不够了，你去干杂活之前还得再去拧一些。"

劳拉也过去帮忙了。当他们把干草棒抱回来的时候，卡莉正疲倦地转着咖啡磨，妈妈正把鳕鱼削成薄片。

"单是闻闻这香味，就让人精神无比啦！"爸爸说，"卡罗琳，你真是太了不起了。"

"我想这可以让我们换换口味。"妈妈说道，"不过我们也应当感恩我们还有面包吃，查尔斯。"她看到爸爸正望着牛奶桶里的小麦，就告诉爸爸，"如果这场暴风雪持续的时间不是特别长的话，这些小麦应该能撑到暴风雪结束了。"

劳拉从卡莉手中接过咖啡磨。看着瘦小苍白的卡莉磨小麦磨得筋疲力尽，她感到很担忧。可是这些担忧都是没有用的，和那无休无止的讨厌的暴风雪比起来，简直微不足道。咖啡磨的转柄一圈一圈地转着，不能停下来，她感觉自己好像也被卷入了这种旋风中。旋风把地上的雪花一圈一圈地吹起来，在爸爸去马厩的路上旋转着攻击他，在孤零零的房子周围飞旋着、尖叫着，把雪花卷向天空，卷向远方，在无边无际的大草原上永远旋转着。

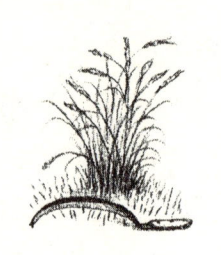

自由而独立

　　这场暴风雪持续的几天里,阿曼佐一直在思索着什么。他不像平时那样开玩笑了,甚至做杂活的时候,梳刷马匹的动作也很机械。他甚至还心事重重地坐在那里削木头,让罗伊尔去煎晚餐的薄煎饼。

　　"你知道我在想什么吗,罗伊尔?"最后他终于开口问道。

　　"肯定是什么重要的事情,不然你不会想这么久。"罗伊尔答道。

　　"我觉得镇上可能有人快饿死了。"阿曼佐说道。

　　"可能有些人真的已经饿肚子了。"罗伊尔承认他说的话,一边把煎饼翻过来。

　　"我说的是快饿死了。"阿曼佐重复了一遍,"就拿英格斯家来说吧,他家一共有六口人。你应该注意到他的眼睛了吧,你看看他瘦成什么样子了？他说他家的小麦吃完了，两毛五分钱从这里拿走了也就十多斤小麦，六口人只能吃几顿？你自己算一算吧。"

"他肯定还有其他吃的吧。"罗伊尔说。

"他们是前年夏天来到这里的，后来也没有跟着铁路工人再往西部去，就在这里申请了一块宅地。你也知道这草地头一年能种出什么东西来，而且附近也没有什么工作可以挣到钱。"

"那你的意思是……"罗伊尔问道，"要把你的小麦种子卖掉吗？"

"当然不是！只要有任何其他办法，我都不会把小麦种子卖掉的！"阿曼佐声明道。

"好吧，你打算怎么办？"罗伊尔问道。

阿曼佐根本没有理会他的问题。"我想陷入困境的肯定不止英格斯这一家。"他继续说道。他慢慢地、很有条理地计算出火车停运的时候镇上剩下的食品,然后列举出他认为现在食物已经所剩无几的家庭。他接着估计出暴风雪结束后,清理铁道路堑里积雪的时间。

"就算暴风雪三月份停止吧,"他最后得出结论,"我已经证明了在食物运到之前,大家要么把我的小麦都吃掉,要么就只能挨饿了,是吗?"

"我想是的,确实是这样的。"罗伊尔很严肃地承认了。

"换句话说,假如这种天气要持续到四月份呢?别忘了老印第安人预测说,这暴风雪要持续七个月呢。假如火车在四月份之前没有通行,或者他们没有在那之前把小麦种子带过来,我就必须留着我的小麦种子,不然就损失了一年的收成。"

"似乎是这样的。"罗伊尔同意道。

"最重要的是,如果火车不能在四月份之前通行,那么人们无论怎么样都会挨饿的,我的小麦根本不够吃的。"

"好吧,直接说重点吧。"罗伊尔说。

"就是说,必须要有个人到镇子南边去把那批小麦运过来啊。"

罗伊尔缓缓地摇了摇头。"不会有人去的,这等于要人去送命啊。"

突然,阿曼佐变得兴奋起来。他把椅子往桌子旁边挪了挪,又坐了下来,拿起了一叠煎饼放在自己的碟子里。"是吗?为什么不去碰碰运气呢?"他高兴地问道,一边把糖浆浇在了热腾腾的煎饼上面,"有些事情你是说不准的啊!"

"四十英里!"罗伊尔说,"到大草原上去大海捞针吗?——

去是二十英里，回来还要二十英里。天啊，你又不是不知道，没人可以说清楚暴风雪什么时候会袭击你。自从暴风雪开始以来，每次放晴的时间最多也不超过一天，多半只有半天的好天气。"

"总有人要去做。"阿曼佐很理智地说，"我就证明了这一点。"

"没错，可是，天啊，这也太危险了！"罗伊尔说。

"确定自己是对的，那就勇往直前吧。"阿曼佐引用父亲的话说。

"谨慎行事，免得事后后悔。"罗伊尔引用妈妈的话反驳道。

"好吧，你是个商人，罗伊尔。"阿曼佐说道，"农夫是会去冒险的。他必须这样。"

"阿曼佐，"罗伊尔严肃地说，"如果我让你这个傻瓜在草原上失踪了，我怎么向爸妈交代？"

"你就说，你没什么好说的，罗伊尔。"阿曼佐答道，"我是自由的，是个白人，而且二十一岁了……或者相当于二十一岁了。不管怎么说，这是一个自由的国家，我是一个自由而独立的人。我可以去做我想做的。"

"别这么武断啊，阿曼佐。"罗伊尔劝道，"再好好考虑考虑吧。"

"我已经考虑清楚了。"阿曼佐说。

罗伊尔不再说话了。他们静静地坐在炭火旁，在明亮的油灯和白锡灯罩反射的强烈光线下吃着晚饭。墙壁微微震颤，连墙上的影子也跟着颤动。狂风拖着长长的尖叫声从屋檐掠过，在墙角的缝隙发出尖利的呜呜声,大多时候更像瀑布落下的轰鸣。阿曼佐又拿了一叠煎饼。

突然,罗伊尔放下餐刀,把碟子往后一推。

"有一件事是肯定的,"他说,"你不能一个人去做这种傻事。如果你已经决定了,而且非要去的话,那我跟你一起去。"

"喂!"阿曼佐叫了起来,"我们两个不能都去的!"

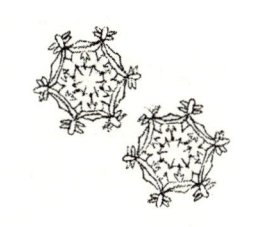

轮流歇口气

第二天早上很安静。阳光明媚,天气依然寒冷,只能听见咖啡磨一圈一圈转动的呜呜声、持续而稳定的风的沙沙声,还有劳拉和玛丽在小披屋拧干草棒时干草的噼啪声。她们感觉非常冷。每拧两三根干草棒就得把手放在炉灶上面暖一暖。

她们几乎没办法把炉火烧旺,更没办法拧出一堆干草棒好腾出时间去帮妈妈洗衣服。所以妈妈说,衣服先放一放,有时间再洗。"也许明天会暖和一点呢。"她说,然后也开始帮着拧干草棒了。她轮流替换玛丽和劳拉,这样她们就有时间去替换卡莉磨小麦了。

爸爸一直到下午很晚的时候才回来。晚饭的面包和茶水已经准备好,就等他回来呢。

"天啊,今天可真冷!"爸爸说。

|漫长的冬天|

那天他只拉了一车干草回来。干草垛都被积雪埋起来了。他必须得把干草从很深的积雪下面挖出来。新的积雪把雪橇原来留下的痕迹都盖住了,也改变了泥沼原来的样子。大卫接连不断地掉进积雪下面泥沼干草撑起的雪洞里。

"爸爸,你的鼻子是不是冻僵了?"格蕾丝担心地问道。在这种天气里,爸爸的耳朵和鼻子当然冻僵了,所以他只能拿雪不停地去搓,才能让它们暖和起来。爸爸哄格蕾丝说,他的鼻子每冻僵一次就会长长一点,而格蕾丝也假装相信真的是这样。这是他们之间经常开的一个特别的玩笑。

"今天一天被冻僵了五六次。"爸爸对她说,一边轻轻地摸了摸自己又红又肿的鼻子。

"要是春天还不来,我的鼻子就要跟大象一样长了,耳朵也像大象一样大了。"格蕾丝听了哈哈大笑起来。

等他们吃了每天一成不变的黑面包,爸爸拧了一直可以撑到睡觉时候的干草棒,他把大卫带到马厩的时候,就做完了杂活。这时候天色还没有完全黑下来,爸爸说:"我想到布莱德利家的杂货铺转一圈,看他们下会儿棋。"

"去吧,查尔斯。"妈妈说,"你自己怎么不下棋呢?"

"这个,你看啊,他们那些单身汉一冬天都在下棋打牌,"爸爸回答道,"他们下棋下得很好,也没有什么其他事情要做。我可下不过他们。不过我觉得能看别人下一盘好棋就是最大的乐趣了。"

他去了没多大会儿就回来了。"杂货铺里太冷了,"他说,"根本没有人在下棋。"不过他听到了一个消息。

~ 轮流歇口气 ~

"阿曼佐·怀德和凯普·加兰德到镇子南边去找小麦了。"

妈妈的表情一下子凝固了,她的眼睛瞪得大大的,就好像看到了什么恐怖的东西。"到那边有多远来着?"

"没人说得清。"爸爸说,"也没人说得清到底是在哪里。只是有个传言说一个拓荒者去年夏天在那边的什么地方种了小麦。这附近没有人曾经把小麦卖给镇上任何人,所以如果真有这么个人,而这个人又种了小麦的话,这个人肯定是在传说中的那个地方。福斯特听人说,那个拓荒者在他的小棚屋过冬。两个小伙子想去找到这个人。洛夫特斯给他们拿了一些钱,叫他们能拉多少就买多少回来。"

格蕾丝开始在爸爸腿边嚷嚷了起来,想要爬到爸爸身上拿手指量一量爸爸的鼻子。爸爸心不在焉地把格蕾丝抱到了膝盖上。小小的格蕾丝也看出来现在不是开玩笑的时候。她不安地看了看爸爸,又看了看妈妈,坐在爸爸膝盖上一动不动。

"他们什么时候出发?"妈妈问道。

"明天一大早。他们今天给凯普做了个雪橇。本来怀德兄弟两个都要去的,但是最后他们决定留一个人在家里,以防去的那个被困在暴风雪里。"

有一阵子,谁也没有说话。

"他们肯定能平安回来的。"爸爸说,"只要这晴朗的天气再持续几天,他们就能上路了。这样的天气应该能维持两三天吧。也说不准的。"

"问题就在这儿啊,"妈妈说,"说不准。"

"要是他们真的成功了,"爸爸指出,"我们在春天到来之前

227

就有小麦吃了。要是那边真的有小麦,而他们又找得到的话。"

那天晚上,劳拉又感觉到房屋在晃,又听到了狂风的咆哮。看来这次暴风雪又只停歇了短短的一天,明天早上他们也没办法出去找小麦了。

为了每天的面包

这场暴风雪持续的第三天夜里,阿曼佐在一片寂静中醒了过来。暴风雪停息了。在寒冷中,他伸手拿起挂在椅子上的背心,取出他的表和火柴,看清楚时间差不多接近凌晨三点了。

这样漆黑、寒冷的冬天早晨,他依然很怀念以前爸爸催促他起床的时候。现在,他不得不强迫自己从温暖的毛毯里爬出来到严寒中去。他现在必须自己把灯点亮,生起火来,把水桶里的冰打碎,要么自己去做早餐,要么只能饿着肚子。冬天凌晨三点是他唯一不喜欢自由和独立的时候。

不过,一旦下了床穿上了衣服,他喜爱清晨的感觉就胜过一天当中的任何时候。这个时候,空气是最清新的。晨星低低地挂在东方的天空。温度差不多是零下十度,风平稳地吹着。看来是个好天气。

当他驾着拉干草的雪橇沿着主街走的时候，太阳还没有升起，不过晨星已经消失在一簇向上升起的光束中。英格斯家的房子背靠东边白雪皑皑、无边无际的大草原，黑漆漆地耸立着。接着就是第二大街，两个马厩前面堆着干草垛，看起来很小。再往前是加兰德家小小的房子，厨房的窗户里可以看到一丝灯光。凯普驾着他那匹鹿皮棕色阉马拉的雪橇迎了上来。

他朝阿曼佐招手，阿曼佐也举起了手臂，套在厚重羊毛袖子里的双臂显得很僵硬。他们的脸都用围巾包裹得严严实实，不过彼此也不用再说什么。三天之前，也就是上一场暴风雪停止之前，他们就已经定好了计划。阿曼佐没有停下来，继续往前走了，凯普把鹿皮棕色马掉了个头，跟在阿曼佐后面继续沿着主街往前走。

在这条短短街道的尽头，阿曼佐掉头朝向东北方，准备穿过大泥沼最狭窄的部分。太阳正缓缓升起。天空呈现出一种淡淡的、冰冷的蓝色。整片土地，一直到地平线，都被皑皑白雪覆盖着，在朝阳下面泛着粉红色，又微微罩着一层蓝色的阴影。马呼出的热气在它头顶形成一团团白雾。

唯一的声音是王子四个蹄子踏在坚硬雪地上的嗒嗒声，还有雪橇滑板滑过的唰唰声。起起伏伏的雪地上面看不见任何痕迹，没有兔子的足迹，也没有鸟儿的爪印。在一片白茫茫的雪地上，看不见道路的痕迹，看不到任何生物存在的迹象，每一个转弯都起了变化，变得十分陌生。只有风把积雪掀起小小的波浪，每一个波浪都带着一条淡淡的蓝色阴影，风从每一个光滑、坚硬的雪坡顶部刮起层层雪雾。

在这片闪闪发亮、无迹可寻的雪的海洋里，每一个阴影都随风一点点移动着，风吹起的雪雾中，他们眼前一片模糊，根本找不到地标在哪里。阿曼佐只能尽可能凭感觉判断方向和距离，因为一切都在变化着，没有什么能够确定，所以他想："好吧，看来我们只能瞎猜啦！"

他猜想他们已经到了被埋在雪里的大泥沼最狭窄的部分，也就是他拉干草要经过的地方。如果猜得没错的话，雪橇下面的雪应该已经压得很紧，还有大约五分钟的样子他们就可以安全到达高地了。他朝后面瞥了一眼。凯普已经放慢了鹿皮棕色马的步伐，小心地跟在后面，和他保持一定的距离。突然，王子陷了下去。

"吁——稳住！"阿曼佐透过围巾喊了出来，不过语气十分平静，有点安抚的意味。雪橇前方，只有鼻子喷着气的马头从草堆的空洞里探了出来。雪橇继续向前滑动着，雪橇上面是没有刹闸的，不过幸好最后及时停了下来。

"吁——王子，稳住。"阿曼佐说，他的手里紧紧地拽着缰绳，"稳住，稳住。"被深深地埋在雪里的王子站在那里不再乱动。

阿曼佐跳下了雪橇。他把马车前面系在滑板横木上的铁链解开。凯普绕过他身边，停了下来。阿曼佐来到马头的方向，王子几乎是滚到了雪洞杂乱的干草里面，他拉起了马嚼子下面的缰绳。"稳住，王子，老家伙，稳住，稳住。"他说，不过他那跟跟跄跄的样子又一次吓到了王子。

接着，他把脚底下松软的雪踩结实，直到王子已经愿意踩上去为止。他又抓着王子的马嚼子，催促它往前走，它猛地一跃而出，阿曼佐也拉着它爬出了雪洞，重新来到了坚实的雪地上面。他牵着马来到凯普的雪橇旁边，把缰绳递给凯普。

从凯普的眼神里可以看出来，他蒙在围巾里的脸在笑着。"原来你是这样做的！"他说。

"其实也没什么难的。"阿曼佐答道。

"今天这天气真适合出门！"凯普说。

"是啊，真是个美妙的早晨！"阿曼佐附和道。

阿曼佐走到那个他和王子掉进的雪洞后面，斜拉着他那空空的雪橇。他喜欢凯普这样的性格。凯普看起来总是无忧无虑、快快乐乐的，不过要是打起架来跟野猫一样厉害。谁要是惹凯普发脾气了，他的眼睛就会眯起来，闪烁着一种谁也无法抵抗的光芒。阿曼佐曾经看到他把最强壮的铁路工人都给吓退了。

阿曼佐从雪橇上面拿下来一圈绳子，把一端拴在雪橇的链子上，另一端系在王子身上的横木上，王子帮他拉着雪橇，他则引导雪橇绕过了雪洞。然后他把王子套在了雪橇上，重新把绳子卷成一卷，继续往前走了。

凯普又一次落在阿曼佐后面了。他其实只比阿曼佐小了一个月。两人今年都是十九岁。不过因为阿曼佐有了一片宅地，凯普就以为他至少有二十一岁呢。也可能出于这个原因吧，凯普对待阿曼佐总是满怀敬意，而阿曼佐对此也没有什么意见。

阿曼佐在前面带着路，朝着太阳的方向行驶，直到确定已经穿过了大泥沼。然后掉头向南，朝着孪生湖亨利湖和汤普森湖驶去。

现在，无边无际的雪地上，唯一的色彩便是反射出的蓝天苍白的色彩。雪地上到处是刺眼的亮点。强烈的反光刺得阿曼佐睁不开眼睛，他的脸拿帽子和围巾包裹得紧紧的，眼睛也眯成了一条缝。他每呼吸一次，冰冷的羊毛围巾就吹出去再吸回来打在鼻子和嘴巴上。

他拉着缰绳的手冻得已经没有知觉了，所以他用两只手轮换着拉缰绳，而闲下来的那只手就在胸口上拍打着，好让血液重新暖和起来。

要是脚冻僵了，他就从雪橇上跳下来，跟在雪橇后面跑。这样，迅速跳动的心脏就把温热的血液带到了双脚，双脚就开始刺痛、发痒、发热，他就再跳到雪橇上去。

"没什么比运动更能暖和身子啦！"他朝着后面的凯普大喊。

"那我也来暖一暖吧！"凯普大声喊着，也从雪橇上面跳了下来，跟在后面跑。

就这样，他们跑着、驾着马、拍打着胸膛，然后继续跑着往前走，马匹也一路轻快地小跑着。"你说，我们这样还要坚持多久啊？"有一次凯普开玩笑地大喊道。"直到我们找到小麦，或者到地狱溜冰去了！"阿曼佐说道。

"你现在就可以溜冰了！"凯普大喊道。

他们继续前进着。旭日已经升起，可是洒下的阳光似乎比寒风更加冰冷。天空中没有一丝云彩，空气却越来越冷了。

王子又掉进了一个不知名的小泥沼里。凯普赶到旁边停了下来。阿曼佐解开王子的缰绳，让它踩到坚实的雪地上面，把雪橇绕过雪洞，然后再重新套上缰绳。

"你有没有看到前面什么地方那棵孤零零的杨树？"他问

凯普。

"没有！不过我现在眼睛已经不好使了。"凯普答道。明亮的阳光刺得他们现在看哪里都是黑点。

他们把冻得刺痛的脸上的冰块弄掉，然后重新围上了围巾。一直到遥远的地平线，四周除了闪闪发光的积雪和强劲猛烈的寒风，就什么也没有了。

"到目前为止还算幸运。"阿曼佐说，"只掉下去了两次。"

他踏上雪橇，继续出发了，不过凯普在后面大叫了一声。原来他想掉头跟上的时候，鹿皮棕色马掉进了雪洞里。

凯普把它弄了出来，拉着雪橇绕过了雪洞，然后把马重新套在了雪橇上。

"运动最能暖和身体了。"他用阿曼佐的话说道。

到了下一个矮坡顶部，他们看到了那棵孤零零的杨树，枝干光秃秃的，显得十分荒凉。积雪把孪生湖和湖中间低矮的灌木丛都给盖住了，只有那棵孤零零的杨树从一片无边无际的白茫茫之中探出光秃秃的树顶。

一看见这棵树，阿曼佐就迅速向西边驶去，好避开湖边的泥沼地。草原高地的积雪很硬实。

那棵孤零零的杨树是最后一个地标了。很快，他们又将陷入无迹可寻的茫茫白雪之中。没有路，也看不到任何小道和任何踪迹。没有人知道那个种小麦的拓荒者住在什么地方。甚至都没有人可以确定他现在是不是还在那片土地上。或许他已经离开那里到别处去过冬了呢，也或许根本就不存在这个人。或许仅仅是一个传言，只是有人听到某个人说过住在那附近什么地方的人种了小麦。

无边无际的冰雪海洋里,一个波浪和另一个波浪没有什么不同。风吹起的层层雪雾下面,草原上的矮坡一个接着一个,似乎永远没有尽头,却又没有什么不同。太阳缓缓地往上升起,空气却越来越寒冷了。

四周只能听见马蹄的嗒嗒声、没有在坚硬如冰的积雪里留下任何痕迹的雪橇滑板的唰唰声,还有疾风的呼呼声以及吹过雪橇时候的微弱的尖叫声。

阿曼佐时不时地朝后面望一望,凯普却只是摇摇头。他们都没有看到任何炊烟升到冰冷的蓝天里去。小小的冰冷的太阳似乎一动不动地挂在天上,不过它一直在往上爬。影子变得越来越短,积雪的波浪和草原上的小坡似乎变得更平坦了。白茫茫的荒野变平了,显得那么荒凉和空荡。

"我们还要走多远?"凯普喊道。

"直到找到小麦为止!"阿曼佐喊了回去。不过,他也开始怀疑,在这一望无际的荒原里,到底有没有小麦。现在太阳已经升到了最高点,一天已经过去一半了。虽然西北方的天空看不到任何暴风雪的迹象,不过从之前的情况来看,暴风雪之间的晴天不会超过一天的。

阿曼佐知道他们必须掉头回镇上去。他已经快冻僵了,于是就跳下雪橇在旁边跟着跑。他不想回到那个处在饥饿状态的镇子上,告诉大家他拉着空空的雪橇回来了。

"你觉得我们走得有多远了?"凯普问道。

"大概二十英里吧。"阿曼佐估摸道,"你觉得我们应该往回走吗？"

"在胜利之前绝不能放弃！"凯普振奋地说道。

他们站在一片高地上，朝着四周环顾着。下面的空气有点朦胧，飞扬的雪花闪闪发亮，要不是因为这样，他们或许可以看到二十英里以外呢。现在，草原上的矮坡在正午的太阳下看起来似乎是平整的，挡住了西北方的镇子。幸好西北方的天空依然是晴朗的。

他们跺着脚，用手捶着胸膛，在白茫茫的雪地上从西边望到东边，再望向南边，尽可能地看得更远一点。可是看不到任何一丝升起的炊烟。

"我们应该往哪儿走？"凯普问道。

"往哪走都差不多。"阿曼佐说。他们又重新把围巾围上。呼吸已经弄得围巾里面全是冰。他们甚至都没办法在围巾上找到一块地方可以缓解一下被冰块摩擦的刺痛。

"你的脚现在怎么样？"阿曼佐问凯普。

"它们也不会讲话。"凯普答道，"应该没事吧，我想。我准备继续跑一跑呢。"

"我也是。"阿曼佐说，"要是脚不能很快热起来，我们最好还是停下来拿雪擦一擦。我们就沿着这个小坡往西边走一走吧，如果还是什么都找不到，我们可以绕回来朝南边再走远一点。"

"我赞成。"凯普表示同意。两匹马又欣然小跑起来，他们两个跟在雪橇旁边跑着。

高地比想象中要短一些，很快雪地变成一个向下的斜坡，一直延伸到一片刚才被高地遮住的平坦的山谷。看起来像是一片泥沼。阿曼佐拉了拉王子，让它走慢一点，然后踏上雪橇俯视着这片平坦的山谷。山谷一直朝着西边蔓延，他没有看到哪里有路，除非沿着高地掉头往回走。接着，他看见越过泥沼再前面，风吹起的雪雾里面有一小块棕灰色。他停下马，大声喊道："嗨！凯普！你看那里像不像一股烟？"

凯普朝着那边望了望。"看起来好像是从雪堤里面冒出来的！"

阿曼佐驾着马走下了斜坡。过了几分钟，他朝着后面喊道："真的是烟！那边肯定有房子！"

要想到那边去，就必须先穿过那片泥沼。他们匆匆往前走，凯普在阿曼佐旁边并肩行驶，突然鹿皮棕色马掉了下去。这次这个雪洞是最深的，四周的雪块都崩塌下来，在下面形成了空洞，他们费了好大劲儿才把马从里面拉出来，等他们好不容易来到坚实的雪地上，影子已经慢慢朝东边爬行了。他们继续小心翼翼地前进着。

那股细细的烟确实是从一处长长的雪堤里面冒出来的，而且雪上面没有任何足迹。不过等他们绕了一圈回到雪堤南边，他们看到雪堤里面出现了一个门，门前的积雪已经被铲除了。他们停下雪橇，喊了几声。

门打开了，一个人出现在门口，脸上写满了惊讶。他的头发很长，很久没有刮的胡子一直蔓延到颧骨了。

"你们好！你们好！"他大声招呼道，"快进屋！快进屋！你们从哪里来，又要去哪儿？快进来吧！你们在这儿待多久？快进屋吧！"他太激动了，都没等别人回答，问题就一个接一个地抛了出来。

"我们得先把马安顿下来。"阿曼佐回答。

这个人抓了件外套穿上,走了出来,说道:"来吧,到这边来,跟着我走。你们两个从哪里来的啊?"

"我们今天刚从镇上来的。"凯普说。这个人把他们带到另一个雪堤里面的大门门口。他们一边解开缰绳,一边告诉这个人他们的名字,这个人也告诉他们他姓安德森。他们两个把马牵进了这个雪堤下面温暖的草泥马厩里。

马厩最里面用几根杆子和一扇粗糙的门隔开,小麦谷粒从一个缝隙里流了出来。阿曼佐和凯普看了看,互相朝着对方笑了笑。

他们从门口的井里打了水喂了王子和鹿皮棕色马喝,又喂了燕麦给它们吃,然后把马系在装满干草的食槽旁边,和安德森先生的两匹马并列。接着就跟着安德森先生到雪堤下面的屋子里去了。

这个房间的天花板是用几根杆子上面盖着干草做成的,在积雪的重压之下已经有点下垂了。墙壁是用草泥做的。安德森先生把门微微开着,好透进一点阳光。

"从上一场暴风雪开始,我就没有把窗户外面的雪铲开。"他说,"积雪堆在西北边那片小小的高地上,把我的房子挡住了。所以我的屋子里很暖和,不需要很多燃料。不管怎么说,草泥屋子都是最暖和的。"

屋子里确实很暖和,炉灶上面沸腾的水壶呼呼地冒着热气。安德森先生的午饭是在一张靠墙而筑的粗糙桌子上吃的。他劝他们坐过来一起吃。自从去年十月份他到镇上买了过冬的物资之后,就连一个人影也没见到过了。

阿曼佐和凯普也在他旁边坐了下来,不客气地吃起了煮豆子和酵母饼干配干苹果酱。热乎乎的食物和咖啡让他们的身体暖和了起来。双脚变得火烧一样疼,不过他们现在可以放心了,因为幸好没有被冻死。阿曼佐向安德森先生提起,他和凯普要买一点小麦。

"我不会卖的!"安德森先生直截了当地说道,"我种出来的这些小麦,都是留作种子用的。现在这个时间,你们买小麦做什么?"他有点不解。

于是,他们告诉他,镇上的火车停运了,人们现在正在挨饿。

"有的妇女和小孩从圣诞节之前开始,就没有吃过一顿饱饭了。"阿曼佐告诉他,"要是再不想办法弄点吃的,他们撑不到春天就要饿死了。"

"这不是我应该担心的。"安德森先生说,"没有人会替那些自己没能做好长远打算的人负责任的。"

"没有人认为你该负责任,"阿曼佐反驳道,"也没有人让你给他们任何东西。我们每英斗小麦会付给你市场价八毛两分钱,而且不用你拖到镇上去了。"

"我没有小麦卖了。"安德森先生说道。阿曼佐知道他是认真的。

凯普也开口了。他又红又肿的被寒风吹裂的脸上绽放着笑容。"我们来开诚布公地谈一谈吧,安德森先生。我们的名片已经放在桌子上了。镇上的人们必须得从你这里买点小麦,不然就只能饿死了。当然,他们也不得不出高价给你,你到底多少钱才卖?"

"我不是想占你们两个小伙子的便宜。"安德森先生说,"我不想卖。这是我的小麦种子,也就是明年的收成。我要是想卖的话,去年秋天就卖了。"

阿曼佐迅速做了个决定。"一块钱一英斗怎么样?"他说道,"已经比市场价贵一毛八了。而且别忘了,我们得自己把小麦运回去。"

"我不会卖的。"安德森先生态度依然坚决,"这是我明年夏天的收成啊。"

阿曼佐若有所思地说道:"种子可以再买啊,到时候大家都要买种子。你现在是放着高出市场价一毛八的净利润不要啊,安德森先生。"

"那我怎么知道他们能不能在耕种期之前把小麦种子运过来?"安德森先生问道。

凯普讲道理般地问他:"这么说的话,你怎么知道你明年一定有收成?如果你现在放着这么多钞票不要而非要去种你的小麦,万一碰到冰雹或者蝗虫毁了你的庄稼呢?"

"这一点说得没错。"安德森先生承认道。

"你唯一能确定的事情就是你口袋里的钞票。"阿曼佐说道。

安德森先生缓缓地摇了摇头。"不行,我还是不卖。去年夏天犁开四十公顷土地差点把我累死,我一定得留着种子种。"

阿曼佐和凯普互相望了望对方。阿曼佐取出钱包。"我们每英斗给你一块两毛五,现付。"他把一沓钞票放在了桌子上。

安德森犹豫了。然后,他把视线从这些钱上面移开了。

"双鸟在林不如一鸟在手。"凯普说。

安德森先生又瞥了一眼那叠钞票,然后往后靠了靠,陷入了沉思。他挠了挠头。"好吧。"最后他说道,"我或许可以多种点燕麦。"

阿曼佐和凯普都什么也没说。他们知道安德森先生现在正犹豫不决,如果他现在决定不卖了,那就再也不会改变主意了。最后,他终于决定了:"我想我可以以这个价钱卖给你们大概六十英斗。"

阿曼佐和凯普迅速从桌旁站了起来。

"走吧,我们赶紧装到雪橇上去,"凯普说,"回家还要走很远的路呢!"

安德森先生劝他们留下来过夜,不过阿曼佐同意凯普的决定。"不了,真是谢谢你了。"他着急地说,"最近每场暴风雪之间最多只有一天晴天,现在已经过了正午,这会儿回去都已经很晚了。"

"小麦还没拿麻袋装起来呢。"安德森指出。

"没事,我们带了麻袋。"阿曼佐说。

他们急忙赶到马厩去。安德森先生帮他们把小麦从储藏室铲进能装两英斗的麻袋里,然后他们把麻袋装在了雪橇上。等他们把马具套好了,便问安德森先生怎么穿过大沼泽最方便。不过,他今年冬天还没去过那边,因为没有地标,他也没办法告诉他们他去年夏天穿过草原的具体路线。

"你们还是在这里过夜吧。"安德森先生又劝道。不过他们

|漫长的冬天|

还是告别了他，动身返程了。

于是，他们离开了大雪堤的庇护，继续在刺骨的寒风里前行。可还没穿过平坦的谷地，王子就掉进了雪洞里。凯普的鹿皮棕色马跌跌撞撞地想要绕过这块危险的地方，却感觉到下面的雪突然塌了下去，在掉下去的时候大叫了起来。

马一旦叫起来情况就不妙了。阿曼佐只好用尽一切办法让王子保持安静。然后他看见凯普跳进了雪洞，紧紧握着已经狂

乱的鹿皮棕色马的马嚼子。鹿皮棕色马在雪洞里上蹿下跳,差点儿把凯普的雪橇也拉进去。雪橇现在已经在雪洞边缘斜挂着,上面的小麦也有一部分快要掉下来了。

"还行吗?"阿曼佐看到鹿皮棕色马似乎安静了下来,问道。

"行!"凯普答道。然后两个人都在破碎的冰雪和僵硬杂乱的草堆里面各自解开自己的马身上的套具,笨拙地踩踏着、跺着脚,好给马踩出一块坚实的落脚之地。最后他们终于都从雪洞里上来了,浑身是雪,连骨子里都冻透了。

他们把两匹马都系在阿曼佐的雪橇上,然后把凯普雪橇上面的小麦卸下来,把雪橇从洞口旁边拉回来,又把落满雪的一百二十五磅的麻袋装上雪橇。接着又重新把马具套上。他们冻得麻木的手指好不容易才把僵硬、冰冷的背带扣住。就这样,阿曼佐又一次小心翼翼地在危险无比的泥沼上面前行了。

没一会儿,王子又掉进了雪洞。不过幸运的是,这次鹿皮棕色马没有掉进去。在凯普的帮助下,把王子弄上来并没有花很长时间。接下来,一直前行到高地,没有再遇到什么麻烦。

阿曼佐停了下来,朝着凯普喊道:"你觉得我们最好还是顺着原路返回吗?"

"不!"凯普说道,"我们要快点回到镇上去,已经没有时间可浪费了。"马蹄和雪橇并没有在硬硬的积雪层上面留下任何痕迹。现在唯一能看到的就是他们在沼泽地里面挣扎过的零星的几个雪洞,这些雪洞在回家的路的东边。

阿曼佐驾马朝西北方驶去,穿过白雪皑皑的大草原。他现在只能根据自己的影子来判断方向。草原上一个个的矮坡看起来并没有什么不同，而一个个被埋在雪里的泥沼除了大小，看起来也没有什么两样。要是从下面低地上走，就要冒着再掉到雪洞里耽误时间的风险。可是如果还从高地隆起的地方走，又要多走几里路。两匹马已经越来越累了，而对再次掉进看不见的雪洞里面的恐惧让它们更累了。

它们确实一次又一次地掉进了雪洞。凯普和阿曼佐只好一次又一次解开套具，把它们拉出来，然后再套上。

他们在刺骨的寒风中艰难地迈着步子。马拖着重重的小麦，已经累得跑不动了，现在走得不是很快，所以阿曼佐和凯普可以跟在雪橇旁边跑。他们走的时候只能不断地使劲跺着脚好不至于冻僵，还要不停地用手臂敲打着胸膛。

他们感觉越来越冷了。现在阿曼佐用力跺脚的时候，脚都没有什么知觉了。一直拉着缰绳的手也冻僵了，现在握住的手指都没有办法展开。他只好把绳子绕在肩膀上，把两只手腾出来，每走一步都要拿手砸一砸胸口，好让血液继续流动起来。

"嗨！怀德！"凯普喊道，"我们是不是走得太偏北了？"

"我怎么知道？"阿曼佐喊了回去。

他们继续步履沉重而缓慢地前行着。王子又掉进了雪洞，垂着脑袋无力地站在那里，阿曼佐解开马具，踩踏着积雪，让它出来，然后又套上。他们爬上了一片高地，从高地上面绕过一片泥沼，然后又穿过另一片泥沼。王子又掉了下去。

"我在前面带会儿路吧？"阿曼佐又套上马具的时候，凯普问道，"给你和王子减点压力。"

"可以啊。"阿曼佐说，"我们轮流吧。"

接着,如果一匹马掉了下去,另一匹就走在前面带路,直到它也掉了下去。太阳现在已经落得很低了,西北方有一片阴霾越来越重。

"从前面那片高地上,我们应该能看到那棵孤零零的杨树。"阿曼佐对凯普说。

过了一会儿,凯普才答道:"是的,应该能看见的。"

可是,等他们来到了高地的顶上,却什么也没看到,除了一模一样一望无际的雪浪,还有西北方一片低悬的阴霾。阿曼佐和凯普朝那边望了望,然后唤马继续往前走。不过现在他们把两辆雪橇靠得很近。

等他们终于看到西北方那棵孤零零的杨树从积雪里露出的光秃秃的树顶的时候,火红的夕阳正渐渐从西边落下去。西北方的乌云也明显可以看到了,正低低地悬在地平线上面。

"暴风雪已经蓄势待发了。"阿曼佐说,"我早就注意到了。"

"我也是。"凯普说,"不过最好不要去想寒冷的事,我们驾着雪橇走一会儿吧。"

"好啊!"阿曼佐表示同意,"我正好也想休息几分钟了。"

他们除了催促已经累得筋疲力尽的马再走快一些,就不再说什么话了。凯普在前面带着路,笔直地走过高地,然后又笔直地穿过山谷,来到了风口。他们埋着头继续往前走,直到鹿皮棕色马又掉进了雪洞里。

阿曼佐因为跟得太紧,也没办法避开下面的冰窟窿。即使他迅速地掉了头,还是在鹿皮棕色马旁边掉了进去。两个雪洞之间整块的冰雪层都坍塌了,阿曼佐的雪橇倾斜着,连着一车小麦一起掉到雪洞里的积雪和杂草之中了。

凯普帮阿曼佐把雪橇拖出来,然后挖开雪堆把一袋袋沉重的小麦扛了上来,这个时候黑暗已经慢慢降临了。雪地上还有一点淡淡的亮光。风停了下来,在这一片越来越暗的寂静之中,空气没有一丝流动。头顶南边和东边的天空上,星星开始闪烁,而西边和北边的天空却是一片黑漆漆。然后这片黑漆漆的乌云越升越高,把上面的星星一颗接着一颗地吞了进去。

"看来我们要倒霉了。"凯普说。

"离镇子应该不远了。"阿曼佐答道。他唤王子继续往前走。凯普跟在后面,他和雪橇就像是一个大大的黑影,在昏暗的白雪上面移动着。

前面的天空里,乌云越升越高,星星一颗接一颗地消失了。

阿曼佐和凯普静静地唤着疲倦的马,催促它们继续往前走,前面还要穿过大泥沼最窄的地方呢。现在已经看不清楚哪里是隆起的地方哪里是低洼的地方,只能借着黯淡的白雪和微弱的星光分辨出前面一点点的路。

四天的暴风雪

整整一天,无论是在磨小麦还是在拧干草的时候,劳拉都想着凯普和阿曼佐正驾着雪橇穿过没有道路的茫茫雪原,为整个镇子寻找小麦的场景。

那天下午,她和玛丽来到后院呼吸新鲜空气的时候,劳拉不安地望着西北方的天空,看到天边冒出低垂的黑云感到非常担心,因为那样就意味着暴风雪要来了。虽然天上没有云彩,可是她仍然不是很相信这明亮的阳光。这阳光太亮了,白雪皑皑的草原上,所有视线所及的地方都闪闪发光,似乎到处潜藏着威胁。想到这儿,她不禁打了个冷战。

"我们进屋吧,劳拉,"玛丽说,"外面太冷了。你看到乌云了吗?"

"没有。"劳拉让她放心,"不过我不喜欢这样的天气。不知道为什么,总觉得空气很野蛮。"

"空气只是空气啊。"玛丽说,"你是说冷吧。"

"我不只是说冷。我的意思是很野蛮!"劳拉厉声说。

她们穿过小披屋,回到了厨房里。

妈妈正在给爸爸织袜子,听到了她们的脚步声,抬起头看了看。"你们在外面待的时间不长啊,孩子们。"她说,"应该趁着下一场暴风雪没来之前,好好呼吸呼吸新鲜空气啊。"

这时候,爸爸进来了。妈妈放下了手中的活儿,从烤炉上面取下做好的一条拿酸面团发酵的黑面包,劳拉把稀薄的鳕鱼肉汁倒进了碗里。

"又有鳕鱼肉汁啊,真好!"爸爸一边坐下来开始吃饭,一边说道。爸爸一直在严寒中干着拉干草的重活儿,已经饿坏了,看到食物两眼都在放光。他说,妈妈做的面包天下无敌,而且没有什么比鳕鱼肉汁涂面包更好吃了。在他的称赞下,这粗磨粉面包还有带一点点咸鱼的磨面粉稀粥都快成了热情款待的大餐了。

"那两个小伙子今天出门时天气很好。"他说,"我看到其中一匹马在过大泥沼的时候掉了下去,不过他们没费什么力气就把它弄出来了。"

"你觉得他们能平安回来吗,爸爸?"卡莉怯怯地问道。

"肯定能啊,如果天气一直这么晴朗的话。"

吃完,爸爸去干杂活了。等他回来的时候,太阳已经落山了,屋里的光线也越来越暗了。看到他是从外面的房间进到厨房的,大家就知道他刚才去街对面打听消息了。可是,大家一看见他的脸色,就知道没有什么好消息。

"我们又要倒霉了。"他说着,把外套和帽子挂在门后的钉子上,"有一片乌云迅速过来了。"

"他们还没回来吗?"妈妈问他。

"没呢。"爸爸说。

屋里已经越来越暗了,妈妈摇着椅子,什么也没说,大家也都静静地坐在那里。格蕾丝坐在玛丽膝盖上,她已经睡着了。其他人都把椅子往更靠近炉灶的地方挪了挪。不过谁也没有说话,大家都只是静静地等待着。房屋突然震颤起来,狂风咆哮和怒吼起来。

爸爸深吸了一口气,站了起来。"唉,又来了。"

他突然攥紧拳头,朝着西北方的天空奋力挥舞着。"咆哮吧!来吧!咆哮吧!"他大喊道,"我们都安安全全地待在这儿!你能拿我们怎么样!你一个冬天都在威胁我们,可是我们一定会打败你的!等到了春天,我们还是会在这儿活得好好的!"

"查尔斯,查尔斯,"妈妈安慰他道,"只是一场暴风雪而已,我们早习惯了啊。"

爸爸猛地坐回椅子上。过了一会儿,他说:"刚才真是有点傻,卡罗琳。有那么一会儿,风好像成了有生命的东西,总是想要过来威胁我们!"

"有时候,真的像你说的那样。"妈妈继续安慰道。

"如果我可以拉小提琴的话,也不会介意这么多了。"借着炉灶裂缝里透出的红色火光,爸爸低头看了看他冻得干裂僵硬

| 漫长的冬天 |

的双手。

过去那些艰难的日子里,爸爸总会给大家拉小提琴听。现在却没有人可以为他演奏。劳拉回想刚刚爸爸所说的话:"我们都安安全全地待在这儿!"可是,她想为爸爸做点什么。突然,她有了主意。"我们都在这里!"这是《重获自由人之歌》的合唱部分。

"我们可以唱歌啊!"她喊道,然后哼起了这支曲子。

爸爸迅速抬起了头。"这个主意不错!不过,劳拉,你音起得有点高了,用降 B 调试试。"他说。

于是她重新起了头。爸爸第一个跟着唱了起来,随后其他人也都加入进来。

当保罗和塞拉斯囚在监狱的时候,

你们不要伤害自己,
一个唱歌,一个祈祷,
你们不要伤害自己。

我们都在这里,我们都在这里,
你们不要伤害自己,
我们都在这里,我们都在这里,
你们不要伤害自己。

如果宗教是金钱可以换来的东西,
你们不要伤害自己,
如果富人将会生存穷人将会死去,
你们不要伤害自己。

唱到这儿,劳拉站了起来,卡莉也跟着站了起来,格蕾丝也从睡梦中醒来,用尽全力跟着唱起来。

我们都在这里,我们都在这里,
你们不要伤害自己,
我们都在这里,我们都在这里,
你们不要伤害自己!

"太好啦!"爸爸说。然后他又起了一个低音,开始唱:

| 漫长的冬天 |

老吉姆河上我顺流而下,
我的船不小心撞到了河底,
一根浮木朝我冲了过来,
把我的船撞翻在水里。

"好了,大家一起唱吧!"于是,大家一起唱起了和声:

不能就这样放弃,
不能就这样放弃,
不能就这样放弃,布朗先生!
不能就这样放弃!

他们的歌声停下来的时候,暴风雪似乎比刚才咆哮得更厉害了。现在,暴风雪真的像是一头巨大的野兽,正在撕咬着、摇晃着房屋,它咆哮着、号叫着、哀鸣着、怒吼着,把抵抗它的墙壁震颤得摇摇晃晃。

过了一会儿,爸爸继续唱了起来,庄严的曲调很适合表达他们的感恩之情:

伟大的主啊,
无尽的赞美
在主的城里,
在主神圣的山里。

妈妈接着唱道:

> 当我能将我的名分,
> 清楚地向天堂诵念,
> 我将告别所有的恐惧,
> 把眼中的泪水擦干。

暴风雪在屋外肆虐着、怒吼着,不停地扑打着墙壁和窗户。不过他们安安全全地待在屋子里,围在干草烧起的温暖炉火旁,继续唱着歌。

炉灶里面的火光越来越弱,已经过了该睡觉的时间了。因为不能浪费干草,他们只能在黑暗中摸索着从寒冷黑暗的厨房里爬出来,来到更加寒冷和黑暗的楼上,钻进了被窝。

劳拉和玛丽在被窝里安静地祈祷着。然后,玛丽低声喊:"劳拉。"

"什么事?"劳拉也低声说道。

"你为他们祈祷了吗?"

"当然了。"劳拉回答,"你觉得我们应该祈祷吗?"

"这不是为了我们想要得到什么而祈祷。"玛丽回答,"我没有提起任何小麦的事情,我只是祈祷,请上帝保住他们的性命。"

"我也觉得应该祈祷的。"劳拉说,"他们已经尽了最大努力。我们在梅溪边上住的时候,爸爸在那个圣诞节困在暴风雪里撑过了三天呢。"

那几天暴风雪的日子里，大家都不再提起凯普和阿曼佐。如果他们找到了躲避的地方，就一定能撑过这场暴风雪。如果没有，那就只能听天由命了。无论说什么也没有用。

狂风不停地拍打着屋子，暴风雪一直咆哮着、尖叫着、怒吼着，让人都没办法思考。只能就这样等着暴风雪自己停下来。他们磨小麦、拧干草、往炉子里添火的时候，围在炉灶旁边暖着皲裂麻木的双手还有生了冻疮又痒又痛的双脚的时候，咀嚼和吞咽粗糙的黑面包的时候，一直都在等待着这场暴风雪停下来。

一直到第三天白天，甚至到第三天夜里，暴风雪还是没有停下来。到了第四天早上，暴风雪还是很猛烈。

"没有要停下来的迹象。"爸爸从马厩回来的时候说道，"看来是最糟糕的一次。"

又过了一会儿，吃早饭的时候，妈妈打起精神说道："希望镇上每个人都好好的。"

没有办法去确认是不是这样。劳拉想到镇上的其他屋子，就连街道对面的房子都看不见。不知道为什么，她突然想到了博斯特夫人，从去年夏天开始就没见过她了。博斯特先生也有很久没见了，上次见到他还是来送黄油的时候。

"我们倒不如也住在宅地上呢。"她说。妈妈看了看她，想知道她是什么意思，不过并没有问她。所有人都只是等待着暴风雪的嘈杂声快点停息。

那天早晨，妈妈小心翼翼地把最后一点麦粒倒进了咖啡磨。

只够做最后一小条面包的了。妈妈先拿勺子又用手指头把面盆里刮得干干净净,把面团放进了烤盘里。

"这是最后一点了,查尔斯。"她说。

"我能再弄点来。"爸爸告诉她,"阿曼佐留了一些小麦种子,要是急得话,我就冒着暴风雪去拿。"

那天晚上,面包已经烤好放在桌子上了,墙壁不再摇晃了。刺耳的尖叫声也停止了,只有一阵疾风从屋檐下面穿过,发出尖厉的声音。爸爸迅速站了起来,说道:"暴风雪要停了!"

他穿上外套、戴上帽子、围上围巾,告诉妈妈他要到街对面福勒家的商店去。劳拉和卡莉在窗户上刮开一小片霜往外面看,只见外面一股直直的风把雪花扬了起来。

妈妈放松地坐在椅子上,叹了一口气。"谢天谢地,终于安静了下来。"

飞雪终于停了下来。过了一会儿,卡莉看了看天空,叫劳拉也过来看看。她们望着外面寒冷的浅蓝色天空,落日温暖的余晖照在了雪地上。暴风雪真的结束了。西北方天空的云层也都消散了。

"真希望凯普和阿曼佐能安全地躲在什么地方。"卡莉说。劳拉也是这么希望的,不过她没有说出来,因为她知道,即使说出来,也不能改变什么。

最后一英里

阿曼佐觉得也许他们已经穿过了大泥沼最窄的地方。他也不能确定他们的具体位置。他只能看见王子和慢慢移动的满满一雪橇小麦。黑暗就像是越来越浓的雾霾，笼罩着这辽阔的白色世界。遥远的星星闪烁在黑暗的边缘。前面的乌云迅速地爬上天空，一声不响地吞没了星光。

他朝着凯普喊道："你觉得我们已经穿过大沼泽了吗？"

他忘记了，现在已经不用互相喊话了，因为风已经停息了。凯普说："我也不知道，你觉得呢？"

"我们没有再掉进雪洞了。"阿曼佐说。

"快要来了。"凯普说。他是说那块暴风雪乌云。

关于这场暴风雪，已经不需要再说什么了。阿曼佐再次鼓励王子加油前进。他走路的时候，双脚重重地踏在地上，可是却一点感觉也没有；他的腿从膝盖往下已经僵得像木头一样了。在这样的寒冷中，身体里的每一块肌肉都拉得紧紧的。他没办法松弛这种紧张感，这让他的喉咙和肚子都疼痛不已。他拍打着被冻僵的双手。

王子的步伐越发艰难了。虽然脚底下的雪看起来是平的，其实现在是在上坡。他们没有看到早上王子掉下去的那个雪洞，不过他们应该已经穿过泥沼了。

可是一切看起来都那么陌生。黑暗中混合着雪地反射的微弱星光，路途变得更加奇怪了。前面一片黑暗，没有一颗星星可以为他们指路。

"我猜我们已经穿过大泥沼了！"阿曼佐朝着后面喊道。凯普的雪橇往前跟了上来，过了一会儿，他才回答："看起来是的。"

不过王子还是犹犹豫豫地拉着雪橇，浑身发抖，不仅是因为寒冷和疲惫，也是由于害怕下面的雪地会突然坍塌下去。

"是的！我们过去了！"阿曼佐高兴地喊道，他现在已经能够肯定这一点了，"我们现在已经在高地上面了，没错！"

"镇子在哪儿呢？"凯普大声问道。

"应该已经很近了吧！"阿曼佐回答。

"我们得快一点了。"凯普说。

阿曼佐也知道他们必须得快一点了。他朝王子侧腹拍了一下："快跑，王子！快跑！"可是王子只快走了一步，又继续拖着沉重的步子缓缓前行了。马早已经筋疲力尽了，也不想往暴风雪里面走。乌云正在飞快地爬升，几乎半边天都已经黑了下来，黑暗的空气不安地搅动着。

"快上雪橇，不然我们就来不及了！"凯普说。阿曼佐虽然不太情愿，可还是踏上了雪橇，从肩上把冻得僵硬的绳子拿了下来，用打结的绳头打了王子一下。

"快跑，王子！快跑！"王子又惊讶又害怕，以前阿曼佐可从来没有打过它。它奋力往前冲，用力地拉着轭，拖着雪橇颠颠簸簸地向前走，下坡的时候开始小跑了起来。凯普也打了他的鹿皮棕色马。可是他们还是不确定镇子到底在哪儿。

阿曼佐只能尽量凭感觉往可能正确的方向走。镇子一定就在前面那团浓重黑暗里的某个地方。

"看到什么了吗？"阿曼佐大声问。

"没有。我们可能要困在这儿了。"凯普答道。

"镇子一定就在前面，不会很远的。"阿曼佐告诉他。

他的余光捕捉到一丝光线。他朝着那边望了望，但在暴风雪的黑暗中什么也看不见。接着，他又看到了——一道很亮的光，然后又突然消失了。他知道那是什么，是一扇门敞开又关上了。就在离刚才那道光线很近的地方，他隐约看到了一扇结满霜的窗户微微亮着光。他朝凯普大喊起来："看到那光了吗？快过来！"

他们刚才走得有点太偏西了，现在他们直直地往北走了。阿曼佐觉得自己已经认识路了。王子也走得很急，鹿皮棕色马小跑着跟在后面。阿曼佐又一次看到街道对面的灯光闪了闪，现在已经能够清晰地看到那扇昏暗的窗户了，是洛夫特斯家的商店。

他们在屋子门口停下来的时候，狂风夹杂着飞旋的雪花朝他们砸了过来。

"快卸下马，去躲一躲！"阿曼佐告诉凯普，"我来照料小麦！"

凯普解开缰绳，纵身跃上鹿皮棕色马。

"你能赶到家吗？"阿曼佐顶着风雪问他。

"什么能不能！我必须赶到！"凯普一边大叫一边骑着马穿过空地奔向他的马厩。

阿曼佐拖着沉重的步子走进了温暖的商店里，洛夫特斯先生从炉灶旁边的椅子上站了起来。没有别的人在那儿了。"你们终于回来了！还以为你们回不来了！"洛夫特斯先生说道。

"我和凯普想去做什么，就一定会成功的。"阿曼佐说。

"找到那个人弄到小麦了？"洛夫特斯先生问道。

"我们拉回来六十英斗。能帮我搬进来吗？"阿曼佐答道。

他们用力把小麦搬到店里，堆在了墙边。暴风雪更猛烈了。当终于把最后一袋堆好的时候，阿曼佐把安德森签了字的收据给了洛夫特斯先生，然后把找回的零钱也给了他。

"你一共给了我八十块钱，这是剩下的，虽然只有五块钱了。"

"一块两毛五一英斗，这就是你能谈到的最低价钱？"洛夫特斯先生看了看收据说道。

"任何时候只要你说一句，我都能用这个价格从你手里买走。"阿曼佐反唇相讥。

"我没有给你讨价还价。"洛夫特斯先生赶紧说道，"我该给你多少运费？"

"一分钱也不要。"阿曼佐告诉他，然后就离开了。

"嗨！不进来暖和一下再走？"洛夫特斯先生在后面喊他。

"难道我的马就在暴风雪里站着吗？"阿曼佐砰的一声把门关上了。

他拉着王子马嚼子上面的缰绳，牵着它顺着笔直的街道往前走。他们拖着沉重的步子，沿着一排拴马桩还有商店门廊的边缘，再顺着饲料商店长长的侧墙，来到了马厩。阿曼佐卸下马具，把王子牵进马厩里休息，淑女嘶叫了一声表示迎接。他关上门，把暴风雪挡在外面，然后脱下一只连指手套，把右手放在腋窝暖了暖，等手指恢复了一点知觉，他点亮了灯。

他把王子牵到畜栏里，给它喂了水和食物，然后把它的毛仔细梳刷了一遍。接着又用干净的干草给疲惫不堪的马铺了一张又软又厚的床。

"你保护了我的小麦种子，老家伙。"他轻轻地拍了拍王子，说道。

他拿胳膊挎着水桶，艰难地在暴风雪中走着。在后面屋子的门口，他把水桶里装满了雪。当他跟跟跄跄地走进屋子的时候，罗伊尔刚好从前面的饲料商店走到里面来。

"你总算回来了。"罗伊尔说，"我刚才到街上往南边走了走，想看看你有没有回来，可是这暴风雪里什么也看不到。听听这咆哮，你能及时回来真是太幸运了。"

"我们带回来六十英斗小麦。"阿曼佐告诉他。

"真的吗？我以为根本没什么希望呢。"罗伊尔边说边把木炭添进了炉灶里,"你付了多少钱?"

"一块两毛五一英斗。"阿曼佐已经把靴子脱了下来。

"哟!"罗伊尔吹了声口哨,"这是你能谈到的最低价钱吗?"

"是啊。"阿曼佐简短地说,一层层地脱着袜子。

罗伊尔看他把袜子脱了下来,旁边还装着满满一桶雪,喊道:"那雪是做什么用的?"

"你觉得是做什么的?"阿曼佐喷了一下鼻息,"当然是拿来搓脚的。"

他的脚已经冻得没有一丝血色,也没有一点知觉了。在屋子最冷的角落里,罗伊尔拿雪帮他搓着脚,直到他的脚开始感觉疼痛,还夹杂着针扎一样的刺痛感,让他胃里很不舒服。他虽然非常疲惫,可是夜里双脚痛得像火烧一样,怎么也睡不着,

不过他庆幸还能感觉到疼痛,因为那至少意味着双脚没有被冻坏。

这场暴风雪持续的几天几夜里,他的脚肿痛得厉害,轮到他去做杂活的时候,他不得不借罗伊尔的靴子穿。不过第四天下午晚些的时候,暴风雪终于停息了,这时候他也已经可以穿着自己的靴子到街上走走了。

几天几夜暴风雪嘈杂的声音终于结束了,呼吸着外面清新干净的寒冷空气,看着灿烂的阳光,只能听到一股直直的风吹过的声音,真是太美好了。不过在这样的直风里面走也很吃力,还没走到一个街区,他就冻得全身发抖,赶紧到福勒家的五金店去坐一坐了。

只见五金店里挤满了人。镇上几乎所有的男人都拥到了这里,气愤地谈论着什么,越来越激动。

"大家好啊!怎么回事?"阿曼佐问道。

霍森先生转向他。"你说,拖回那些小麦你问洛夫特斯要运费了吗?凯普说没有。"

看到阿曼佐来了,凯普咧嘴笑了。"你好啊,怀德!你真是便宜那个铁公鸡了,你怎么不问他要运费呢?我对他说我们是为了好玩才去的就已经够傻了。我真希望现在能再问他去要那些小麦的运费。"

"到底怎么回事?"阿曼佐问道,"不,我一分钱也不会要的。谁说我们去那边是要付钱的?"

杰拉尔德·福勒告诉他:"洛夫特斯把小麦卖到三块钱一英斗。"

大家又谈论了起来。不过又高又瘦的英格斯从炉灶旁边坐着的箱子上站了起来。他的脸已经瘦得凹了下去,棕色的胡须上面,颧骨明显地突了出来,蓝色的眼睛里闪烁着光亮。

"大家在这里说来说去还是什么问题也解决不了。"他说,"依我看,我们还是去跟洛夫特斯讲讲道理吧。"

"说得对!"另一个人喊了一句,"走吧大伙儿!我们自己去拿小麦!"

"和他讲讲道理,我是说。"英格斯反对道,"我说的是理性正义地去解决。"

"或许是吧。"有人喊道,"我说的是我们要解决吃饭的问题。老天啊!如果今天弄不到小麦,我就不回家了!你们其他人呢?"

"弄不到就不回去了!不回去了!"几个人表示同意。这时,凯普开口说话了。

"我和怀德想说两句。小麦是我们拉回来的,我们不希望因为这个惹出什么麻烦。"

"确实是这样。"杰拉尔德·福勒说道,"听我说啊,大伙儿,我们都不想镇上有什么麻烦。"

"我看,生气是一点用也没有的。"阿曼佐说。

还没等他说下一句,一个人插了进来:"是啊,你还有很多东西吃呢!你和福勒都是站着说话不腰疼,要是弄不到小麦,我就——"

"你家里还有多少吃的,英格斯先生?"凯普打断了他。

"什么都没了。"英格斯先生说,"我们昨天已经磨完了最后一点小麦,今天早上做面包吃了。"

"那这样吧!"阿曼佐说,"让英格斯先生来谈这个事吧。"

"行啊,我在前面带头。"英格斯先生表示同意,"其他人都跟上来,我们倒要听听洛夫特斯怎么说。"

大家跟在他后面排成一列,缓缓地越过一个又一个雪堆,一起挤进了洛夫特斯家的商店。大家进来的时候,洛夫特斯走到了柜台后面。从外面看不到任何小麦的影子。洛夫特斯已经把麻袋都弄到里面屋子里去了。

英格斯先生告诉他,大家都觉得他要的价格太高了。

"这是我的生意,"洛夫特斯说道,"这也是我的小麦,你们说是不是?我买这些小麦也花了不少钱。"

"一英斗一块两毛五,我们都知道。"英格斯先生说。

"这是我的生意。"洛夫特斯先生重复了一遍。

"小心我们让你看看到底是谁的生意!"那个怒气冲冲的男人喊了起来。

"你们要是敢碰我的财产,我就让你们去坐牢!"洛夫特斯先生说。有些人大笑了起来。不过洛夫特斯一点也不让步。他把拳头砰的一声砸在柜台上,告诉大家:"这是我的小麦,我想卖多少钱,就卖多少钱!"

"你说得没错,洛夫特斯,你确实也这样做了。"英格斯先生表示同意,"这是一个自由的国家,每个人都有权利按自己的意愿处置自己的财产。"他对大家说道,"大伙儿都知道,这是事实。"接着,他又说,"别忘了,我们每个人都是自由而独立的,洛夫特斯。这个冬天早晚会过去的,到时候你可能还要继续做生意吧。"

"你们是在威胁我吗?"洛夫特斯问道。

"我们不需要威胁你。"英格斯先生答道,"这是个显而易见的事实。你有权利按照你的意愿办事,我们也有权利按照我们自己的意愿办事。这都是一个道理。你现在这样让我们大家都很不开心。你刚才说,这是你的生意。但是你的生意也依靠我们的信任。你现在或许还注意不到,等明年夏天,你就明白了。"

"是这样的,洛夫特斯。"杰拉尔德·福勒也说道,"你如果不好好对待大家,你的生意不会长久的,不仅仅是在这片地方。"

那个怒气冲冲的男人又喊了起来:"我们不想再跟你说废话了,小麦在哪儿?"

"别犯傻了,洛夫特斯。"霍森先生也说。

"那钱你才拿出去不到一天,"英格斯先生说,"而且两个小伙子都没问你要一分钱运费。赚个合理的利润,不出一小时,你拿出去的钱就都收回来了。"

"多少算是合理的利润?"洛夫特斯问道,"我用最低的价钱买进来,再用最高的价钱卖出去,这才是好生意。"

"我不是这样想的。"杰拉尔德·福勒说道,"我觉得好好对待客人才会有好生意。"

"如果怀德和加兰德向你收了他们冒险去找小麦的运费,这个价格我们就不会说什么了。"英格斯先生告诉洛夫特斯。

"好吧,那你们为什么不收运费呢?"洛夫特斯先生问他们两个,"我已经准备支付任何合理的运费了。"

凯普大声解释道:"别拿你的臭钱给我们。我和怀德去拉小麦,不是为了从饿着肚子的乡邻们身上剥取利润的。"他的脸上没有带着笑容,他的表情曾经让最厉害的铁路工吓得发抖。

阿曼佐也生气了:"你用脑子好好想想吧,就是把造币厂所有的钞票都拿过来,也不够支付我们这次冒险所付出的努力。我们不是为了你才去的,这也根本没法拿金钱来衡量。"

洛夫特斯先生看了看凯普,又看了看阿曼佐,接着又环顾了一下大家。大家都用轻视的眼神望着他。他张了张嘴,又合上了。看起来他似乎已经被说服了。然后,他说:"大伙儿看这样行不行,你们就原价从我这里买吧,一英斗一块两毛五。"

"我们可以接受你赚一点合理的利润的,洛夫特斯。"英格斯先生说道。不过洛夫特斯摇了摇头。

"不了,我多少钱买进来,就多少钱卖出去吧。"

这个结果是大家都没想到的,一时间大家都不知道该作何反应了。这时,英格斯提出了一个建议:"大家看这样行不行?我们把小麦按配额分配给每个家庭,每家人都算一算到春天大概需要多少小麦。"

他们确实这样分配了。似乎小麦足够每个家庭维持八个到十个礼拜的。有的人还剩下一些土豆,有的人还有咸饼干,有的人甚至还有蜜糖,他们就少买一些小麦。阿曼佐一点也没买。凯普买了半英斗,英格斯先生买了一麻袋,也就是两英斗。

阿曼佐注意到英格斯先生没有像一般男人那样很自然地就将麻袋扛到了肩上。"扛起这么重的东西还真不容易呢!"阿曼佐说着帮他抬到了肩上放稳。他本来想帮他扛过街，不过一个男子汉是不会承认他连一百二十五磅的东西都扛不动的。

"跟你赌一支雪茄，我下棋一定会赢你。"阿曼佐对凯普说，他们一道沿着街道往回走。他们在漫天飞雪里走着的时候，英格斯先生也正朝着他家的房子走去。

劳拉听到外面房间的门打开了又合上的声音。她们都在黑暗中静静地坐着，仿佛在梦境中一般，听到爸爸沉重的脚步声从外面的房间传来，接着厨房的门打开了。爸爸把一件沉重的东西砰的一声放在了地上，地板一阵晃动。然后，他把门关上，把跟随而来的冷风挡在了外面。

"那两个小伙子回来了！"他喘着粗气说道，"这是他们带回来的小麦，卡罗琳！"

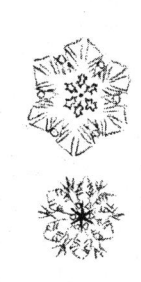

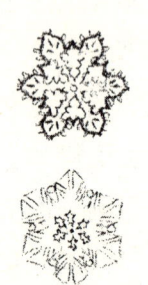

暴风雪打不垮我们

冬天已经持续了这么久,似乎永远也不会结束了。他们一直昏昏沉沉,感觉好像永远不会真正醒来了一样。

这天早晨,劳拉早早从温暖的被窝里下了床,来到了寒冷之中。她在楼下的炉灶旁边穿上了衣服,爸爸在去干杂活之前已经把炉火点着了。早饭吃的依然是黑面包。整整一天,她和妈妈还有玛丽都在尽快地磨小麦、拧干草。炉灶里面的火不能熄灭,天气实在太冷了。晚上,他们又吃了一些黑面包。劳拉爬进了冰冷的被窝,浑身发抖,直到身上开始暖和起来,才慢慢进入了梦乡。

第二天早晨,劳拉还是从温暖的被窝里下了床,来到了寒冷之中。她来到冰冷的厨房,在炉灶旁边穿好了衣服。她吃了自己那份黑面包,然后接替着磨小麦、拧干草。不过她觉得自己一直都没有醒来。她觉得自己已经被寒冷和接连不断的暴风雪打垮了。她知道自己又沉闷又愚钝,可就是没办法清醒过来。

她们也不再念书了。整个世界就只剩下寒冷和黑暗,只剩下不停的劳作和粗糙的黑面包,还有狂风的呼啸。暴风雪一直威胁着她们,似乎就在墙壁外面歇息着,随时准备摇晃房屋,咆哮着、尖叫着、怒吼着爆发出来。

每天早晨一下床,她就赶紧到炉灶旁边把衣服穿上。然后劳作一整天之后,夜晚爬进冰冷的被窝,直到身体暖和起来然后渐渐睡去。冬天已经持续了这么久,似乎永远也不会结束了。

爸爸早晨也不再唱那首"苦恼歌"了。

天气晴朗的时候,他就去拉干草。有时候一场暴风雪只持续两天。在下一场暴风雪来临之前,可能有三天甚至四天的好天气。

"我们快熬过去啦。"爸爸说,"暴风雪已经持续了那么久,三月都快过去了,我们一定能撑过去的。"

三月很快就过去了,四月份已经来了。可是暴风雪还是随时会来,只是间隔的时间会久一点,来势却更猛烈了。天气依然十分寒冷,屋里依然昏昏暗暗,小麦还要一直磨着,干草还要一直拧着。劳拉似乎都已经忘记了夏天的感觉,她不相信夏天还会回来。四月都已经一天一天地过去了。

"我们的干草还够用吗,查尔斯?"妈妈问道。

"够呢!多亏了你啊,劳拉。"爸爸说,"如果不是你帮忙堆干草,小丫头,我自己肯定堆不了那么多,现在可能就不够用了。"

那些堆干草的炎热日子似乎已经是很遥远的事了。爸爸对劳拉的称赞转眼间似乎也变成很遥远的事了。只有暴风雪和不停旋转的咖啡磨,只有寒冷和日复一日的漆黑的夜晚,才是真实的。劳拉和爸爸把冻得僵硬红肿的双手放在炉灶上面暖着,妈妈正把粗糙的面包切成片当作晚餐。猛烈的暴风雪在屋外肆虐着。

"它打不垮我们的!"爸爸说。

"是吗,爸爸?"劳拉傻傻地问道。

"当然。"爸爸说,"总有一天它会屈服的,而我们不会。它不能打败我们的,我们不会放弃的!"

劳拉感到心里一阵温暖,那温暖虽然很细微,但是却很强烈。就像黑暗中一盏火光微弱的灯,持续而稳定地燃烧着,虽然火苗很小,但任何风都不能把它吹得摇曳起来,因为它是永远不会放弃的。

他们吃完了晚上的黑面包,然后在黑暗中来到冷飕飕的楼上睡觉。劳拉和玛丽在被窝里瑟瑟发抖,默默念着祈祷词,等身体慢慢暖和起来了,她们才睡着。

夜里,劳拉时常会听到,风还是那么猛烈地吹着,却不再怒吼和尖叫。现在,风中有了另一种她不理解的声音,那是一种细微的、飘忽的液体流动的声音。

劳拉仔细倾听着。她把耳朵从被窝里露出来,脸颊不再因为寒冷而刺痛,黑夜也变得暖和了一些。她伸出手,只感到些微凉意。她听到的细微的声音是水珠滴落的声音,是屋檐在往下滴水。她明白啦。

她从床上跳了起来，大喊着："爸爸！爸爸！温暖的西风来啦！"

"我听到了，劳拉。"爸爸的声音从另一间屋子传来，"春天来啦。快继续睡觉吧。"

温暖的西风吹来了！春天终于来啦！暴风雪终于屈服了，它被赶回北方去了。劳拉充满喜悦地在床上伸了个懒腰，把两个手臂都放在被子上面，也没有感觉很冷。她听着外面的风声，还有屋檐滴落的水滴声，知道在另一个房间里，爸爸也睁着眼睛躺在床上听着这声音，心情非常愉快。温暖的西风，这属于春天的风，终于吹来了。冬天终于结束了！

早上起来的时候，雪几乎全都不见了。窗户上的白霜也融化了，外面的空气又温暖又舒适。

爸爸做完杂活回来的时候，快活地吹着口哨。

"好啦，孩子们！"他高兴地说道，"我们终于把冬天这个老家伙打败啦！春天来啦，我们一个也没丢，也没饿死或者冻死！不管怎么说，也没有被冻得太厉害吧。"然后他轻轻摸了摸自己的鼻子，"我真的觉得鼻子好像变长了点。"他眨着眼睛，装作焦急地对格蕾丝说，然后又照着镜子说，"变长了，还变红了呢。"

"别再担心你的容貌啦，查尔斯。"妈妈告诉他，"'美貌不过一张皮。'快来吃早饭吧。"

妈妈微笑着，爸爸轻轻地捏了捏她的下巴，坐在了桌子前。格蕾丝蹦蹦跳跳地来到椅子旁边，咯咯笑着爬了上去。

玛丽把靠在炉灶旁边的椅子往后挪了挪。"靠得太近了，真热。"她说。

居然有人会觉得太热了,真是太不可思议了!

卡莉站在窗户旁边迟迟不肯离开。"好喜欢看水流淌的样子。"她解释道。

劳拉什么也没说,她太高兴了。她几乎不敢相信冬天已经过去,春天已经来了。爸爸问她为什么不说话,她只是冷静地回答:"我夜里都已经说过啦。"

"你确实说过啦,大喊着'有风在吹',把我们大家都从睡梦里吵醒了!就好像好几个月没有吹过风似的!"爸爸开玩笑地说道。

"我说的是温暖的西风,"劳拉解释说,"完全是两码事啊!"

等火车到来

"我们必须等火车来。"爸爸说,"火车来了,我们才能搬到宅地的小棚屋去。"

他虽然已经拿钉子和窄木板把小棚屋的屋顶用焦油纸钉得牢牢的,可是这些焦油纸早已被暴风雪中的狂风刮开吹成了碎片,雪花从墙壁和屋顶往里面渗。现在春雨又从缝隙里扑打了进去,屋子必须要整修一下才能继续住。不过,如果火车不来,爸爸也没办法修整,因为镇上的贮木场早已经没有焦油纸了。

草原上的积雪已经全都消失了。原先积雪覆盖的地方现在已经长出了嫩绿的新草。所有的泥沼里都溢满了水,都是那些厚厚的积雪融化后流进去的。大泥沼已经和银湖连为一体了,爸爸要驾马到宅地去,就必须绕几英里的路从南边过去。

有一天,博斯特先生步行来到了镇上。他解释说,没办法驾马过来，因为大部分的路都被淹了，所以只好沿着泥沼地上面建造的铁轨过来。

他告诉大家，博斯特夫人挺好的。她没有跟他一起过来，因为泥沼地里的水漫得到处都是。他本来都不确定沿着铁轨能不能走到镇上。他答应大家说，博斯特夫人不久就会跟他一起到镇上来。

一天下午，玛丽·帕沃也过来了，她和劳拉一起带着玛丽走到镇子西边的高草地上。劳拉已经太久没有见到她了，感觉彼此好像又成了陌生人，得重新开始认识对方。

柔软嫩绿的草原上，片片泥沼交织成支离破碎的水网，倒映着温暖的蓝天。野雁和野鸭从她们头顶高高飞过，喧闹的叫声越来越远。它们都没有在银湖上面栖息，就匆匆赶往北方的筑巢区了。

柔和的春雨从没有恶意的灰色天空淅淅沥沥地落下，一整天都没有停。原来就已经溢出来的泥沼地变得更宽了。连续出了好几天的太阳，接着又下起了雨。饲料商店上了锁，里面空荡荡的。怀德兄弟两个已经拉着小麦种子绕过镇子北面的泥沼地回到他们的宅地去了。爸爸说他们准备到广阔的田地里耕种了。

火车还是没有来。劳拉、玛丽和卡莉依然每天轮流着一刻不停地磨着小麦，大家早晚都吃着黑面包。麻袋里的小麦剩得不多了。火车还是没有来。

狂风把犁过的草地里的泥土刮了过来，跟积雪混在一起，紧紧地把铁路路堑填得满满的，犁雪机都开不过去。因为冰雪里掺杂着泥土,所以很难化开。工人们只能拿着鹰嘴镐一点一点地挖。这项工作进行得很慢,因为在很多大的路堑里,必须要挖二十英尺才能挖到铁轨。

四月慢慢过去了,除了二月份阿曼佐和凯普拉回来的小麦还剩下一点,镇子上已经没什么吃的了。妈妈做的面包越来越小,可是火车还是没有来。

"能想办法运点东西过来吗,查尔斯?"妈妈问道。

"我们已经谈论过这件事,卡罗琳,可是大家都不知道该怎么运。"爸爸整天拿着鹰嘴镐干活儿,已经累坏了。镇子上的男人都在挖西边路堑里的雪泥,因为被困在那儿的工作车必须要开到休伦去,火车才能从这条单行的铁轨上面过来。

"也没有办法驾四轮马车到东部去。"爸爸说,"所有的路都淹在水里,泥沼都变成了湖,到处是一片汪洋。就连在高地上,马车都可能陷到泥浆里去。如果情况再糟糕的话,人倒可以从枕木上面走出去,可是到布鲁金斯来回少说也要一百英里。一个人也扛不了什么东西,而且路上还得吃掉一部分。"

"我想过吃野菜。"妈妈说,"可是院子里还没有长得可以挖来吃的野菜呢。"

"我们可以吃草吗?"卡莉问道。

"不行啊,淘气鬼。"爸爸笑着说道,"你用不着吃草,翠西路堑那边的工人已经差不多把积雪挖出去一半了,不出一礼拜火车应该就能通行了。"

"我们可以想办法用剩下的小麦撑到那个时候。"妈妈说,"不过真希望你不要那么辛苦,查尔斯。"

爸爸的双手在发抖。他整天拿着鹰嘴镐和铲子干活,已经疲劳得不行。不过爸爸说,只要好好睡一晚上就好了。"把路堑清理干净才是最重要的。"他说。

四月的最后一天,工作车终于从镇上经过,往休伦开去了。又听到火车的汽笛声,看到火车冒出的滚滚黑烟,整个镇子似乎都被唤醒了。火车喷着黑烟和蒸汽,响着铃铛,在车站停了下来,然后又开走了,响亮而清晰的汽笛声又重新响起。不过这辆工作车只是从这里经过,并没有带来什么东西,明天货车才会过来。

早晨,劳拉醒过来的时候,心想:"火车要来了!"灿烂的阳光照耀着大地;她已经睡过头啦,妈妈没有把她叫醒。她从床上跳下来,匆匆穿上衣服。

"等等我,劳拉!"玛丽央求道,"别这么慌,我找不到我的袜子了。"

劳拉帮她找到了袜子。"在这儿呢。真不好意思,我跳下床的时候把它们推到一边去了。快穿上吧!来啊,格蕾丝!"

"火车什么时候到?"卡莉上气不接下气地问道。

"随时都有可能。没有人知道什么时候。"劳拉答道。她下楼的时候,唱起了歌:

> 如果你醒了,早点叫起我。
> 早点叫起我,亲爱的妈妈。

爸爸已经坐在桌子旁边了。他抬起头笑了起来。"哎呀,小丫头,你不是要做五朔节女王了吗?这么晚才下来吃饭!"

"妈妈没有叫我啊。"劳拉找了个借口解释道。

"早饭就这么一点,不需要人帮忙了。"妈妈说,"每个人只有一块饼干,而且很小。做这些饼干已经把最后一点小麦用完了。"

"我的那块不吃了,"劳拉说,"你们分掉吧。火车来之前,我一点都不觉得饿。"

"你还是把你的那块吃掉吧,"爸爸告诉她,"然后我们一起等火车带食物来。"

大家都高高兴兴地吃着饼干。妈妈说爸爸必须要吃掉最大的那块。爸爸同意了,然后坚持让妈妈吃第二大的那块。玛丽当然是吃第三大的。然后劳拉和卡莉就有点分不清了,她们拿了差不多大小的两块。最小的那块是格蕾丝的。

"我觉得我做的大小都差不多啊。"妈妈辩解道。

"我看苏格兰女人最会持家了。"爸爸逗妈妈道,"你不仅在火车来临之前刚好用小麦做出了最后一餐,而且还把饼干做成了适合我们每个人的大小。"

"刚好能匀着吃到今天,真是个奇迹啊。"妈妈承认道。

"你就是个奇迹,卡罗琳。"爸爸朝妈妈微笑着说道。他起身戴上了帽子。"感觉真好!"他兴奋地说,"现在我们终于把冬天打败啦!最后一点暴风雪的痕迹都已被扔到路堑外面去啦,火车就要来啦!"

那天早上,妈妈把所有的门都敞开,让泥沼地吹来的湿润的春风吹到屋子里来。屋子里充满了清新和芳香的味道。阳光

| 漫长的冬天 |

十分灿烂。镇子也变得喧闹起来,大家都朝着车站走过去。一声清亮而悠长的火车汽笛声传了过来,劳拉和卡莉赶紧跑到窗户旁边往外面看。妈妈和格蕾丝也来了。

她们看到滚滚黑烟正从火车烟囱里冒出来,飘向天空。接着,火车就喷着蒸汽,拖着长长的一列货车车厢朝着车站驶来。月台上的一小群人望着火车开了过去。火车冒出来的黑烟里混合着白色的蒸汽,每喷一次气就伴随着一声清亮的汽笛声。司闸员们从一节车厢上跳到另一节车厢上,拉着刹车闸。

火车停了下来。终于一辆货真价实的火车停在了这里。

"啊,真希望霍森和威尔玛斯去年秋天订的食品杂货都到了。"妈妈说。

过了一会儿,火车又鸣了一声汽笛。司闸员们在车厢顶上跑动着,把车闸松开。火车又响起了铃铛,往前开动了一些,又倒了回去,接着往西部疾驰而去了,把浓浓的黑烟和最后一声长长的汽笛声抛在后面,留下三节车厢在旁边的轨道上。

妈妈深深地呼了一口气。"真好,又有足够的材料做饭了。"

"真是连一口黑面包也不想吃了。"劳拉说。

"爸爸什么时候回来?我想让爸爸回来!"格蕾丝吵着说,"我想让爸爸现在就回来!"

"格蕾丝!"妈妈责备她道,语气柔和但是很坚定。玛丽把格蕾丝抱坐在膝盖上,妈妈又说了句:"来啊,孩子们,我们得把晾被褥的活儿干完啊。"

又过了大概一个小时,爸爸还没有回来。最后就连妈妈也开始觉得有点不对劲儿了,很想知道爸爸是被什么耽搁了。大家都焦急地等待着,终于,爸爸回来了。他双手抱着一个大包和两个小点的包,把东西放在桌子上之后,才开始说话。

"我们忘了这辆火车一冬天都是埋在雪里的。"他说,"它是开过来了,不过你猜它给德斯梅特镇留下了什么?"他自问自答道,"一车厢的电报线杆子,一车厢的农用机械,还有一节移民车厢。"

"没有杂货吗?"妈妈都快哭了。

"没有,什么也没有。"爸爸说。

"那这是什么?"妈妈碰了碰爸爸带回来的大包裹。

"是土豆。小一点的袋子里是面粉,最小的那个是肥腌肉。伍德沃斯闯进了移民车厢,把能找到的东西都给大家分了。"爸爸说。

"查尔斯!他真不该那么做的!"妈妈惊愕地说道。

"我可不管他应该怎么做!"爸爸愤愤地说道,"就让铁路公司承担一些损失好了!我们不是镇上唯一没有东西吃的家庭。我们叫伍德沃斯把车厢打开,要不然我们就自己动手。他试图争辩说,明天还有一辆火车要来,不过我们不想等了。如果你现在煮点土豆,煎点腌肉,我们就能美美地吃一顿啦。"

妈妈把包裹打开。"往炉灶里添点干草棒,卡莉,让烤炉热起来,我还要拿白面粉做点饼干呢。"她说。

圣诞礼物桶

第二天,第二辆火车来了。等火车离开的汽笛声消失后,爸爸和博斯特先生抬着一个桶从街上走了回来,竖着将桶从门口抬进屋,摆在了外面屋子的中央。

"这个就是圣诞礼物桶啦!"爸爸对妈妈喊道。

爸爸拿来锤子,把桶盖上面的钉子拔掉。大家都围在旁边等着看里面到底是什么。爸爸拿掉盖子,扯开上面盖着的厚厚的牛皮纸。

最上面是一些衣服。爸爸先是抽出一件精致漂亮的深蓝色法兰绒裙子。裙裾的褶皱非常饱满,一排金属纽扣从上往下将鲸骨紧身上衣平整地扣了起来。

"这个是你的尺寸,卡罗琳。"爸爸一脸笑容,"给你,拿去吧!"然后他又把手伸进了礼物桶。

他拿出一条毛茸茸的浅蓝色网眼毛披巾，还有一套温暖的法兰绒内衣裤给了玛丽。然后是一双黑色皮鞋，刚好符合劳拉的尺码。他又拿出五双白色羊毛袜子，这些袜子是机织的，比手织的要更薄也更精致。

接着，他取出一件温暖的棕色外套，这外套对卡莉来说有点太大了，不过明年冬天应该就可以穿了。和外套搭配的还有一顶红色兜帽和一副连指手套。

接着，又取出一条丝绸披巾。

"天啊，玛丽！"劳拉说，"这肯定是最漂亮的东西啦——丝绸做的披巾！披巾是浅灰色的，上面有精美的绿色、玫瑰色和黑色条纹，再加上华丽的长流苏，五颜六色，闪闪发光。你摸一下，又柔软又美丽又轻盈呢！"她说着把披巾的一角放在了玛丽手里。

"嗯，真漂亮！"玛丽呼了一口气。

"这条披巾给谁呢？"爸爸问道。大家异口同声地说："给妈妈！"这样漂亮的披巾当然要给妈妈啦。爸爸把它披在了妈妈身上，这条披巾就像妈妈一样，那么温柔却又那么坚韧，有着最明亮最炫丽的色彩。

"大家可以轮流披，"妈妈说，"不过等玛丽去上大学的时候，要带着它。"

"爸爸，你有什么啊？"劳拉好奇地问道。爸爸的礼物是两件精美的白衬衫，还有一顶深灰色的长毛绒帽子。

"还不止这些呢！"爸爸说着又掏出一件，不，是两件小小的裙子。一件是蓝色法兰绒的，另一件是玫瑰色和绿色格子花呢的。裙子的尺寸对卡莉来说太小了，对格蕾丝来说又太大了，不过等格蕾丝再长大一些就可以穿了。然后还有一本印在布上的识字书和一本用最平滑的纸张印制的小书——《鹅妈妈的故事》，封面闪闪发亮，上面印着彩色的图画。

另外，还有满满一纸盒色彩明亮的纱线，一盒刺绣丝线和打了孔的薄纸板，有金色的，还有银色的。妈妈把这两个盒子都给了劳拉，说道："你把自己做的那些漂亮东西都送给了别人，现在你可以拿这些去做针线活啦。"

劳拉高兴得说不出话来。她的双手因为一整个冬天都在拧干草而变得伤痕累累，精美的丝线都被粗糙的手钩住了，不过这五颜六色的漂亮颜色就像一支美妙而和谐的乐曲，等她的手指重新变得光滑了，就可以在那些漂亮的金色和银色薄纸片上面刺绣了。

"这里面是什么？"爸爸说。只见他从礼物桶最底部掏出一个用厚厚的牛皮纸裹了一层又一层的东西。

"天啊！"他大喊道，"这不是我们的圣诞火鸡吗？到现在还冻得硬邦邦的呢！"

他把巨大的火鸡举起来给大家看。"而且还很肥呢！如果没猜错的话，差不多有十五磅吧！"他把那一大团牛皮纸丢到地板上，几颗蔓越莓滚了出来。

"里面肯定有一包配火鸡吃的蔓越莓！"爸爸说。

卡莉高兴得尖叫了起来。玛丽紧握着双手感叹道："哎呀，天哪！"不过妈妈却问道："他们商店订的杂货都送来了吗，查尔斯？"

"送来啦，有糖、面粉，还有干果和肉——哎呀，真是应有尽有啊。"爸爸答道。

"那就好，博斯特先生，你后天带夫人一起来吧。"妈妈说，"尽早过来，然后我们可以一起庆祝一下春天的到来，再吃上一顿美味的圣诞大餐！"

"就这么定了！"爸爸喊道。博斯特先生把头往后一仰，房间里充满了他爽朗的笑声。大家也都跟着笑了起来，因为博斯特先生笑的时候，没有人能忍住不笑的。

"我们会来的！肯定会来的！"博斯特先生咯咯地笑着，"五月份的圣诞大餐！终于熬过了几乎没什么东西可吃的冬天，现在又能大吃一顿了，真是太好了！我这就回家告诉艾莉！"

五月的圣诞节

那天下午,爸爸买回来一些杂货。看到他满怀的包裹,有一大袋白面粉,还有糖、苹果干、苏打饼干和奶酪,大家心里都有说不出的高兴。煤油罐子也添满了。劳拉高兴地给油灯加了油,把油灯的灯罩擦得亮亮的,还修剪了灯芯。晚饭的时候,灯光透过干净透明的玻璃洒在红色格子桌布、奶白色饼干还有热腾腾的土豆和装着煎腌猪肉的大浅盘上。

妈妈用酵母面团发酵了一些面,晚上做了白面包,还泡了一些苹果干准备做馅饼。

第二天,劳拉一大早就自己醒了过来,一整天都在帮妈妈烤着、炖着、煮着好吃的东西,准备明天的圣诞大餐。

那天早晨,妈妈往酵母面包里面加了一些水和面粉,继续发酵。劳拉和卡莉仔细挑选着蔓越莓,洗干净。妈妈加了糖,把它们慢慢熬成一团深红色的果酱。

劳拉和卡莉仔细地把葡萄干从长长的茎上摘下来,仔细地把每颗葡萄籽都剔出来。妈妈把葡萄干和苹果干一起熬,用来做馅饼。

"现在原材料这么齐全,都有点不习惯了。"妈妈说,"有塔塔粉,还有这么多小苏打,可以做蛋糕了。"

整整一天,厨房里都弥漫着各种让人垂涎欲滴的味道。夜晚的时候,碗橱里面摆放着一大块棕皮的烤白面包、一块表面洒了一层白糖的蛋糕、三个脆皮的馅饼,还有熬成酱的蔓越莓。

"真希望现在就可以吃了。"玛丽说,"快等不到明天了!"

"我想先等着吃火鸡呢!"劳拉说,"你可以把鼠尾草放在填料里面,玛丽。"

听起来,劳拉好像很大方,不过玛丽却笑了起来:"那是因为没有洋葱给你放啦!"

"好啦,孩子们,别这么着急。"妈妈恳求道,"今天晚餐我们可以吃上一条白面包,还有一些蔓越莓果酱。"

这样说来,头一天晚上,圣诞大餐就开始啦。

这么愉快的时间用来睡觉实在太可惜啦。不过,睡觉是能够赶紧到达明天早上的最快方法了。劳拉的眼睛似乎刚闭起来没有多久,就听到妈妈喊她起床了,"明天"就已经是今天了。

这一天真是太忙碌啦!早饭很快就结束了,劳拉和卡莉清理桌子、洗刷碗碟的时候,妈妈准备把大火鸡拿去烤了,填料也已经填好了。

五月的早晨温暖宜人,草原上吹来的风夹杂着春天的味道。

所有的门都敞开了，两个屋子又都能住了。劳拉现在随时都能从外面房间进进出出，这让她有一种无拘无束、轻松自在的感觉，就好像从此再也不会有烦恼和忧愁了。

妈妈已经把摇椅搬到外面房间的窗户旁边，以免放在厨房里碍事。现在火鸡已经放进了烤炉，玛丽帮劳拉把桌子拖到外面房间的中央。玛丽把桌子的折叠板掀起来，把劳拉拿给她的白色桌布平整地铺在上面。劳拉从碗橱里把一道道菜肴都端出来，玛丽在桌子上摆好。

卡莉正在削土豆皮，格蕾丝一个人在两个屋子之间跑来跑去，似乎在和自己赛跑。

妈妈把装着鲜艳的蔓越莓果酱的玻璃碗端了出来，放在了白色桌布的正中间，大家都觉得效果非常好。

"我们确实还需要一些黄油配着白面包吃。"妈妈说。

"没关系，卡罗琳。"爸爸说，"贮木场现在有焦油纸卖了，我很快就能把小棚屋修好，过不了几天我们就能搬回宅地去了。"

整个屋子里都弥漫着烤火鸡浓郁的香味，大家的口水都快流出来了。土豆已经在锅里煮了，妈妈正把咖啡放在桌子上的时候，博斯特先生和夫人走进来了。

"我们最后一英里路，是闻着火鸡的香味一路跟过来的！"博斯特先生大声说道。

"我觉得来看看大家才是最重要的，罗伯特，别只顾得吃。"博斯特夫人嗔怪道。她身材瘦削，双颊可爱的玫瑰色不见了，不过依然是我们熟悉又喜爱的博斯特夫人。她还是戴着棕色的兜帽，露出熟悉的黑色卷发。她热情地和妈妈、玛丽还有劳拉握了握手，和卡莉和格蕾丝说话的时候，弯下腰来把她们搂在了怀里。

"快把外套脱下来，到外面房间歇歇吧。"妈妈催促道，"真高兴又见到你，都好久没见了！快坐到摇椅上休息休息，跟玛丽聊聊天吧，我接着做饭。"

"我来帮忙吧！"博斯特夫人说道。不过妈妈说她走了这么远的路肯定很累了，而且都快做得差不多了。

"我和劳拉一会儿就把饭菜端上桌。"妈妈说着迅速转身回厨房去了。她走得太快，和爸爸撞了个满怀。

"我看我们两个还是避一避吧，博斯特。"爸爸说，"来，我给你看看今天早上刚拿过来的《先锋报》。"

"真是太好了，又能看报纸了！"博斯特先生极力赞同。所以，厨房里就只剩下妈妈和劳拉了。

"拿个大浅盘过来装火鸡。"妈妈说着把滴着油的平底锅从烤炉里端了出来。

劳拉转向碗橱，看见架子上多出一个包裹，之前还没有看见呢。

"这是什么，妈妈？"她问道。

"我也不知道，打开看看吧。"妈妈告诉她。劳拉把包装纸打开，只见一个小小的碟子上放着一团黄油。

"黄油！是黄油！"劳拉几乎大叫了起来。

她们听到博斯特夫人的笑声传了过来。"只是一点圣诞节的心意罢了！"她喊道。

劳拉把黄油端上了桌，爸爸、玛丽、卡莉都高兴地大叫了起来，格蕾丝也发出了长长的尖叫声。随后，劳拉就赶紧回到厨房，把大浅盘小心地放在妈妈从平底锅里抬出来的大火鸡下面。

接着，妈妈开始做肉汁了，而卡莉正把煮好的土豆捣碎。现在没有牛奶，不过妈妈说："放一点点开水进去吧，等你捣碎了之后，再拿大勺子用力压一压。"

虽然没有热牛奶和黄油增加香味，做出来的土豆泥还是白白的，松松软软的。

最后，所有的椅子都拉到了摆满食物的桌子旁边，妈妈看了看爸爸，大家都低下头听爸爸说祈祷词。

"主啊，我们感谢您所有的恩惠。"爸爸只说了这一句，却胜过千言万语。

"桌子看起来好像跟前几天有点不一样了啊。"爸爸说道。他把博斯特的碟子里堆了满满的火鸡、填料、土豆，还有一大勺蔓越莓果酱。然后他继续给大家盛着食物，又添了一句："真是个漫长的冬天啊。"

"而且是个严寒的冬天。"博斯特先生说。

"我们大家都平平安安地撑过来了，真是太不可思议了！"博斯特夫人说。

博斯特夫妇说起他们是怎样想办法撑过这个漫长的冬天的，在宅地上孤零零的小棚屋里，被暴风雪包围着。妈妈给他们添了咖啡，给爸爸添了茶，然后把面包、黄油和肉汁传过去，并提醒爸爸给大家盘子里添食物。

当大家把第二盘食物都吃光的时候,妈妈把大家的杯子添满,劳拉把馅饼和蛋糕端了上来。

大家在桌子旁边坐了很长时间,聊着刚刚过去的冬天还有即将到来的夏天。妈妈说,她迫不及待地想回到宅地去了。只是现在道路潮湿泥泞,这倒是个问题。不过爸爸和博斯特先生都说,道路过不了多久就会干的。博斯特夫妇很庆幸他们是在宅地上过冬的,现在不用再搬回去了。

最后,大家离开了餐桌。劳拉把红边桌布拿了过来,卡莉帮她把桌子上的食物和空碟子盖在了下面。然后她们也来到了阳光灿烂的窗户旁边,其他人都在这里。

爸爸把双臂伸到头顶,手掌一张一合,又把手指展开,拢了拢头发,直到头发都立了起来。

"我想我僵硬的手指已经在这温暖的天气里恢复过来啦。"他说道,"你把我的小提琴拿来吧,劳拉,我看看能不能拉首曲子。"

劳拉把装着小提琴的盒子拿了过来,紧紧地靠在爸爸旁边。爸爸从盒子里拿出小提琴,用拇指拨了拨琴弦,把琴弦上紧。接着,又拿松香把琴弓擦了擦,放在了琴弦上面。

几声清晰、准确的音符轻轻响了起来。劳拉感觉喉头一紧,几乎哽咽了。

爸爸先是拉了几小节曲子,然后说:"下面我给大家拉一首新曲子,是去年秋天在伏尔加清理积雪的时候学的。博斯特,我唱第一遍的时候,你用男高音跟着一起唱吧。唱过几遍之后,大家就会唱了,就都跟着一起唱吧。"

大家都围在旁边仔细听着,他又将开头的几个小节拉了一遍。接着,博斯特先生的男高音加入进来,只听爸爸唱道:

> 生命是一道难解的谜,
> 我们见过那么多的人啊,
> 本该闪耀着喜悦的光芒,
> 脸却拉得小提琴一样长。
> 我相信在这个世界上,
> 蕴藏着数不清的宝藏,
> 可是却鲜有几个人啊,
> 满意他们自己的现状。
>
> 怨天尤人有何用呢,
> 因为有志者事竟成,
> 哪怕今天乌云密布,
> 明天也许就雨过天晴。
>
> 难道你觉得仅仅坐着叹息,
> 就能得到想要的一切吗?
> 只有懦弱的人,
> 才会傻傻地哭喊:"我做不到!"
> 唯有不惧艰难,奋勇向前,
> 才能登上生命的高峰;
> 唯有坚忍不拔,永不言弃,

才能赢得绚烂的人生。

大家都一起跟着旋律哼唱起来,等合唱的部分到来的时候,博斯特夫人的女低音、妈妈的超低女低音,还有玛丽甜美的女高音,和着博斯特先生的男高音还有爸爸浑厚的男低音一起唱着,劳拉也跟着用她的女高音唱了起来:

怨天尤人有何用呢,
因为有志者事竟成,
哪怕今天乌云密布,
明天也许就雨过天晴。

大家齐声合唱的时候,漫长冬天里所有的恐惧和苦难都像一片乌云一样高高地升起,随着音乐一起飞走了。春天已经来啦!温暖的阳光照耀着大地,风儿轻轻吹着,唤醒了草原上的新绿,一切都变得生机勃勃!